原上丛书

李 浩　郝建国　主编

骑鹅的凛冬

郑小驴 —— 著

（本书系湖南省文艺人才扶持"三百工程"项目）

扫码听书

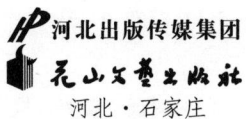

河北·石家庄

图书在版编目（CIP）数据

骑鹅的凛冬 / 郑小驴著. -- 石家庄 : 花山文艺出版社，2023.9
（原上丛书 / 李浩，郝建国主编）
ISBN 978-7-5511-6432-0

Ⅰ．①骑… Ⅱ．①郑… Ⅲ．①中篇小说－小说集－中国－当代②短篇小说－小说集－中国－当代 Ⅳ．①I247.7

中国国家版本馆CIP数据核字（2023）第017826号

丛 书 名：	原上丛书
主　　编：	李　浩　郝建国
书　　名：	骑鹅的凛冬 Qi E de Lindong
著　　者：	郑小驴
选题策划：	丁　伟
统　　筹：	李　爽
责任编辑：	温学蕾
责任校对：	李　伟
装帧设计：	陈　淼
美术编辑：	胡彤亮
出版发行：	花山文艺出版社（邮政编码：050061） （河北省石家庄市友谊北大街330号）
销售热线：	0311-88643299/96/17
印　　刷：	河北新华第一印刷有限责任公司
经　　销：	新华书店
开　　本：	880毫米×1230毫米 1/32
印　　张：	9.375
字　　数：	186千字
版　　次：	2023年9月第1版 2023年9月第1次印刷
书　　号：	ISBN 978-7-5511-6432-0
定　　价：	62.00元

（版权所有　翻印必究·印装有误　负责调换）

序：筑起属于自己的"山峰"

李 浩

一

编撰一套反映当下中国小说创作实绩、展示中青年作家艺术品格和前行势头的系列丛书，一直是花山文艺出版社郝建国社长和我的共同心愿。应当说他的意愿可能更强烈、更紧迫，也更"成熟"一些，因为早在两年前他就开始策划组织"诗人散文丛书"的出版，至今已经进行到第四季，积累了丰富的经验。在经历多轮交流、碰撞和相互说服之后，便有了这套"原上丛书"。

之所以名为"原上"，一是基于我们不断谈及的中国当代文学"有高原无高峰"的共识性判断。必须承认，经历数十年的吸纳、丰富、转变和探索，时下的中国当代文学（尤其是当代小说）呈现了一定的甚至可以说几乎普遍的"高原"态势，立足于本土、个人和时代经验，深谙东西方小说讲述的艺术策略，有着广博的文学视野和经久的文学阅读，并较好地融合萃取变成个人的独特，呈现出不同的"中国故事"可贵面影。这一努力和前行,是我们绝不能忽略和无视的!然而,我们也需要承认,我们当下的写作还有诸多的匮乏和不足,尤其表现于思想性、创新性、丰富性和锐利感上……我们编撰这样一套丛书,是为彰显、呵护已经呈现"高原"态势的中青年作家的创作实绩,认知和呈现他们的文学实力,同时也冀望借此加以"促进",希望这些作家朋友能够不断向前,最终筑起属于自己的"山峰"。而定名为"原上"的第二个原因,则源于白居易"离离原上草,一岁一枯荣,野火烧不尽,春风吹又生"的著名诗句——它意味着(或者隐喻着)不竭的新生力量,不竭的"原上"的生长和文化根脉的深层延续……"原上丛书",愿意为已经站在了高原的、相对年轻的"新生力量"提供可能的助力,为文学的真正发展和繁荣提供可能的助力。这,应当说是这些中青年作家所需要的,也是出版社和阅读者们所需要的。

二

立足于实力,立足于读者好评、业界好评和几乎可见的"创作前景",立足于专业审读和专业评判——也就是说,我们这套"原上丛书"首先考量的是"实力"和"未来态势",以现有创作的真实呈现为第一标准。作家的创作影响力在我们的统筹范围之内,但它或多或少属于"次要标准",它提供参照值但不进入标准值。实力,以及我们的未来预期,在"原上丛书"中占有更大的比重,这是我们这些编撰者应当承认的。

基于此,我们甚至更愿意从那些潜心写作但或多或少被低估,荣耀的强光尚未照到身上的那些作家中"捞取",让他们在这里获得可能的彰显与艺术尊重——这也是我们所要承认的。也正是基于这一个原因,在我们开始遴选作家的时候"不成文"地将已经获得鲁奖、茅奖的作家忽略在外。在我们第一辑十本的编辑过程中,作家刘建东、沈念获得了2022年的第八届鲁迅文学奖——这当然是我们尤其是作家本人的荣耀,但我们和编辑团队愿意再次强调:我们在约稿和编辑丛书的过程中,他们尚未获奖,我们的选择标准是并会一直是实力和创作前景……事实上,我们也大约有理由相信,入选"原上丛书"的诸多作家或许会在今后的某一时段再有大奖斩获,或者成为具有标志意义的文学名家——这,也是我们所更愿意见到的。在接下来的遴选和编辑过程中,我们还会将这个"不成文"继续下去。

全国性,是我们这套丛书的又一立足,我们愿意将整个中国有实力的中青年作家放在一起打量,并使用同一标尺。我们当然愿意它能有一个丰富性、多样性和多层面的展示,但它们大约依然是参照值而不是标准值。花山文艺出版社隶属于河北出版传媒集团,具有地域性,但在这套丛书的遴选中我们首先排拒的就是地域性。同样是"不成文"的规定,我们会对河北籍的、现在河北生活的作家秉持更多苛刻,如果是同等条件,"被遗憾"的一定是河北作家;在第一辑包括之后的第二辑、第三辑……每辑中至多有一本是河北作家的。这个"不成文"也将是我们坚持的固执原则。

三

第一辑入选的作家是刘建东、李凤群、林那北、哲贵、沈念、王芸、和晓梅、卢一萍、郑小驴、文清丽(排名不分先后)。他们是当下文坛极为活跃、极有实力并且部分地获得着关注的中青年作家,而我们更看重的是在他们身上所能体现出的创新意识和前行态势,包括他们对于时代、生活、个人人性的有效挖掘。他们的写作,真的是在为我们提供着来自生活和文学的双重丰富。

在我看来,林那北的小说更具"东方"质地,娓娓道来,不疾不徐,语言上有一种清浅的音乐性,而在故事上也有那种"东方"式的轻和淡,仿佛不着力地推进着,而阅读者则在不知不觉中沉入她预设的涡流。她有一双敏锐之眼,这份敏锐中包含了清晰的看透,和小小的但入骨的"毒"。她熟谙生活和生活细微,极易从具有幽暗感的褶皱中做出发现。相对之前的写作,林那北的《燕式平衡》似乎更从容,社会生活的流变、个人的境遇与处境、人性的多重复杂一直是林那北所关注的,在这里,她呈现了更让人感吁、会心和由衷赞叹的文学发挥。我觉得,林那北的小说耐读,经得起重读,而在重读的过程中可能获益更多。

而在王芸的小说中加重的则是情感的力量——所以阅读她的小说,时时会有"胸口受到了重重一击"的那种情感强力,而这强力来得那么真实真诚,毫无矫饰。可以说,王芸的小说已形成她极有特质性的东西,极有"个人标识"。我认为这种标识性就是:从小事儿和微点开始,角度较小甚至是极小,然而撬开的是一个具有普世性的共有议题;故事上往往不那么用力,但涡流感重,会让人在品啜的过程中被缓缓吸入,难以自禁自拔;大量留白,会调动阅读者不断地为文本填充,在情感和智力两方面……它是那种可以引发思忖、耐人寻味的小说。在这本《请叫她天鹅》中同样如此,它聚焦生活和人性的复杂世相,探触心灵深处、生活褶皱处的幽微细部,展现一个个普通生命内在的柔软与坚硬、紧张与松弛、平和与挣扎、痛楚与欢欣、无奈与向往、绝望与执拗,在生活剧变和断裂处映现出"人"的力量。

《无法完成的画像》,具有强烈的先锋感和现代意识,同时又具有扎实沉厚的现实积累,不回避生活、生命的种种困囿和艰难,又能将困囿和艰难"熬"成诗——一直以来,我都认为刘建东的中短篇小说(尤其短篇)属于"教科书"级的,在语言上、故事结构能力上、意蕴营造和留白点的设置上,无一不见微妙与精心,就像我在"小说创作学"课上反复要讲的胡安·鲁尔福或加·加西亚·马尔克斯。这本小说集兼有现代主义创作倾向和现实主义创作倾向,而我看重的是它的融合力量，那种将两种或多种不同向度的力量完美融合并构成合力的力量。这，也是我这样的写作者试图从中汲取的。

埃柯谈到，有两类人属于"天生的作家"，一类是农民，一类是水手。将哲贵看作是"农民"型的作家大抵是合适的，因为他对地方生活的了如指掌，因为他比那些观光游客更知道、更了解这一地域的生活内部，更能体味在这一地域生活的人们的精神真实和情感真实，他在那条被称为"信河街"的地方打出了一口深邃的、不断能反射出生存实态的井。较之一般小说，《信河街别录》可能更具有地方志和民俗学价值，当然它更值得言说的还是文学价值、思考价值，那种对人生、人性和独特环境中生存的思考和追问。同时我也愿意承认，哲贵的故事能力也是我所极为欣赏的，他能将一般人无话可说之处写得风生水起，让读者感到津津有味，也能将激烈和回旋有意地半遮起来，让我们通过猜度和想象将其充满。

"80后"作家郑小驴的写作则呈现了另外一种"异质"和独特面目，他尖锐、锋利、直面现实，有一种"少年老成"的技术熟练和"坚决不肯老成"的青春冲力……在他身上和他的写作中，我能看见时下写作普遍匮乏的"巴库斯"式的原始冒险。必须说，这是一股可贵的力量，尽管它有时会引发我们的小小不适，就像我们第一次面对罗伯-格里耶的《去年在马里安巴》、让·热内的《鲜花圣母》或贝克特的《马龙之死》那样。郑小驴关注的或者说更为关注的是我们生活中的"另一潜流",是某种有意回避和视而不见——恰因如此,郑小驴小说写作的价值感也变得更为显豁,它让我们不断地、不断地思忖:这,也是一种生活?非如此不可?有没有更好的可能,如果我是二告或者立夏,如果我是杜怀民,如果我是……我该如何选择?对于小说来说,它应当提供的是"可能"而不是解决之道,解决之道是我们在读完小说之后"自我完成"的部分,小说相信并始终相信阅读者会有自己的独立判断。

当我们在谈论爱情的时候我们是在……这是一句反复被运用已经用得过于俗滥的用语,但我还是选择用它,因为它本身包含的隐喻性质。当我们在谈论爱情的时候,我们的确很少关注于爱情本身,而是关注隐匿于它的背后和深处的那些内容,譬如欲念和释放,譬如权力意志,譬如暗在的交换和平衡,譬如操控性和……事实上,仔细回想一下,我们谈论爱情的概率越来越少了,而集中地、专注地谈论爱情的概率则更少——因此,卢一萍的《N种爱情》在提交到我们手上的时候就让我眼前一亮,竟有小小的心动。与我预想的不同,与我这个身处东部城市的写作者预想的不同,卢一萍的《N种爱情》多数与我从哲学、社会学、心理学和惯常小说呈现中得出的"预设"不同,它的里面包含着真正的爱情之美与人性之美,包含着安宁、博大、舍身的投入和为爱的"不顾一切"。曾在边疆当兵并深深融入边疆生活的卢一萍,在他的写作中呈现的是那片大地上"人类最初的爱情的战栗",它是一种久违,一种真实，同时也是一种怀念。我甚至愿意感谢卢一萍的这一提供，它让我的内心百感交集，暗生涡流。

在本辑丛书的编辑过程中，数位编辑都对完全陌生的和晓梅的小说赞不绝口，他们完全陌生于这个名字，但又对她在小说中上佳的艺术呈现感慨万千。身处云南的纳西族作家和晓梅，属于那种只会潜心写作、"与世无争"地致力于将自己的小说写好的写作者，像她这样一直深潜于自我的文学世界而不事张扬的作家还有不少，譬如本辑中的其他一些作家，又譬如与我有过一些交集的东君、戴冰、李约热，等等。在我们时下（也包括之后）的"原上丛书"的组稿中，我们愿意更多地关注那些具有实力和未来可能的沉潜着的小说家们，可以说这也是我们的初衷。收录于《漂流瓶》中的小说均为中篇，和晓梅在她最为擅长的篇幅空间内纵横施展，建构成一个或多个有着复杂意味的交互世界。与刘建东的小说质地相似，和晓梅小说的现代感充沛丰盈，其故事结构往往也不是单一线性而是采取复调叙事多线并织，并使其铆合于统一的叙事点上，其技艺的精熟和细节控制力让人叫绝。更重要的是，和晓梅始终将小说看作"探索存在的密钥"，她的所有技艺呈现都精心围绕于小说的智识和追问，深入而深刻——在这里我愿意再次重复列夫·托尔斯泰文学标准中的第一条：小说追问的问题越深，越对生活有意义，它的格就越高。毫无疑问，和晓梅的小说处在一个高格之中，它是勘探，是言说，是审视与思忖。

许多时候我们会把沈念归为"散文作家"，就像我们有些时候会把史铁生、宁肯、刘亮程、周晓枫看作"散文家"一样，他们在散文写作中的影响力远大于在小说中的影响力，但这绝不意味他们的小说写得不好，达不到高标。《八分之一冰山》会让我们轻易地想起海明威的"冰山理论"，也会让我们在开始阅读之前就暗自认定，这本小说集将会在"未说"和"未尽"之处有更多经营——事实上也的确如此，我在沈念小说的"空白处"读出的其实更多。这本小说集，聚焦于平常人生，聚集于平常生活中的个人遭际与精神困境，充满着追问、反诘和更多体谅，叙事冷峻而又不失温情。在本辑十本书中，沈念的《八分之一冰山》大约是最具知识分子气息的一本，这一独特足以让它显得别样。它，在表层有种"隔着玻璃看世界"的距离和淡然，然而在再次的阅读中，我读到的却是骨肉相连的体恤，以及经久不散的"耐人寻味"。

弗兰兹·卡夫卡为何要让格里高尔·萨姆沙变形？就以现实主义的方式讲述一个推销员的故事不可以吗？当然可以。只是，它的强度就可能变弱，极端感就会变弱，故事的张力和阅读者被调动起的思考敏锐就会变弱。我们知道文似看山不喜平。我们知道，小说的故事性诉求和思想性诉求，都需要小说家们在不失合理性的前提下努力"推向极端"，其原本纤微的、隐藏的、不那么呈现的部分才会得到有效彰显。在现实主义题材的小说中，因为身份和条件的特殊，军人和军事文学最容易在日常化的场景中建构起"极端"，呈现出强烈的故事性和戏剧冲突。"善假于物"的文清丽在她的《撩人春色是今年》中充分地利用着这一点,以现实的、回忆的、追怀的方式强化和突出故事主人公们的军人身份,以及他们的经历种种……尤其巧妙和独有匠心的是,文清丽在这本小说集中建立了具有象征的"军营"和同样具有象征的"昆曲"两个舞台,一武一文,一雄悍一温婉——其中的自然张力被她有效调动,魅力十足。就我有限的阅读而言,我们的军事文学写作很容易指令性地完成单一向度,其丰沛性、多义性和动人性时有不足,而文清丽在《撩人春色是今年》中的尝试无疑为我们提供了某种启示性参照。

注意到李凤群的写作应当是很晚近的事情,几位我熟悉的作家、编辑朋友向我推荐李凤群,甚至希望我能为李凤群的文字写点儿什么。我是从长篇小说《大野》开始认真关注起李凤群的,我觉得她有良好的艺术感觉,更重要的是她有一颗真诚的心,小说中诸多的人与物都连接着她的肋骨,她体恤他们、理解他们,甚至与他们共用同一条血管。对了,在强调小说的思想性(小说对生活越重要,小说的品格越高)、艺术性(与小说的内容相匹配的外在之美)之后,列夫·托尔斯泰的第三条文学标准是真诚,是作家对他所创造的一切的理解和信。在李凤群的小说中,包括这本《天鹅》中,那种真切的理解和信始终存在着,也使她写下的故事并不单纯是"一个故事",而更多的是一种有共感的情绪,一种有共感的思考,一种具有普遍性的精神面对。从某种意味上,李凤群的小说可算作是"体验式文学"的那类创作,她更重视小说中的具体体验感和精神波动——尽管,这里面写下的或许是"他者"故事。

四

十位作家,从性别上来说,五男五女——这并非是我们的有意为之,只是在反复不断的约稿过程中机缘巧合地呈现,它不是我们的考虑因素,在第二辑及以后各辑约稿过程中,我们依然不会将它看作遴选要素。

十位作家,其身份、工作单位和生活区域各有不同:有军人、教师、编辑、作协领导和事业单位工作人员,也有自由职业者;有的生活于大中城市也有的生活于边远城市;有汉族也有少数民族……它同样不是我们所看重的遴选要素,我们要的只有"实力"和"未来态势"——而我们之所以梳理了这些不在遴选要素范围之内的点,是因为它在机缘巧合中呈现了我们试图达到和获取的"丰富"。这是我们极为看重的。希望我们遴选的作家都具有强烈的个人面目,都在以自我的方式开掘自我的精神富矿,当我们将这些作品呈现于大家面前的时候你能够感觉它们的"独树一帜"……罗素说,参差多态是人类的幸福本源——就文学作品的阅读来说,确是如此,我们甚至不愿意在同一作家的不同作品中读到不经思虑的重复,求新求异是我们阅读中的心理本能。在这里,我们强调作家们在身份、工作、生活区域和性别上的不同,更多地,是意识到

"童年记忆、生活环境和未知因素X"对作家写作的影响确有它的显见和内在微妙,这应是我们需要重视与反思的另外一隅。

他们在高原之上,他们具有代表性和独特性,他们和他们的写作,值得被关注。

是为序。

2022年11月于石家庄

目录

1921年的童谣 ············ 1

骑鹅的凛冬 ············ 56

最后一个道士 ·········· 106

飞利浦牌剃须刀 ······ 131

石门 ················ 172

可悲的第一人称 ······ 204

天高皇帝远 ············ 243

1921年的童谣

一

我想象着与我相隔遥远的1921年，年仅六岁的祖父郑能安坐在夏日的芦苇荡里，唱起那首青花滩耳熟能详的童谣时，是什么样的一幅情景。或许滔滔不绝的清江水正从他的脚板下静静流过，他扬起的水花打湿了碎花小裤脚；或许不远处的渔夫正赶下竹筏前头的鸬鹚；或许他拔出一节芦花，抛在水里，眼看缓缓的河水即将芦花带去遥远的下游，然后一个猛子扎入水中去抓它。诸如此类，常让我惭恶不已，在一个个黑夜中，祖父的形象正渐渐消弭于我脑海里的夜色中，他离我如此的遥远，而我也正追随着他渐渐老去。

或许那个在河边被夏风披拂的孩童，他根本就没有想过，大半生以后将会怎样度过。在无数个无聊的午后，我常常踱步于老屋的堂屋中，用各个不同的角度去揣摩着神龛上的祖父，我发现他无时无刻不在盯视着我。他的眼睛那么小，光头，小脸，一颏银须，下巴上有颗小痣，穿着一袭黑色的长袍，相框下头写着一行秀逸的小楷：郑公能安老大人之遗像。

在祖父的左边，端坐着的是祖母陈氏云青老孺人。我从未见过祖母,她让我感觉是如此陌生。她忧伤地坐在神龛上,她大而黑亮的眼睛散发出来的光芒让我感到一丝畏惧。她的云鬓梳理得一丝不苟,左边夹着一个黑色的发夹,结实光滑的额头,整齐的牙齿,或许在描这幅自画像之前,祖母曾经还化过淡妆,她细而长的柳眉像是神来一笔,立刻将她忧郁的表情展现得跃然纸上。这幅自画像便是祖母陈氏云青的最后手笔,她在画完最后一笔后,将画笔轻轻地放在砚台上,回过头来对父亲郑弦清说,给你们留个纪念吧,以后看着这幅画便能记得我了。小姑指着画,面朝父亲问,上面画的是谁?

父亲说,那是娘。

祖母鼻子一酸,眼泪便落了下来。父亲旁边的小姑郑玉姳也跟随着哇的一声哭了起来。

这是祖母的绝笔,第二天以后,父亲再也没有见过她。三十年后,我看郑家族谱上是这样写的:陈氏云青,郑公能安妻,陈家坪人氏,生两男一女,1967年春投河自尽。

郑姓在青花滩是一大姓。一直到如今,青花滩有一半以上的人都姓郑。在每年的清明时分,族里的人舞着旗,敲锣打鼓从清江边逆流而上,去各个坟地祭奠郑氏的祖先。他们每年照例会在郑家祠堂召开一年的族姓大会。大会由郑氏年长的最富权威的老人主持。据说有一年,他们一顿吃掉了两头上三百斤的肥猪和一头牛。青花滩的另一半姓便是陈。陈也是大姓,特别是在青花滩的上游一带。两大姓相聚在一起,势不两立,每年都会生出点儿事情来。郑姓曾经在陈姓面前吃过一次大亏，关于这件事，很长时间里，郑姓在青花滩总是抬不起头来，或许是不甘心，在暗地里蓄势待发准备着悄悄给陈姓来一个疯狂的报复。

那是关于争夺一块坟地的事。坟地在清江旁边的山头上，地势开豁，放眼所处，清江从脚下打了个大大的弯儿，碧波荡漾，滔滔而去，风光旖旎，那是块宝地。那个弯儿，青花滩会风水的先生都知道，这是龙开头的地方，正对着这块坟地的口子。争议由此展开。陈姓和郑姓的坟地挨在一块儿，那块风水宝地刚好挨着郑姓这边，按理，这应该是属于郑姓所管的。但是陈姓不甘心这么块宝地就这样落入了别人的手里。他们使了个让人哭笑不得的诡计，在竹筒里装入穄子粑，然后一节节挤出来，黑乎乎的像极了狗屎。陈姓事先将这些"狗屎"倒在坟地的周围，扬言哪方能将狗屎吃下，坟地就归哪方。第二天他们请县太爷来断坟地，陈姓叫嚣着对郑姓说，既然你们说坟地是你方的，那你们谁敢把这堆狗屎吃下去吗？！

郑姓这边也不示弱，难道你们就敢吃？！

陈姓就说，坟地本来就是我方的，怎么就不敢！

县太爷看着有些意思，顺水推舟就说，哪方吃下了这堆狗屎，这坟地就断给哪方。

陈姓就说，要得！于是派出一个壮年，三下两下便将"狗屎"吃了。郑姓看得瞠目结舌，无奈之下只得认输，坟地从此归了陈姓。

这事让郑姓愤愤然，因为不久陈姓故意传出来，那"狗屎"原来是穄子粑做的！这更加让郑姓颜面无存，本来就输了，还被人家当孙子耍了一回，岂有此理！从此与陈姓更加势不两立起来。曾祖父终生都对那块坟地耿耿于怀。你们看吧，以后有陈姓的好日子过的，做人不讲诚信，他们是没有好下场的。

曾祖父说这席话还没有过两个月，队伍就打过来了。队伍在青花滩干的第一件事，便是把陈姓的祠堂征用来做了驻扎地。

二

曾祖父生了七个儿子，祖父是兄弟间最小的，排第七。最小的总能得到长辈们多一点儿疼爱，青花滩有句话说，哪个爹娘不疼满崽？祖父是七个兄弟里头唯一读过一点儿书的，读的是私塾。头回去念书，曾祖父扛着桌椅去先生家，祖父屁颠屁颠跟在后面。他凝聚着众多同龄人的羡慕：读书的人是不用下田干活儿的。

先生是上游请来的，他手中厚厚的戒尺将祖父读书的热情打了个精光。先头几天，祖父放学回家，还会兴高采烈地把私塾里学会的几个字在家炫耀几番，郑家没一个识字的，曾祖父欣慰得不得了，搂着祖父在郑家神龛下鞠了几个躬，拜的却是孔夫圣爷。青花滩的人对孔夫圣爷尊敬得不得了，所有读书人初一、十五都上香供茶。

后来祖父放学回来,坐在堂屋的高木椅上一声不吭地望着曾祖父带着哥哥们从田里干活儿回来。曾祖父说,阿七,今天识到了几个字?

祖父红着脸说,今天先生没教识字。只教了首童谣。

曾祖父甚是诧异,说,先生这么大了还教童谣?

祖父躲闪着曾祖父的目光点了点头。曾祖父便说,既然是童谣,你唱来我听听。

祖父起先不情愿,他的哥哥们纷纷望着他笑,祖父盯了他们一眼,嬉笑声顿时静了下来,只听祖父稚嫩的童音在郑家祖传下来的院子里开始阵阵回荡:

…………
衣要遮体呃,
饭要吃饱呃。
苦难再多呃,
活着就好呃。
…………

祖父唱完,有些胆怯地望着曾祖父不敢说话。曾祖父说,这童谣还要先生教吗?他有些疑虑地望了眼祖父。祖父小脸一红,说是的。这首童谣在青花滩即使是很小的童子都会唱,根本就不需人教的。

后来曾祖父终于得知，原来祖父才上了半个月的课，就坐不住了。曾祖父去了私塾，先生和他叹息着说，他天生就不是读书的料，戒尺都打断两条了，还是不管用。曾祖父说，有劳先生了，回去我一定好好教育教育这个孽子。先生却说，人各有命，你又何必强迫他呢，他不是干这行的料，即使再逼他，也不见得有效的。曾祖父满脸堆笑地说，是，是，先生不愧读书人，说的话就是在理。

　　祖父那时便已经开始逃学了。他起先跑到青花滩的庙里去玩，庙后院是块花生地，他饿了便去偷偷拔花生吃。生的花生味道不怎样，他有天发现花生地的后边还有一块凉薯地，这才算是找对地方。八月份的凉薯又大又甜，吃起来清脆可口，祖父吃得带劲儿，没料到背后站了一个人。

　　是五师父，他留着胡须，是俗家弟子。俗家弟子出家可以做和尚，回到家依旧娶妻生子，也吃肉。青花滩并没有真正的和尚。五师父一把揪住祖父的耳朵，小兔崽子终于让我给逮着了。祖父被五师父拎着耳朵踮着脚拽进了屋。他说，我前几天还在纳闷儿，好端端的花生地怎么像是薅过一般，我还以为是野猪呢，原来是你这小兔崽子捣的鬼。

　　祖父也不怕，立在那里眼睛盯着五师父只笑。五师父是个光头，有些胖，长了一副菩萨脸，祖父并不怕他。

　　五师父就说，你还笑，到时告你老子去，看你还敢不敢笑。自己却忍不住笑了出来。就说，你是谁家的儿子，叫什么名字？

祖父便说，你答应不告诉我老子，我才告诉你！

五师父乐呵呵地说，要得。

祖父便一一说了出来。五师父说，郑家的教养是出了名的好，想不到也有你这样的捣蛋鬼。他俩甚是投缘，五师父空守着一座破旧的庙宇，平时一个人也无聊得慌，祖父的到来，给他解闷不少。五师父便说，以后别去后院了，那儿的还没熟呢，以后你来，到我这儿直接吃就是了。祖父咧着嘴，一颗小虎牙像笋尖般冒了出来说，要得，要得！

祖父每天早上渡船过清江，曾祖父还以为他真的上学去了，压根儿就不知道他去的破庙。先生也很少主动渡船过来，还以为是曾祖父不让祖父来上学了。

有天，五师父在破庙抄经书，写的是苍蝇般大小的小楷，内秀而遒劲，祖父看了喜欢得不得了。就说，你也教教我吧，这写字，比识字好玩多了。

五师父说，你先写个字我看看。

祖父抓起笔，在纸上写了一个"能"字。五师父细细地望着这个字，过了半晌说，难得。

于是祖父开始跟随着五师父练字。祖父并不认识字，也懒得去识字，但是他非常喜欢写，于是五师父有意识地开始每天教他几个字认，久而久之，一般常见的和经书中的字他竟然在潜移默化中渐渐都识得了。祖父回家时在墙壁上写了一板，曾祖父欣喜得不得了，拉着祖父一起跪在神龛前，语无伦次，菩萨保佑，郑家终于有了个识字的人了！

祖父一生只会写小楷和行书。他起先跟着五师父抄经书，先学习小楷，进而练行书，五师父的字也是无门无派的，祖父和他学，写的也都是无门无派的字体，他既不知道颜体也不知柳体为何物。祖父后来说，这写字啊，就像做人般，端正，不斜不歪，便是好字。

据说我的曾祖母的奶特别长，她有个外号叫长奶婆婆。曾祖父的七个儿子分别是能彬、能祯、能昌、能崇、能保、能泰和能安。郑家人口多，曾祖父九弟兄在青花滩虽然不算多，但是一家人聚在一起，颇为壮观。

郑家的田产也不算多，自己有十亩水田和几亩地，赶上风调雨顺的年头，还能吃饱，要是年成不好，便只能勉强糊口了。所以郑家一直非常节俭，他们每顿饭里，都要伴混着许多杂粮，如干红薯饭、南瓜饭、阿恩叶子饭等。叔公们天还没亮，便得起床。老大能彬，为人老实，不爱说话，外号叫兵马子（青花滩方言"bin"与"bing"的发音是一样的），他只干粗活儿；老二能祯，手巧，外号鲁班，他会打竹筛、簸箕、米箩，很讨人喜欢；老三能昌，青花滩的人都叫他昌鸡公，好玩，但干活儿动作麻利；老四能崇，脾气火暴，凶狠好斗，青花滩的人都有些怕他，叫他蛮脑壳，有回猪跑出了栏，怎么赶都不肯进栏，蛮脑壳恼怒，抓起把打野兽的叉子，一下插入猪的脖子里，当场便把猪叉死了，他后来去湘西龙山当了名土匪；能保、能泰两位叔公都是中规中矩的人，为人本分老实，其中能保叔公去溆浦躲抓壮丁，再也没能回来，音信全无，不知死活。

那时叔公们都还小，大的也不过二十岁，小的还得背着。曾祖母一到干活儿的时候，幼小的儿子们趴在曾祖母的背上饿了就哇哇大哭，曾祖母干活儿腾不出手脚来喂奶，于是掏出奶子往背后一抛，年幼的叔公们便一口含住使劲儿吸吮起来。这个传说是否真实，已经无从查证。但绝对不会子虚乌有，直到今天，青花滩的老人们还为此津津乐道。

天还未亮，郑家的妇女们已经早早地把早饭做好了，用一个甑蒸熟，然后倒在一口大铁锅里，满满的一大锅饭，里面什么都有，南瓜皮、红薯丁子、干豆角都能吃到。菜以咸菜和青菜为主，只有过节的时候，才能吃到肉。妇女是不允许上桌的，要等男丁们吃完了，她们才能小心翼翼地端起碗来，蹲坐在灶前匆匆扒完碗里的饭。郑家的叔公们以能吃而闻名青花滩，大叔公曾经有吃下三升米的纪录。他们能吃，但是绝对不会浪费掉一粒粮食。"糟蹋粮食，会遭雷劈的。"这是祖父吃饭时经常说的一句话。

三

红军来到青花滩的时候是民国二十三年冬天里，他们是溆浦龙潭那边打过来的。那是个清晨，打着严霜，河面上还起了浓雾。围堵他们的国军并没有拦截住，自己倒是吃了不小的亏：两支部队合围时因为浓雾没有弄清楚对方的身份，彼此都以为对方是红军，结果没头没脑地在浓雾中便干了起来，死伤惨重，等到发现时，双方都懊恼不已，红军却早已撑着筏子远离包围圈悄悄来到青花滩了。

曾祖父打开门，发现青花滩突然之间四处都是红军。红军并没有像之前传说的那样红毛黑脸，个个是杀人不眨眼的魔王。他们见人便称老乡。曾祖父甚至发现红军里面竟然还有女人，有些女人甚至还大着肚子。这让曾祖父和青花滩的人暗地里吃惊不小。后来我才知道，那是萧克将军的部队，是红十七师和红校，他们从小龙潭打过来，经圭洞、大华、青山界、龙庄湾抵达这里，打算在此与主力会合。

红军在这里驻扎了下来，他们领头的是个魁梧的湘西大汉，他身后是名戴着眼镜的白净书生模样的年轻人，曾祖父他们暗地里更是惊讶，戴眼镜的怎么也当"土匪"啦？

红军热情地和曾祖父他们打着招呼，叫他们老乡，但老乡们都不敢与他们搭腔。部队里什么口音都有，有几个，听口音似乎就是青花滩上游石门一带的。曾祖父他们一言不发地盯着红军，采取一种既不支持又不反对的态度。红军们开始在墙壁上贴标语，有些是直接刷上去的。打倒土豪劣绅！铲除贪官污吏！无事不进店，不拿群众一针一线！这些标语让青花滩的人暗地里又是吃了一惊。

第三天早晨，他们便把青花滩头号地主陈大膀子绑了起来，绑在陈家祠堂前的古樟上，然后开始审问他。

四周围上了层层前来看热闹的人。陈大膀子瞅了瞅人群，脸上开始冒起汗来，人群中隐隐地散发着一股杀气。

陈大膀子哑着嗓子喊，饶命啊！

陈大膀子被处决后，红军拿出了他的地契，大声说，这是陈炜新的所有地契，然后划了根火柴，全部当众烧掉了。又将陈大膀子的粮仓打开，号召人们去分。起先没一个敢来分这谷物，一个个站着愣着。

湘西大汉大声道，老乡哇，陈大膀子死都死了，为啥你们还不敢来分粮？蛮脑壳站出来说，分了你们就走了，那我们怎么办？！

湘西大汉说，我们还会回来的！你也可以和我们走！

蛮脑壳说，你们什么时候回来？

湘西大汉捻起烟卷眯着眼睛说，这个，这个，这个暂时不能说，军事机密。一句话把很多人都惹笑了。气氛慢慢和缓起来。蛮脑壳大声道，娘的分就分，大不了脑壳上多一道疤！于是走向前分了两百斤。曾祖父站在人群里跺着脚干着急，也不敢向前去阻拦，气得胡子一抖一抖的。

于是渐渐有胆大的向前来分粮，有些人最终还是站在那里不为所动。湘西大汉便走上前问，你们为啥不去分粮？

那些人便说，我们是苦八字，轮到吃啥就吃啥吧，这粮，怕我们咽不下去。湘西大汉怎么劝，他们就是不敢向前半步，最后都悄悄回家去了。

湘西大汉跺着脚说，为啥这里的人革命觉悟那么低！

蛮脑壳一回到家，曾祖父将神龛上的那把大荆条取了下来，低声吼道，给我跪下！

蛮脑壳歪着头，偏偏不跪，还说，我也要去参加红军！

这把曾祖父肺都气炸了，他大声地喘着气说，你刚说啥？！你再给老子说一遍！

蛮脑壳又说了一遍，我要跟湘西大汉他们去当红军！

曾祖父举起荆条劈头盖脸朝蛮脑壳抽去，你这孽种，孽种！你好不学偏要去学当土匪！

蛮脑壳立在那里，一动也不动，说，他们不是土匪！上游石门的好几个都当了红军了！

曾祖父气得将荆条也扔掉了，背着手在神龛下踱着步，你要是敢去当红军，我就死在你面前！

曾祖父从未发过这么大的火，这回把郑家所有的人都吓住了，没谁敢上前来替蛮脑壳讨保，蛮脑壳也怔住了，他没想到曾祖父会为这事生这么大的气。

那两担谷，曾祖父等到红军走后，一直未动它。后来又打发兵马子送回陈家去了。蛮脑壳没能当成红军，后来却成了名真正的土匪。

四

红军在青花滩只待了四天。第四天清晨，天刚麻麻亮，红军就启程了，他们用筏子渡过清江，去了下游的陈家坪。陈家坪姓陈的比青花滩姓郑的还多，那里几乎全部都是姓陈的。红军走之前的晚上四处宣扬道，老乡们，我们还会回来的！

红军浩浩荡荡地渡过了清江，第二天下午国军就追击过来了。国军的装备比红军好多了，里面也没有妇女和小孩儿。青花滩第一回看见正规军，看刺刀尖在冬天的北风中闪着阵阵寒光，心里头便有些惧怕，比头回见到红军还怕。国军也不宣传，也不刷标语，倒是把红军留下来的标语全部揭掉了。他们把揭下来的标语放在脚下踩，还撒尿在上面。

倒没见哪个红军当着那么多人撒尿的。有些青花滩的人便悄悄犯嘀咕。

他们把保长叫过来，保长说，红军昨天早晨就过江了，他们往陈家坪方向去了。

国军里头便站出来一个头目，说北方话，拿着根马鞭，指着保长说，共匪在这里还干了些什么？

保长望着这根乌黑的鞭子，心里有些害怕，就说，他们把陈大膀子杀了，陈大膀子是我们这里的绅士。

北方佬又问，还有呢？

保长便如实道，他们还把陈大膀子家的家财分了，还鼓动这里的年轻人去参加他们的部队。

北方佬沉思了下，说，都哪些人分了粮？

保长说，一二十户吧，不过我一时也想不起那么多了。

北方佬又沉吟了下，骂了句，他奶奶的！

青花滩骂人都是骂他娘的,他奶奶的这骂法儿还是头回听见,感觉很新鲜。北方佬又说,爷爷们都饿了,你去搞点儿吃的,有猪牛羊鸡狗什么的最好!

保长说,我们这里从来都不养羊,牛要用来耕田的,鸡狗倒是有。

北方佬扬起鞭子在空中抽了下,奶奶的屁话那么多,搞到什么吃什么!

吃完饭,这些兵也不停歇着,大伙儿远远地望着他们,不敢靠近。第二天,便传出国军要征兵了。征兵这说法倒是体面,叫"三丁抽一,五丁抽二"。但是保长不那么说,他对青花滩的小伙们悄悄说,他娘的,你们赶紧跑,他们要抓壮丁了!

蛮脑壳说,是去当兵吗?有没有枪发的?!

保长说,他娘的有枪发你就敢去?是要你去送死的!

起先蛮脑壳还不肯跑,后来听保长这么一说,脑壳也就开窍了,和五叔公能保当天夜里就逃到溆浦的一位堂兄那儿去了。其他几位叔公连夜躲在五师父的破庙里,也避过了一难。

第二天早上,国军稀稀拉拉没抓到几个壮丁,抓来的都是四十好几了的人,北方佬便生气了,朝保长大声吼道,他奶奶的这里的壮年人都死哪儿去了?!是不是你让他们逃的?

说着扬起鞭子狠狠地抽了保长,保长委屈地弓着腰说,他们可能是早些日子红军来时躲上山了吧。

这话回答得很乖巧,北方佬便不生气了。北方佬说,你不要耍我，要是我知道你耍我了，一定有你的好下场！

保长唯唯诺诺地应了。

国军终于也走了。一个月后，蛮脑壳从溆浦回到了家，说，他娘的国军走啦？

曾祖父说，走了好久了。又问，老五怎么没有和你一起回来？

蛮脑壳一个劲儿地骂道说，他娘的我们俩还没走到溆浦就给国军的部队撞上了，他们要抓我们做壮丁，还好我眼疾手快，夜里趁他们不注意，逃了，老五就没那么走运了，他被他们抓走啦！

曾祖父忧心忡忡地说，老五这回怕是凶多吉少了……

蛮脑壳就说，这哪像正规军哪，他们还说红军是土匪，我看他们才是土匪，红军都没强迫人去当兵！

曾祖父长叹了口气，这年头，管他们是红军还是国军呢，咱这些泥把式能活着吃口饱饭就万幸了，我看红军还是会回来的。

蛮脑壳说，你怎么知道。

曾祖父不放心地盯了眼蛮脑壳说，我说会回来便会回来，你问那么多作甚！

红军在陈家坪只待了两天。在这里红军处决了大财主陈文祥。青花滩的陈大膀子被砍的消息在红军未到陈家坪时，在这里就已经家喻户晓了。1935年12月19日，红军到了陈家坪。

当时的财主、土豪、巨商闻讯,能逃的都携儿带女迅速逃到山里去了。来不及逃走的反动街长陈文祥感到左右为难。他逃晚了一步,正准备逃时,红军已经过江来了。俗话说,伸手不打笑脸人,陈文祥便拿定了主意不逃了。下午,他头戴瓜皮帽,身穿长袍,手拿鞭炮,站在码头上,迎接过江的红军。过不久,一支高举着工农红军大旗的队伍,浩浩荡荡地朝街上开来。陈文祥点头哈腰地迎了上去,燃放鞭炮,欢迎红军进街。还殷勤地递烟给红军,但是红军并没有去接他的烟。陈文祥包揽诉讼,欺压人民,是横行陈家坪的一霸。受过他迫害的邓记斋铺,早暗地里派人到青花滩,找到了红军控告了他。所以红军来陈家坪时,对陈文祥的罪行已了解得清清楚楚。第二天早上,红军便把陈文祥从洪昌商店拉了出来,进行审讯。

湘西大汉说,你就是陈文祥?

陈文祥说,我就是,我就是!他边说边给湘西大汉点烟。湘西大汉也不拒绝,抽了口便说,你进步倒蛮快哇,昨天放鞭炮的是你吧?!

陈文祥哈腰道,我老早就等着你们来,对你们的大名久仰了!

湘西大汉就说,我听很多人举报你呀,说你平时鱼肉百姓,是陈家坪一大恶霸!

陈文祥一听脸就绿了,迭声道,我是积极拥护你们的,要不我怎么没逃!湘西大汉就说,也好,看你表现不错,你今天上午赶紧找一百个穷苦人来保,如果一百个穷苦人都说你不该杀，我就放你一条生路。

这一百个穷苦人哪能一时凑得齐，再说即使找得到，穷苦人也不会愿意去帮他说情。陈文祥找了许久好不容易才找到四五个。湘西大汉就说，就这么几个？看来穷苦人的眼睛是雪亮的嘛！第二天清早，红军开走时，把陈文祥从正街人泰和布店带出，押到云集街口小溪江边一刀砍了。

五

红军打到陈家坪的时候，祖母陈云青还是十八岁的闺女。祖母是正儿八经上过学堂的，据父亲后来的话说，她念的是邵阳师范女子学校。祖母在家排第四，她前面的是三位姨奶奶，她下面是舅公陈广廉。红军在陈家坪待的两天里，老外公并没有做逃跑的打算，但是他把舅公陈广廉藏到了石门的一户佃户家避开了风头。老外公婆婆说，那你和三个闺女怎么办？老外公说，我还逃个屁，反正崽女都那么大了，我也不怕死了，至于闺女，我相信红军是不会连女人都不放过的，要是真那样的话，那他们还打什么天下？！

红军果然来找老外公，说，你家儿子陈广廉呢？

老外公装聋作哑半天，说，陈广廉早半个月前就去了湘中贩运大米去了。红军在老外公家搜了半天，果真没发现舅公的影子，将信将疑地走了。陈文祥被红军处决后，老外公捋着下颌几缕稀疏的胡子说，这下好了。

舅公后来回来问，陈文祥都杀了，为什么反而说好了呢？

老外公说，红军是杀鸡儆猴，他们不会再杀了。果然，杀了陈文祥后，红军再也没在此杀过人。老外公靠做米行生意发的家，红军当天把陈家坪做生意的人都召集了过来，对他们说，做米行生意的，吃的都是嘴里的饭，莫做过分了，不要把泡过水的米卖给穷苦人家。

老外公连连点头应允，红军便接着又说，这生意嘛，以后肯定还得继续做下去，不过钱赚一点儿就行，不要赚得太狠了，不要搞剥削，要不下次我们来，就对你们不客气啦！

老外公和其他做生意的忙点着头说，红军放心，我们也是做点儿小本生意，都是乡里乡亲的，保证不会对他们缺斤短两！

红军就说，这就对了嘛！

红军在这里休整的晚上，老外公打发人抬了五担米到红军住的地方，但是红军没有收。老外公亲自去了，说，这是我陈家的一点儿小心意，还望你们收下。红军说，我们不会无缘无故收人家的东西，你要给，那我们按市价给你钱。老外公忙推手说，使不得，使不得！

说着就走了，米却留在了红军那里。

红军临走的时候，打发人又将钱送到了老外公手里，说，这是你的米钱，够不够？

老外公说，使不得，使不得！

来人便说，我们又不是打劫的，吃你的粮便要给你钱。说完便走了。老外公愣在那里半天都没有回过神来，长叹了声气，转身进屋去了。

大姨奶奶嫁给了水车一个茶商的二儿子；二姨奶奶嫁到了罗通，后来丈夫眼瞎了，一直过得艰难。祖母四姊妹中，三姨奶奶是嫁得最好的，三姨公公是现在湖南师范大学前身的教授，教国文，三姨奶奶出嫁后便一直跟随着三姨公公生活在长沙。祖母是四姊妹之中唯一一个嫁过两次的。或许在其他三位姊妹看来，祖母的身世是最凄惨的一个。祖母出嫁时已经二十有余了，在当时算是大龄出嫁了。祖母一生多愁善感，极富才情，在陈家四姊妹之中，她是最擅长吟诗作对的一个。当时陈家在陈家坪虽算不上首富，但绝对可以称为殷富之家。陈家在新中国成立前，有良田两百多亩，在陈家坪和石门还有四家米行。父亲说，祖母在未出嫁时，老外公喜欢出一些对子来让子女们对，祖母总是最先答出来的，答得极快，又极其工整，很多堪称绝对。老外公欣喜之余，便会拿出一些金银首饰作为奖赏，时间长了，祖母竟然整整装满了一个小桃木箱。

陈家每年的农历六月初六，太阳暴晒的那天，会把家里所有值钱的家当放在晒谷坪上暴晒一天。那天，陈家坪的人眼睛都会放光：花边、光洋，各种锦衣绸缎，各式家具等，足以让许多人暗地里垂涎三尺。

这种做法，是否妥当真是值得商榷。新中国成立后土改时，陈家的家财被没收得一件都没有留下。我想不通的是，为什么陈家要把家底暴露在外人的眼中，难道是仅仅出于单纯的炫耀心理吗？

六

或许曾经祖母是暗地里计划过自己的终身大事的。这在她后来的《读回文有感》可为一例：

读回文有感

为感良人意，新传织锦诗。

才名冠千古，巧思几人知。

莫倚冰雪质，休论五色丝。

循环不能读，何以慰兰思。

回文，即织锦回文。晋代窦滔在远地做官，其妻苏惠（字"若兰"），以五色丝将自撰的一篇长达八百四十字、意甚凄婉的回文诗织于锦上以赠窦滔。祖母诗题目中之"回文"可能就是这一篇。如今已经无法考证《读回文有感》这首诗的写作年代了，如果是写于祖母出嫁之后，"循环不能读，何以慰兰思"这字里行间的幽怨，那是可以理解的。祖母的头嫁丈夫是石门的一个靠做染坊起家的裁缝的大儿子，叫田世光。田家终日忙着做裁缝，家里没一个识字的，平日里忙于裁布加工，哪儿能理解祖母的那些所谓的"离愁别绪"！夫妻之间终日无共同语言，从《读回文有感》中，不难看出祖母心中的那股幽怨。祖母迟迟不出嫁，起先老外公还没着急，认为自家条件好，不愁嫁不出去，何况祖母长得端庄秀气，又是个识字的。可是等了几年，老外公心底里暗暗有些焦虑起来，媒婆做了好几个媒了，可是祖母始终不发话，谁也不知道她心中想的是什么。她成天躲在闺房里拿着一本《桃花扇》或者《聊斋》看，有时也绣绣花，老外公见她脸上始终一摊秋水般平静，根本就不为出嫁而着急，便静不下来了，说，这么大的姑娘了还不嫁出去，这哪能像话，外人知道了，会讲闲话的。于是便将后来媒婆介绍过来的田家比较了下，说，田家虽比不上我们陈家，可裁缝是有手艺的，世道怎么变，怎能少得了裁缝?!只要有人就得穿衣裳，你就不愁没饭吃！只要有口饭吃，这人就能活下去！

这桩婚事便由老外公做主定了下来。祖母之前从未见过姓田的长什么样，心里急得慌，一万个不情愿，又不能讲出来，怕老外公生气，暗地里一个劲儿地流泪。老外婆看不下去，到底是自个儿心头上的肉，就劝老外公说，要是那姓田的不咋的就算了吧。老外公一听，拍着桌子说，你咋也这么糊涂了?!这婚事是儿戏嘛，说算就算得了的嘛！老外公是爱面子的人，答应的事哪能反悔的，硬逼着祖母嫁了出去。姓田的丈夫长得也不丑，但却是个大老粗，平时只知道做活儿，至于其他，便什么都不管了。他见祖母整天坐在那里发呆，愁肠百结的样子，慌了神儿：你是病了吗？

祖母摇了摇头。

那你是这边的饭吃不习惯吗？

祖母又摇了摇头。

姓田的便诧异了，说，有吃有喝的，又不要你做活儿，你干吗还一副不开心的样子，你瞧外边的妇女，哪个不是在田地里做活儿累得半死的，人家也没像你这样成天愁眉苦脸的！

祖母的泪却像树叶上的水珠一颗一颗滑了下来。

祖母一直没有给田家生过一儿半女。或许祖母在这十几年时间中，她是在孤寂中度过的。祖母曾在《灯下的飞蛾》这首自由诗中终于把话说白了："唉！人生男女的结合，倘使遇到不淑之人，她的身世，也像飞蛾一样的不幸与惶惑。"

"不孝有三，无后为大"，祖母在这十几年时间用惶惑来形容，一点儿也不算过分。据石门的老辈人回忆，祖母与田姓丈夫之间常有冷战，偶尔甚至有打骂现象发生。家庭之外，祖母同样感到孤独："不是秋来感慨多，愁心先已入诗魔。一年明月今宵好，杯酒同君且放歌。"（《中秋夜同陈霞玩月》）陈霞本是个少有文化、更不懂赏月吟诗的普通村妇，祖母邀其玩月，赠之以诗，其孤独无奈可见一斑。或许是祖母那种清高的性格，普通人终难与她靠拢在一起。

老外公每隔几年都会主持修一次陈姓的祠堂。修祠堂是族里的一件大事，一般都是由族里德高望重的人来主持。族里本来有位资历比老外公更老的人，按理应该由老人来主持的。老外公拍着桌子说道，陈斗轩拿个屁来修，他哪收纳得齐钱来?!

于是老外公当了主持。他朝陈姓的每家每户去收钱，民国二十四年，正好赶上天灾，几个月没下过大雨了，田干得露出了手指宽般的缝隙，闹了大饥荒。族里的老辈人就说，眼看都要饿死人了，这祠堂晚点儿修也未尝不可。

老外公胡子一翘，冲他说道，老祖宗都不认的人，活该饿死！

钱照例去收，家境稍好的，还可以勉强拿出几吊钱出来，家境不好的，饭都没得吃了，哪还有钱拿出来修祠堂。就说，修了祠堂又怎样？祖宗要是灵验，怎么不下场雨，难道眼睁睁看着我们饿死?!

老外公搬条凳子坐在那人屋里，也不多说话，就认准了一个理：修祠堂是祭奠祖宗的大事情，哪容得了你讲理?!

逼得没法儿了的人家只好把仅有的一点儿粮分一半给老外公，也算是出钱了。外公也不多说，拿了就走，背后的人恨得牙齿咬得咯咯响。这是件得罪人的事，可老外公就认准了一个理，死也不改。

七

祖父是民国十七年开始跟随五师父学和尚的。祖父那时已经十四岁了，在当时可以成家了的。祖父的六个哥哥中，只有兵马子和鲁班成了家，剩下的都是光棍一条。祖父跟着五师父练了几年毛笔字，经书抄了几大卷，一手漂亮的毛笔字给练了出来，到后来，五师父都连连摇头自愧不如了。便说，老七，愿不愿意和我学和尚？

祖父天生懒虫一条，就说，学和尚有什么好处？

五师父笑道，怎么就没好处了，你想，这世上哪天不死人的，死了人就有我们饭吃，又不用下田挖泥巴、下地挖土，吃的是碗轻松饭。

祖父便说，这倒挺好，天天坐在这儿打打盹写写字，又不用日晒雨淋，好，我跟你做和尚吧！

起先曾祖父并不知道这事，后来祖父会掷铙钹了，他才告诉曾祖父。"犀牛望月""苏秦背剑""嫦娥奔月"，祖父一个打得比一个漂亮，加上天生一副好嗓子，似乎命中注定就是当和尚的八字。曾祖父的心便放下了，看了个日子，拿着些礼品来到庙里算是正式替祖父拜了这个师父。

红军打到青花滩的时候，湘西大汉的眼睛里面进了粒沙子，肿得老高，像个桃子，见不得风。

见了祖父，湘西大汉捂着眼睛说，你多大了？干吗要去当和尚？

祖父说，还未满二十。做和尚轻松自在，吃的是菩萨饭。

湘西大汉说，都是些骗人的把戏吧，你们这样的人我见多了。

祖父便说，念经拜佛，哪有骗人的？我们做的可是真把戏，不信，我给你吹吹眼睛，保管马上就好。

湘西大汉半信半疑，说，要是没吹好怎么说？

祖父十拿九稳地说，要是没吹好，我跟你走好了，任由你处置！

湘西大汉见他样子长得还算标致，就说，吹吧，信你一回。

祖父先用手指捻成一个圆圈在湘西大汉面前晃来晃去，嘴里念念有词，非常神秘的样子，然后就凑到湘西大汉眼前，扒开他的眼皮，连吹了三下。

祖父说，你眨眨眼试试！

湘西大汉疑虑地眨了眨眼睛，竟然不痛了，沙子早出来了。

神了！湘西大汉惊讶地说，我之前好几个人都帮我吹过，都没有吹出来，你竟然把它给吹出来，真有两下子。

祖父说，不是玩把戏吧？

湘西大汉说，还真有点儿玄乎，不过里面肯定有把戏！

祖父嘿嘿一笑，便不再说话。

湘西大汉说，你叫什么名字？祖父说，叫郑能安。湘西大汉说，没有法号吗？

祖父就说，我们不是正式出家，没有法号。湘西大汉就说，你跟我革命去吧，做和尚没前途。

祖父说，革命是做什么？那还不是为了能吃上口饭，可我在这里坐着就有饭吃为啥还去革命？再说这枪子儿，打到人身上不长眼，说不准哪天真的就去见菩萨去了，那还拿啥革命？使不得，使不得，我还是做我的和尚吧。

湘西大汉听了连连摇头，说，你这是胸无大志，难道革命就是为了吃饭？！

祖父就说，不是为了吃饭，那你们还革命？

湘西大汉被他问了个哑口无言，思忖半天就说，不对，不对，革命虽也得吃饭，可这革命还得多点儿意思，这里头有道理，唉，说了你也不明白的。

祖父就说，你们革命不是说要让所有穷人翻身得解放吗？既然让穷人解放，那不就是为了让他们有饭吃，不挨饿吗？这就是你们的革命吧！

湘西大汉说，你只说对了一半。光有饭吃还不够，那些佃户不是照样有饭吃嘛，可是他们并没有被解放，我们革命，就是为了让他们身心都得到解放，你明白吗？

祖父想了半天，说，我还是不明白。有饭吃，有衣穿，这世界不就太平了吗，干吗还要弄得天翻地覆鸡犬不宁的？再说这人一生下来，八字就注定了他该干吗就得干吗，命中早就定好了的，这革命能闹腾起啥来呢？

湘西大汉连连摇头说，跟你说你也不懂，你还是当你的和尚吧！

说完掏出一块光洋来，递给祖父。祖父不接，说，干吗要给我光洋？

湘西大汉说，你刚才给我吹好了眼睛。

祖父说，这事我经常做的，从未收过钱，你这钱，我不要。湘西大汉再给，祖父依旧不接，湘西大汉只好作罢。走的时候说，看你还有药可救。

祖父游手好闲惯了，一样农活儿都不会干，不用日晒雨淋，长得白净秀气，倒不像是个农村里的。天天和那些闲汉凑在一块儿斗蟋蟀，下五子飞棋，渐渐成了个二不挂五的人，到后来，竟然私通了一个石门的妇女。

那妇人男人刚死不久，祖父见她长得还算标致，便打了人家的歪主意。和五师父去石门做道场，夜里的时候祖父开始掷铙钹，铙钹在空中旋转得呼呼响，看的人都心惊肉跳，祖父像做杂技表演般将众人的心提到了嗓子眼儿。那个妇人被祖父的绝技折服得五体投地，时间久了，两人便黏在一块儿。

曾祖父起先还不知道，后来风声越传越大，便开始坐不住了。他一脚踹开房门，正赶上祖父去陈家坪一带做道场去了，不在，那妇人却被曾祖父逮着了。曾祖父说，你这婆娘还要不要脸，我儿子可还是没成过家的，你不要把他的名声毁了！

妇人道，是七师父自己主动的，我有什么过错？

曾祖父就有些生气了，说，你比他大，又是过来人，难道也就由着他的性子来？我看是你耐不住寂寞了吧？

一句话把妇人噎在那里半天作声不得，哇地哭了起来，地动山摇，曾祖父气得捋着胡子说，得，得，得，就你这样子，以后也休想进我郑家的门槛！

祖父一回家，看到这架势，抬脚就想溜。兵马子一把将他拖住，曾祖父从神龛上取下那把荆条，大声朝身边的昌鸡公喊道，端盆水来！

水端来了，用木盆盛的。祖父狠狠地白了眼昌鸡公，木盆的水起码也盛得有八成满。曾祖父朝祖父吼道，给老子跪下！

祖父从未见过这架势，双腿一软，便在神龛下跪了下来。曾祖父气得围着祖父团团转，说，俗话说，爹娘疼满崽，我以前从未舍得打过你，你这王八蛋就飞天上去了！今儿个让你见识下郑家家法的厉害！又厉声道，把水盆举在头顶上！

祖父心知理亏，一言不发地将水盆举在了头顶上，他平时没干过什么重活儿，举着的手一个劲儿地打战，水洒出了不少，都流进了脖子里，冷得他直打战。

曾祖父冷冷地瞪着他，说，咱郑家，虽然穷，但是也不能乱了规矩，你要娶妻，和我们说，咱找正儿八经的媒婆去做媒，你怎么这么没出息，倒自个儿去找寡妇了，你要我这张老脸往哪儿搁去？！

曾祖父又说，咱穷点儿就穷点儿，饭没得吃，咱就去啃树皮，吃饱就行；衣服不求好，能遮体就行，可这婚姻大事，怎由得你胡来！这是规矩，咱穷，也要穷得有骨气！你三哥四哥五哥六哥虽然还在打单身，娶不起老婆，可也没谁被说过闲话，怎么就你这王八蛋这么不争脸！

祖父举着洗脸盆早就体力不支了，大冬天，冷水流进脖子里人都快冻僵了，不停地打着摆子。曾祖母就说，算啦，算啦，故意朝祖父说，阿七你记住了吗?!

祖父赶紧说，记住了，记住了！

曾祖父这才算饶了他。祖父过后揪着三叔公的耳朵骂道，千刀万剐的昌鸡公，活该你娶不到老婆，盛那么多的水！

昌鸡公笑着说，谁让你毛都没长齐就胡来！

大叔公能彬是最先成亲的。他算半个猎人，农闲时爱赶山打猎，提着一杆自制的鸟铳，青花滩的人见他背着鸟铳回来，便问，兵马子，今天打到了什么？今晚去你家喝酒哇！

兵马子大方得很，就是不爱和人讲话，整天一言不发地闷着脑袋干活儿，娶的老婆性格却刚好和他相反，是个长舌婆。曾祖母非常不喜欢这个媳妇，于是婆媳之间没少吵架，兵马子都是只看在眼里，曾祖母见他一回家，便说，你大男人一个，也不管教管教这个婆娘，都无法无天了。

他老婆也不甘示弱，吹枕边风，横竖都是婆婆的不是。兵马子是个老实人，有话也不肯与别人说，有天却找到祖父说，老七你替我看个八字吧。

祖父抓着兵马子的左手装模作样地端详了半天，老大你虽是苦八字，却是个长寿的命。

兵马子说，既然是苦八字，活那么长又有什么用，还不如趁早做鬼快活！祖父说，好死不如赖活着！兵马子苦笑着摇了摇头，没作声。过几天，兵马子用枪对着自己的口踩响了扳机，后脑勺被打了个大洞，人见人怕。兵马子的死让曾祖父很长时间都缓不过神来,失魂落魄了好久。五叔公自从被抓壮丁,几年了杳无音信,不知死活,这回可怜的曾祖父又失去了大儿子。祖父得知消息后直摇头,说,早知如此,我就不该说他是苦八字啦!

后来我听父亲说,大叔公也可能不是自杀死的,据蛮脑壳说,当时他看见兵马子用嘴吹枪管,可能是枪管被硝堵住了,便用口去吹,哪想到不小心踩响了扳机。对于大叔公的死,现在已经成了一个疑案,"谁知道他是怎么死的呢!"父亲后来用一种神秘莫测的语气和我说道。

八

祖父一生究竟和多少个女人有染,这个答案似乎只有他自己心中明白,他一直将答案装进了棺材也不肯与人分享。有人皱着眉暗地里说,郑家这个老七,也算是青花滩出的一个风流鬼了。日本人来的那年,有一天,一个长得像个大冬瓜的矮男人,扛着一把大板斧坐在曾祖父家门口,朝屋里狠声道,他娘的郑能安给老子滚出来,老子今天不劈了你就死在你家门口!

曾祖父那时还没中风,拄着拐杖颤抖着走出来说,这孽子我会收拾他的,改天我让他登门谢罪,任凭您处置。

矮冬瓜将斧头啪的一声剁在郑家的门槛上,说道,郑能安有今天,那还不是你纵的?今天不和他来个了断,我还有什么脸去见人!

蛮脑壳等几位兄弟出来了，手里都操着家伙，说，今天老七不在家，你要不信，进屋去搜好了，搜到了，由你剁也好烹也罢！

曾祖父连连斥退了儿子们，只差点儿没向矮冬瓜下跪了。说，要是他以后还敢这样无法无天，我一定亲自将他缚上任你处置，今天，你就给我这张老脸一个薄面吧。

矮冬瓜见蛮脑壳等人一副凶相，心里也有些怕，并不敢进屋搜，于是扯起嗓子喊道，郑能安你狗娘养的你给老子记住了，以后别让我见到你，要以后再到我家来，老子一斧头劈了你！

矮冬瓜闹这场，差点儿没把曾祖父气死。祖父起先躲在庙里，昌鸡公说，老七你赶紧到石门避避风头吧，老父逮着你了，会把你沉潭的。

祖父躲在石门一直躲到日本人打了进来，才回家。足足躲了一个月。

日本人来的时候，已经是民国三十三年春了。他们从雪峰山一路打了下来，气势凶猛，没谁挡得住那架势。

他们打到青花滩，所有的年轻妇女都逃进山里去了，日本人只抓到了一个郑姓的老妇人。老妇人快八十岁了，耳聋背驼，实在是跑不动了。她说，我活了这么长了，什么人没见过，什么阵仗没经历过，难道日本人的心就不是肉长的？

日本人从她家门口经过，刚好看到了她家牛栏里的牛。本来日本人并没打算在她家做多久停留的，但是看见牛，情况便又不同了。

他们把牛从栏里拖了出来，用刺刀宰了，那是一头耕田的老牛，又时值春耕季节，老妇和儿子看了都心痛，便骂了几句。

日本人朝翻译官说，他们刚才说什么了？

翻译官说，他们骂你杀了他家的牛。

日本人狞笑着说，不就一头牛嘛！便朝老妇人的儿子扬了扬手，招他过来。老妇人的儿子犹豫着走了过去。日本人就说，你刚才骂我了？

老妇人的儿子不敢说话，一脸畏惧地望着日本人手中寒光闪闪的刺刀一言不发。

日本人一起笑了起来，端着刺刀围着老妇人的儿子问，你媳妇呢？老妇人的儿子脸上开始冒起汗来，说，她今早出门去娘家了。

日本人说，她为什么要去娘家？

老妇人的儿子一时答不上来，他媳妇其实是躲在后面的山头里去了。日本人有些不耐烦了，说，你去割些上等的牛肉来给我们吃！

老妇人的儿子也不敢不依，日本人吃饱了，团团坐在屋前的空坪上，便开始推搡起老妇人的儿子来。日本人手中都是端着刺刀的，老妇人的儿子被这个一推，那个一脚，身上挨的全部都是刀子，全身顿时多了几个窟窿，还没死，瘫在地上成了个血人,奄奄一息了。

老妇人开始破口大骂起来,这帮畜生,吃了我家的牛也就算了,还干出这样没德行的事来,我的儿呀……

日本人虽没听懂,但是明白。有些不耐烦,于是几个年轻点儿的日本人走了过来,一把扯掉了老妇人的裤子,赤裸裸的老妇人被一把按在了一条长凳上,哪有还手的力。

日本人盯着老妇人枯萎的身子,眼神中有些厌恶,便脱下老妇人脚上的布鞋,朝她一下一下狠狠地抽了起来。每抽一下,老妇人的身子便弓起来一下,没几分钟工夫,老妇人便再也不动弹了,给活活抽死了。

这事至今还在青花滩广为流传,如今青花滩的人一提到小日本,牙齿便会咬得咯咯响。

这些日本人在哪家吃完饭,便把锅全部砸碎,更可恨的是,还有的会在米缸里拉上一泡屎。

曾祖父叹息道,这哪是群军人,就是畜生嘛!军阀的部队虽然野蛮,可人家吃完饭也不会砸锅,更不会往里拉屎的,更不要谈那样对待老妇人了!暴戾到如此的程度,气数也快到头了。果然这队日本人后来打到芷江便被全歼了。

日本人不久在洋溪制造了屠杀,整个洋溪遭到了日本人的血洗,他们将死尸全部扔进了一个巨大的坑里埋掉了,这个土坑便是后来洋溪著名的"万人坑"。

蛮脑壳就说,这世道,就他妈的谁有枪谁做主,真后悔听你的没去参军!

曾祖父说，你以为当兵就好，当兵还不是为了能吃上口饭！你以为那口饭就那么好吃了，天天将脑壳挂在脖子上，说不上哪天就掉下来了。咱不去争那风头。

蛮脑壳终究没有听曾祖父的，他在一个夜里悄悄地走了，临走之前只和平日里最要好的昌鸡公说他去龙山了。龙山那边是土匪窝子，曾祖父得知消息几夜睡不着觉，急着要去龙山将蛮脑壳找回家。众人怎么劝都无果，但是他临走前中风瘫了。曾祖父老泪横流，躺在床上，一股恶臭从被褥中散发出来。他说，兵马子死了，能保十年来一个音信都没有，怕也是死了，我不想让蛮脑壳也是这样的下场啊。说得在场的人无不黯然落泪。

蛮脑壳最终没有回来。鲁班后来去龙山找过他一次，那是曾祖父临终的时候，曾祖父躺在床上，几天都咽不了气，眼睛死死地盯着大门口的方向，嘴里已经说不出话来了。

鲁班来到龙山，寻着了蛮脑壳。蛮脑壳当时正在给大匪首瞿波平当手下，手里拿着一把驳壳枪，人完全变样了，蓄着络腮胡子，一身彪悍，眼睛生冷得让人害怕。鲁班说，父亲咽不了气，好几天了，一直等着你回去看他一眼。

蛮脑壳说，我不回去！当时要是我不听他的，哪会像是今天这个样子！

鲁班就说，他终究是你的父亲，今天不回去，这辈子也见不着了。

蛮脑壳说，天皇老子请，我也不去！我去见了难道他就不死了?! 把鲁班气得一句话也没再说就下山了。

蛮脑壳以后肯定没人替他收尸! 鲁班回来恨恨地说。

果然,蛮脑壳死后,脑壳被挂在了城头上足一个星期,尸身却留在了龙山的一块水田里,后来被人草草地在山里给挖了个坑埋了才算完事。

九

青花滩很多人都说,祖父会很多法术。这些法术我大多都没有亲眼一睹,有人曾说,祖父能在一个生鸡蛋上照出死人的影子出来。讲这话的人当时的神情确实把我吓了一大跳。我从未听祖父说起他有这等本事。给人吹眼睛里的沙子、替人收魂、拔脚板下的荆刺儿、化孟婆汤(青花滩人讲那叫蒙神水)、打南岳醮这些我是亲眼看见祖父做过的。祖父有把大刀,刀把缠着红布条,乌黑乌黑的,透着一股邪气。刀并不锋利,那是用来打南岳醮时驱厉鬼用的,平时不会轻易示人。我曾亲眼看到过祖父从一口大木柜里小心翼翼拿出来过,据说那刀邪气重,夜里会发出沉吟之声,再厉的鬼,见到这把刀也会落荒而逃。

祖父究竟会多少种法术,连父亲也不知道。祖父曾经要父亲也跟着他学和尚。结果,父亲说,你打死我我也不会跟你学的! 小叔的态度更加激烈,当时正处于武斗时期,小叔是一个派里的小头目,但是因为祖父是个和尚,祖母又是地主家庭出身，他再怎么努力，也入不了团，小叔便一股脑儿把怨气全部发泄在了祖父母身上，他彻夜不回家，整天阴沉着脸，祖父母也不敢说他。

祖父一直到中年才结婚，那时全国都已经解放了，祖父像匹脱缰已久的烈马，终于被驯服了，将祖母从石门娶了过来，他几乎一个子儿都未花。

解放战争期间，湘西大汉果然兑现了他的诺言，他又一次打回了青花滩。此时他已经是副旅长了。湘西大汉此回是骑着高头大马来的，脸上多了道长长的刀疤，显得狰狞了不少。

当时国民党已经溃不成军了，成了一盘散沙。湘西大汉有些得意，对祖父说，你还是和尚，可我们的革命却是要成功了。

祖父说，革命成功了，那以后世界会怎样？

湘西大汉说，全国人民翻身得解放。

祖父说，什么叫翻身？

湘西大汉说，翻身也不懂？翻身就是得自由了！

祖父说，那还不是要吃饭。湘西大汉说，他娘的你就知道吃饭！祖父说，我们做百姓的，这一辈子，不为吃，为啥？你们的那些革命，太高深了，我们也明白不了，我们只关心每天有没有吃的，有吃的，就翻身了，这天下便太平了。

湘西大汉说，这么多年了，你还是脑壳没开窍。这世道，该变的还是会变的，人是该吃饱饭，但是也不能光为吃而活着，要是那样，不就成了猪狗了?!

祖父说，改变世道，那是你们这些人干的事情，我们只要每天祈求平安温饱地活着就够了。

湘西大汉摸了摸脸说，这道刀疤，也算是革命的纪念品。要是为了你刚才的那席话，还真不值得。

湘西大汉走后，祖父还有些庆幸自己当时没和他走。那刀疤当时劈着时就不痛？他当再大的官又怎么，还不照样每天吃饭拉屎，到头来还不是挨不过阎王的那根索命索？

祖父做一场道场回来，一般情况下会得到一只开叫的雄鸡、一尾三斤重的草鱼、一斗米、一块肉和二十来个斋粑。办丧事的家里条件好些的话，还会打发师父几贯铜钱。铜钱大多数是康熙通宝和乾隆通宝，还有些是光绪和咸丰通宝。这些铜钱祖父用一只木箱锁着，差不多有几十斤重。郑家直到我读小学时还保存了少部分的铜钱，后来被我"败光"了：我隔几天偷几串出去到学校里用铁丝穿起来，玩"丢沙包"的游戏，甚至嘴馋得不得了，身上又没钱买糖吃时，天真地拿着几个表面很光亮的乾隆通宝去小卖部买泡泡糖吃。坐小卖部的是个七十多岁的老太婆，拿着通宝端详了半晌，我看到她最后咧着嘴笑了起来，露出黑洞洞的牙床，最后又把铜钱退了给我说，这钱是你祖宗花的。

我什么也没买到，回去的路上很生气，一股脑儿地把装兜里的沉甸甸的一把通宝全部扔河里了。现在想来，非常后悔。

这些铜钱都是祖父一个一个挣回来的，最后全部被我败光了，按理说，我成了个败家子。

　　祖父一样农活儿都不会干，甚至连秧都不会插。有人说，祖父一辈子从未下过水田。我不知道这话是真是假，一个农民在农村生活了一辈子，自己还有田有地，但从未下过水，也算得上是条新闻了。

　　郑家土改时划为了贫农，而祖母第一任夫家和娘家都被划为了地主。后来，祖母的第一任丈夫死了，她便来到郑家，一点儿嫁妆都没有。祖父像捡来了一个女人似的，连喜酒都没有请过，两人便结合到一起了。1951年他们结婚，1952年生下父亲郑弦清，次年又生下小叔郑楚南，1955年，生下了小姑郑玉姳。祖母一生坎坷，祖父游手好闲惯了，并且随着年纪的增长，脾气也愈发暴躁起来。或许他根本就不适合结婚，而整日东游西逛，偷偷情，下下棋，遇到死人打一两场道场，那才是他理想中的生活。祖母的到来，让他很难适应那种家庭伦理的束缚，特别是在生下几个儿女后，祖父愈发感到了难以承受。他平时桀骜不驯惯了，一时哪能收得住。这股气，便通通发泄在了祖母的身上。祖母沧桑一世，空负满腔柔情，可惜还是没有谁能真正是理解她的。她后来写的几首诗都可以读到这样的心情。

春怨·归来

　　连宵风雨酿轻寒，朝来点滴残。春愁满眼泪栏杆，鸣鸦语未删。

吟旧句，泣青衫，韶光水一般。池塘芳草梦阑珊，诗苗何处探？

春怨·清明

如毛细雨润莓苔，空教景物催。年年懒制踏青鞋，心情久化灰。

春已半，蝶飞来，桃花犹未开。时闻野外哭声哀，断肠乱冢堆。

这两首诗作于何时，已经无从考证了，"时闻野外哭声哀，断肠乱冢堆"的心境是可想而知的。老外公陈尧华和舅公陈广廉死后，当时就埋在乱葬岗，清明时，家人无法前去扫墓祭奠，在那些淅淅沥沥的雨季里，或许祖母的心情也化作了如愁思般的雨丝了。

十

蛮脑壳的死仿佛是某个魔咒，在此后的几年里，郑家剩下的其他四兄弟也跟着走霉运。最先死的是鲁班。鲁班的死让青花滩的人为他惋惜不已。他打的簸箕即使用上几年也不会损坏，他打的米筛，能把糙米中的沙粒全部筛出来。他的手那么巧，仿佛天生便是做木匠的料。父亲两岁的时候，鲁班还为他做了辆小火车。他都是凭借着自己的想象造的，他甚至从未见到过火车，只是听别人描述，便拿起刨子、斧头、锉子敲敲打打起来，大半天工夫，一辆漂亮的小木头火车便交到了父亲手中。父亲自然喜爱得不得了。鲁班总是很得小孩儿的喜欢，只要闲下来，便会变戏法般做出一两个让孩子们惊讶不已的小玩具。二叔公是青花滩最负盛名的木匠，石门、枫树、水车等地的人都会慕名远来，请他去做木匠活儿。六月份和冬天是二叔公最忙碌的时候，夏天做好的农具，上过桐油，秋天便可以用来做收割的农具了，例如斛桶、米箩、风车；冬天的时候，是打家具的好季节，桌椅板凳和五斗橱等，二叔公总是打得比别的木匠既快又好，他是个很细心的人，时时想着为主人家节省木料，这一点也很得主人家的心意。

　　鲁班是得一种很奇怪的病死的，起先是胃胀，吃不下东西，后来肚子越来越大，而且肚皮在日渐变得发亮，像只皮球般鼓了起来。青花滩从未见过这种病，家人以为是中了邪，便让祖父去替他驱邪。

　　祖父走到他床前，闻到了一股很奇异的气味。他的二哥已经脸上苍白地躺在那里奄奄一息了。他对祖父说，老七，我知道我不行了，你也不要玩那些鬼把戏了，我从不相信这个世界上会有鬼怪。听哥哥的，好好养好自己的孩子吧，别东游西逛了。

　　祖父望着二叔公，差点儿哭出来。他说，你还有婆娘儿子要养呢，你死了他们怎么办？

　　鲁班就说，这半年躺在这里也是拖累他们，索性还不如早点儿死了的好。想了这么长时间，我总算是想清楚点儿了，这人活着一辈子，什么是该干的，什么又是不该干的，起先未必自个儿清楚，只有到头，快要死的时候，才会体会，可惜已经晚了。

接着又说，还是那首童谣唱得好，饭能吃饱，衣能遮体，苦难再多，活着就好……老四不听父亲的话，一心想要闯出个名堂，到头来还不是死无全尸，唉，很多事情，还是依天命的好，这人哪，八字都是注定了的，自己适合干啥就干啥，做过了头，便会遭天谴的。

鲁班死时，青花滩的人都自发赶过来替他送行。抬棺的人群沿着清江一直逆流而上，抬往郑姓的坟地。

再后来，"破四旧"开始了，开始不允许和尚做道场，所有的庙宇庵堂里的和尚、尼姑都被驱逐了出来。那时五师父已经死了，祖父一个人守着青花滩年久失修的破庙。

祖父不服，说，难道今后死了人就不用做道场了吗？

来人就说，做道场，那是旧社会的迷信，必须彻底铲除掉！

几天后，祖父被一副竹架抬出了破庙，破庙后来被一把火烧了个精光。祖父后来才知道，石门、水车一带的和尚尼姑和他的下场一样，都不允许再给人做道场了。祖父闷闷不乐，他是闲不住的人，平时总爱出去寻点儿快活，可每天出去，回来时都是憋着脸，锁着眉，祖母稍微有点儿不如他意，少则大骂，动辄用铜旱烟管去烫这位可怜的妇人。

祖母的哮喘病是三年困难时期落下的。那是冬天傍晚时分，祖母去清江边上洗萝卜叶子，脚下一滑，掉入了河中，祖母不会游泳，幸好有人看到，把她捞了上来才幸免于难。她湿淋淋地回到家，受了风寒，祖父嫌萝卜叶子被水冲走了，又骂了她一顿，受寒加上受气，她一卧就是一个多月，差点儿病死。开春的时候，能起床了，可是最终落下了哮喘的病根儿，从此愈发严重，后来她咳得直不起腰来了。

父亲总是不愿意和我讲那段岁月里所发生的事情。他是个性格有些孤僻的人，什么事情宁肯自个儿往心里藏着也不会抖出来，我小的时候，刚好那天是清明，母亲不在家，我看到父亲在房中将头整个儿埋在水盆中好长一段时间，差点儿窒息死掉，把我和妹妹吓得哇哇哭。我们都不知道他究竟要干吗，为何要这样虐待自己。他有时盯着祖母的遗像就掉眼泪，他从未在我们面前哭过。记得有年中秋晚上我们坐在空坪上赏月的时候，他给我们讲故事。他说小的时候，青花滩过中秋晚上去偷别家的甜高粱、花生和凉薯不算是做贼的。他说他那晚和小伙伴们约好，邀请他们去偷自己家的甜高粱，结果被祖母逮了个正着。祖母装作没看见他们似的，又关上了门。

当时就那么傻，别家的偏不偷，总想着要把自家的甜高粱偷吃了才心甘。父亲说这个故事的时候，脸上难得出现一丝笑容。他是个不爱笑的人。他说，祖母做的蕨粑是青花滩最好吃的。他还说，祖母的算盘也是青花滩打得最利索的。但是，他从不说自己的母亲所写的诗，一次都没提过。父亲也总是绝少提起祖父，仿佛祖父在他心中什么也没有留下，他说的关于祖父最多的一句话便是，他呀，没少打过你祖母呢！语气是愤愤不平的。祖母很早就死了，而祖父却一直活到我读小学的冬天才中风去世。直到现在，我还能清晰地记起祖父的模样，光头、一颏灰白色的胡须非常漂亮，经常穿一条灰白色的洗得很干净的长裤。他从不打光脚。

祖母很多诗都是在她生命的最后几年作的。在《七绝》里或许祖母已经将自己的后世预测到了。

七绝·秋灯
顾影生幽怨，残灯黯欲明。
凝寒花结艳，照见夜吟人。

七绝·黄叶西风动暮迟
黄叶西风动暮迟，飘零又过菊花时。
漫怜身世伤鸿爪，且喜霜枝踏有诗。

在祖母现存的诗作中，这首《一九六〇年杂感》是最让我动容的。

一九六〇年杂感
访友出门去，凄然伤我怀。

素心能有几，拄杖独徘徊。

1960年，年龄最小的小姑也已经五岁了。而父亲则已经读小学了，父亲的成绩出奇地好，和祖父刚好相反，父亲非常好读书。但是初中时，父亲突然有天从学校跑了回家，他说，我再也不去念书了！那时正值"文化大革命"山雨欲来风满楼的时候，父亲一个人把自己关在房里，谁也没从他口中套出一句话来。而没过多久，祖母就死了。

鲁班死后，接着去世的是六叔公能泰。1957年六叔公去了湘中的冷江修铁路，被一块钢材砸中了头部，当场死亡。他也是祖父的兄弟当中死得离家最远的一个。六叔公死之前刚处了一个女朋友，是一个冷江人的小女儿，本打算年底成亲的，但是还没有等到成亲，六叔公就死了。之后两年，三叔公昌鸡公也饿死了。那时正赶上三年困难时期的春耕时节。昌鸡公无儿无女，本来自个儿养活自个儿还是不难的，但是他人懒，一般成年男人一天挣十个工分，他只能挣七个工分，这和妇女没什么差别了。他爱玩些把戏，比如斗蟋蟀。斗蟋蟀是他最大的爱好，因为这个爱好，青花滩的女人对他有些怨恨，因为他带坏了别的男人也爱上了这玩意儿。

三年困难时期最严重的时候，即使下地做活儿了，队里也分不出来一点儿粮了。大伙儿都饿得两眼发黑，凭着每天二两的粗粮勉强还能活下去。但是六叔公食量大，平时做活儿又懒,队里只给他每天一两的饭吃。一两饭哪能够,六叔公饿得发慌,两眼直冒金光,于是去山里摘野草莓吃。雨水充沛的时候,野草莓多,但是一到天气渐渐热起来,野草莓也就全部落光了,再说这野草莓哪能填饱肚子的,时间长了,六叔公便饿出了病,脸色蜡黄,瘦得像根竹竿儿,还患上了严重的痢疾。他是被饥饿和病痛折磨死的。七兄弟到头来只剩下祖父仅存于世,在那一两年时间内,饥饿成了摆在人们眼前的最大难题,直到1962年,情况才稍微出现转机。

十一

在这个家族里,或许父亲说自己的弟弟是说得最多的。他是想急于改变自己的命运,结果太仓促了而最终把命也给带上去了。父亲每次给我们做思想总结的时候不免会说到二叔。二叔有段时间甚至成为他口头上常常挂着的人,开口必言,你二叔……

二叔仿佛成了父亲教育我们的一个典型的例子:凡事都要一步步来,不要做得过火。父亲就是这样和我说的。要是二叔真的在天有灵,看父亲这样天天说他,保证也会被气得够呛。

二叔死的时候还未到十五岁。十五岁,我想我这年岁在干什么呢,除了待在学校里,似乎没有地方可去。

而那个时候的二叔已经是个热血沸腾的有志青年了。要不是被区里的人把他的名额刷了下来,二叔很有可能是青花滩头个到过天安门的人。他不知写了多少份入团申请，最后都因为种种原因没有成功。但是二叔并不因此而灰心丧气。伟大的无产阶级是战无不胜攻无不克的，没有什么困难可以难倒我们！这是二叔常常挂在嘴上的一句口号。他后来渐渐把入不了团的原因总结出来，那便是祖母的成分问题。祖母是地主家庭，前夫也是地主，她家就是个地主窝，有这样的出身，二叔即使再表现好，也甭想入上团。二叔因此很少和祖母说话，他总是冷着脸，砰的一声将自己关进屋子里不出来见人。后来父亲也跟随染上了这种古怪的脾气。两兄弟仿佛商量好似的，故意要把祖母气死。我甚至想，父亲后来的退学是否与祖母有关。我问父亲，父亲总是找各种搪塞的借口不正面回答我。他对我说，他美术不好，所以他就退学了。这哪是一个理由，美术压根儿就不是主课，即使再不好，也用不着拿这个当理由而退学的。父亲从不告诉我他少年时的那些事情。他只说，你二叔……

现在镇政府门口的那对儿石狮子你发现有区别了没有？父亲问我。我说，颜色是有些差异。父亲说，那个颜色浅的是后来补上去的，先前那个，早给你二叔用铁锤砸坏了。父亲说，二叔是青花滩武斗时表现最抢眼的一个，也是最"英勇"的一个。

那时青花滩分两派，成天打得难解难分，连区里都不敢派人来过问。祖父祖母见到二叔的样子，忧心忡忡，劝了不知多少次，要他别去蹚这浑水。二叔生气得跳了起来说，这怎么是蹚浑水了！这是革命！

祖父就说，你知道什么叫革命?！人家湘西大汉也不像你们这样，我看你就知道瞎搅和！

二叔说，我搅和?！我这才是真正的革命！我必须去革命，这是我的理想！我不会像你这样过一辈子的！

祖母说，你再怎么革命，可你也是我的儿子，你要是有个三长两短，让我们怎么办？

二叔盯着祖母，许久狠狠地吐了一句话来，就是因为你这个地主婆，让我永远都入不了团！祖母被他气得两眼泪水涟涟。

和二叔相反，父亲似乎对革命天生就不感兴趣。他只爱把自己关在家里谁也不理，他也从不参加什么派别。他对那些激进的派别总是小心翼翼，避而远之。或许是祖母的成分让父亲从小在心中便埋下了阴影，但是他绝少和祖母发生争执。父亲是祖母最疼爱的一个，父亲在刚读初中的时候，她不知在哪儿凑了钱，为父亲买了他平生用的第一支钢笔。那是一支黑色的金星钢笔，上海生产的，在当时班上是非常稀有的，这支钢笔很快就被人偷走了。父亲一直不敢对祖母讲钢笔丢了的事情。

二叔是当时青花滩记忆力最好的人，他能将绝大部分《毛主席语录》倒背如流。他字也写得非常漂亮，特别是写标语时，这似乎遗传了祖父。二叔站在高高的脚手架上，将石灰刷在墙壁上，一个字比一个字工整漂亮。他是青花滩唯一一个会写毛体的人——他"为人民服务"写得几乎可以以假乱真。但是他还是入不了团，他每年都会写好几回申请。二叔一刻也没有停止过努力，或许在当时看来，他唯一的目标就是能入团。父亲说至今依然记得修青花滩水库的情景，那个晚上大约两百人去工地上加班夜战，但是煤气灯却一直点不燃，划了三四盒火柴都没能把灯点燃。大伙儿都非常纳闷儿，感觉到有些隐隐的不安。

　　后来灯还是没点燃，大伙儿便渐渐回家睡觉去了，只有二叔不走。他说，煤气灯没点燃，难道月光也没点燃吗?!他独自挑着簸箕留在那里挑石块。后来要不是二叔命大，几百个二叔也死了。水库四周全部都是山岩，修水库动到了地基，山岩轰的一声巨响，像张开了一只巨大的手掌朝水库劈头盖脸地罩了下来。要不是二叔当时正处在水库的边沿，听到响动跑得快，早就被活埋掉了。事后，所有回家的人都惊魂不定，大伙儿都说，要不是那盏点不燃的煤气灯，咱们给水库殉葬了。

　　即便如此，二叔的申请压在上头也没谁去认真看上一眼。

　　二叔死于一次武斗，他被人装入麻袋里沉了河，几天后捞上来时，已经被河水冲走到百十里的下游去了，脸部水肿得根本就认不出来，还是身上佩戴的一枚像章才认出来是二叔。那时祖母已经去世了，要是祖母在世看到自己的小儿子遭遇如此下场，不知道会不会活活气死。

十二

　　我上学后，特别是在读完了小学迷恋上了看闲书后，父亲的态度让我感到愤怒：他开始禁止我阅读除课本外的任何读物。记得小学的一年寒假，父亲出门了，我一个人抱着《三国演义》坐在火塘边上看得入了迷，父亲吱呀一声推开大门，突然从外面回来了。那本书本来藏在床铺的夹层，父亲的突然回来让我始料不及，只好仓促地把它抛在了床脚下。父亲回来看我不对劲儿，他装作没事般坐在火塘旁烤火，眼光四处瞅，一下子便把书从床脚下拨弄了出来，说，要我怎么处置你？快要过年了哇！

我们那儿过年的时候是不兴打骂小孩儿的，说是年关挨打，第二年会常遭大人打骂。但是父亲还是结结实实地揍了我一顿，他把我的《三国演义》一页一页地撕掉了，他看上一页，撕上一页，看得入了迷，后来越撕越快，噼里啪啦全部烧掉了。火塘里的火蹿起老高，暗蓝色的火苗腾起，我感觉到一股强劲的心跳，但是我不敢对父亲怎么样，也不敢怎么样。我只能流泪。

这是闲书，都是古时候的人吃饱了撑的没事干写的，你读这个你以后就不用去念书了，跟着我在家干活儿算了！父亲是这样评价《三国演义》的。

他时刻在我面前念叨着读书的用处。我问他，那个时候，你为什么要退学？他死也不肯开口说。我还想问他，读书就真的那么管用吗？祖母念了那么多的书，她的才气那么高，最后还不是落得个凄凉的下场？祖父没念过什么书，活得不是照样好好的？

这些话都是我装在心里头不敢说的，要是他知道我这样想，我晓得会是什么个下场！我从小就很害怕父亲，他阴郁的表情常常让我想起刀锋，只有刀锋才有这么生冷锋利。

　　父亲对我的学业抓得非常紧，他怕我看闲书耽误学业，我放学回家，他甚至会翻看我的书包，查看里面有没有藏着闲书。有天被他翻到了一本言情小说，父亲铁青着脸气得要把我沉潭。我一直到了大学，远离了他之后，才敢重新看小说的。他说，在农村，不读书你做什么？你跟着我去种田，你愿意吗？！我当然不愿意，可是当时我也不愿意他剥夺我看小说的权利，我实在反感他强加在我身上的种种束缚。我看到岁月在父亲身上悄悄留下的痕迹，或许在他看来，我的身上承载了他的许多寄托和曾经失去了的梦想。有天农闲，他难得坐下来，问我，你有什么理想吗？

　　我坐在那里，脸色涨得通红。我实在想不出我以后有什么理想。父亲盯住我良久，意味深长地说，你要发狠念书，不要再待在青花滩了！

　　父亲说这话的时候，语气是那么重，好像是憋屈在心中很久了。我们这辈子，就这么定了，你祖父本来是可以走出去的，可是他偏偏喜欢去做和尚……

　　我问，那我二叔呢？

　　父亲说，他那样下去，即使没死，也是走不出去的。他接着又说，这人两条腿，是用来一步步走的，跑的话会跌跟头。

　　青花滩的青少年再也没有谁唱那首童谣了，或许他们压根儿就没有听过。或许在他们眼中，没衣服穿，没饭吃，一年难得见到一回肉，那样的过去只是个传说，是一个虚构的故事。那天父亲似乎和我说了很多话，我记得的却不多，他说的有一句话我却永远记住了：别学你祖父那样吊儿郎当，学他是没有出息的。

那是我第一次听到父亲这样评价祖父，之前父亲从未这样说过祖父。

祖母死后，父亲很快就定了亲，那时他才刚满十五岁。母亲斗大的字都不识一个，她的祖祖辈辈全部如此。

一个女人家要识字作甚呢？会生娃干活儿就够了！祖父说。

祖母才情过人，她是会双手执笔写对联的，在青花滩至今都无人能望其项背。祖母双手执笔，蘸上浓墨，展开的白纸铺在桌上，她双手挥毫，顷刻间，一副对联便跃然于纸了。她写得非常快，需有人在前拖纸。

1965年冬天下过一场大雪，那场大雪将青花滩差不多所有的竹子都压断了。祖母写下了《满江红·咏雪》，那是她写下的最后一首诗。

满江红·咏雪

窗雪无声，正丘壑玲珑透曙。飞鸟绝，山川冻合，苍茫云树。萧瑟梅花舒冷艳，凄凉乡思迷归路。叹今生，无力起东风，沾泥絮。

诗牵梦，春光妒，愁侵鬓，霜华吐。化鹃啼夜月，血凝朝露。蹈海欲填精卫恨，挥戈难挽斜阳暮。看年来，谗毁骨余灰，身名误。

祖母死后二十七年祖父才中风去世。他躺在床上大小便失禁，那个寒冷的冬天里，北风凛冽，年幼的我仿佛也嗅到了空气中死亡的气息。祖父已经吃不下任何东西了，他躺在那里，拒绝赤脚医生前来打针。他说，我这一辈子都没打过针，既然要死了为甚还要让人在身上扎个洞呢?!

在他中风的前一个星期，我和他坐在火箱里烤火，他眯着眼睛打盹儿，突然醒来，对我说，二宝，你要好好发狠读书，我快要死了，我死后会保佑你考上"太学"的。一席话听得我毛骨悚然，当时死亡对我十分陌生和遥远。我对祖父说，你不是活得好好的吗，干吗要去死呢?

祖父呵呵笑着说，我该去看看你曾祖父和祖母啦，他们在那边等着我呢，等久了他们会生气的。

祖父死于1994年的冬天，那个寒冷的早晨，我穿着祖父过于宽大的棉布鞋跪在移动的棺材前给祖父引路，棉布鞋宽大得像一只小船，我的小脚伸进去空空荡荡，我感觉到自己和祖父的差别在这双布鞋里强烈地体现了出来。

在他去世的前几年里，他爱上了赶集。几乎每一场集市，祖父都不会错过。我像一头忠实的小狗一样屁颠屁颠地跟着他走在散发着泥土芳香的乡间小径上，清江从我们的眼前缓缓流去。我对这条不知去向的河流充满了无穷的幻想，于是问他，这条河究竟能流多远，流到哪里去呢？祖父怔了怔，咧着嘴笑了，它啊，流着流着，就流到天上去啦！

我们经常会在清江上的桥亭小憩，我清晰地记得那个夏天，清凉的风从河面刮来，我和他躺在桥亭上的宽板条上纳凉的情景。一个瞎子和祖父扯起了淡，瞎子说，七师父，我给你算一卦吧。祖父呵呵笑着说，算吧，你算算我们两个谁先去阎王那儿报到。瞎子装模作样半天，说，不行了，你顶多还能活半年。祖父笑着没有搭话。瞎子又说，或许吃支上等的洋参，你还能多活半年。有还没弄完的事情，抓紧时间哪。祖父捋着银白的长须似笑非笑道，活那么长干吗呢，活着还不是在等死嘛！

在他的那口漆黑的木箱里，放着几本古旧的小说。我依稀记得有本《七侠五义》，他用一把很大的铜锁牢牢地锁着，谁也不许越雷池半步。只有冬天的时候，寒风在窗外呼啸之时，他才肯拿出来，泡上一杯浓茶，坐在火箱里每天看上几回。他的鼾声那么响亮。在我记事的那年夏天，我依稀记得他带我去一寡妇家串门。寡妇用一个鸡蛋般大小的马铃薯将我哄出了房间，"乖儿，去门外一个人耍去啊。"他们将门虚掩了起来，我的小脸挤在窄窄的门缝中，我看到祖父光着身子将寡妇压在了床上，他们在剧烈地喘息，当时诧异的我，并不知道他们在干什么。

青花滩的最后一名和尚师父去世了，在祖母去世后的二十七年里，祖父在青花滩重操旧业，做过无数场道场。而他做得最好的，也是他平生干过的唯一的一件大事，便是把祖母的坟地从石门迁回了青花滩（祖母死后当时葬在石门）。那已经是祖母去世十五年后的事情了。祖母的棺木已经开始腐烂，不得已只能重新换了一具新的棺木。道场做得轰轰烈烈，祖父亲自主持了这场迟到了十五年的道场，在烧千年屋的那刻，有人看到祖父举起手来擦了擦眼角。我看到郑能安哭了，有人这样说道。因此直到现在，我依旧不能确定，祖父是否真的爱过祖母。

十三

祖母自杀于1967年的春天。那天清江刚刚下过一场春雨，河面有些混浊，卷着一个个漩涡的小浪花从祖母面前流走，祖母不知道这些浪花究竟要流多远才能和其他的河流汇流在一起，她从未沿着这条河走出过百里外的地方。当河水渐渐漫过她的头顶时，青花滩老一辈唯一一位识字的女性消失了。她在她的自挽联中这样写道：

悲怀何处遣，晚岁风光，梅花惟瘦骨。维枝有托，庭茂芝兰，屋起烟尘，那见春温伏荫。苟地下能安，聚首泉台，晨昏依阿母。

薄命竟如斯，卅年婢妾，藜藿饱枯肠。更狠多贪，杏魂凄冷，晴空霹雳，顿教筋断肢离。恨天阊莫叩，伤心家室，血泪洒啼鹃。

或许，这才是她一生的写照。而我们这些后辈，依旧庸庸碌碌地活着，什么都不是。

骑鹅的凛冬

一

一群鹅,共五只,三白两灰,一公四母。立夏来回数了几次,放心了,端起盆,迈出门槛。鸡就来了。它们仰着头,骨碌碌地瞅他。立夏佯装撒谷,它们拍打着翅膀,腾跃起来。发现上了当,转而又骨碌碌盯立夏的手看。立夏捏了把谷粒,扬起手,空中便多出一道金黄的抛物线。沙沙沙,每颗都落了地。鸭子嘎嘎嘎,摇摆着也来了。它们伸着脖子,长喙东戳戳,西探探,看似笨拙,撮起食来最得劲儿,喙子像把吸尘器。都精明着呢,哪里谷粒撒得厚往哪儿钻。鸡被挤得弹脚舞翅,来了怒火,脖颈处鸡毛炸裂,鸡冠笔挺,朝鸭背狠狠一啄。嘎的一声,鸭子扇着翅膀跑了。鹅最后才来。它们优哉游哉,从桃树下慢慢踱过来。鹅群一来,就没鸡鸭事了。连捣乱的小黑狗也怏怏走了。五只鹅,白花花一团,谁敢抢食,哗啦一翅膀,扇得它们七荤八素,站脚不稳。立夏就笑。笑得悬在鼻翼的两条"红薯粉"摇摇欲坠。他赶紧吸溜一声,"红薯粉"又缩回鼻孔。

说来奇怪,这年冬天比以往任何一年都冷,滴水成冰,是南方少见的凛冬。立夏又从盆里抓了把谷粒,朝最大的那只白鹅喊,庆松,庆松,快过来!那只鸵鸟似的肥白鹅拍了拍翅膀,一摇一摆过来了,杏黄的喙比立夏小手掌还宽。庆松勾勾脖子,朝他欢叫。立夏趁势捉住它,骑了上去。白鹅顿时身子一沉,嘎的一声,"载"着立夏在院儿里慢慢走着。立夏学着电视里骑马的样子,驾驾驾,吁……仿佛手中多了一条马鞭,时不时往空气里挥击一下。白鹅灵性,听得懂立夏的口令,他喊停就停,喊走就走。立夏经常骑白鹅在他家院儿里摇晃,叫人好生艳羡。他们骑过牛,骑过狗,可谁都没骑过鹅。孩子们隔得远远地喊,白痴骑白鹅,白鹅载白痴,白痴白鹅不分啰!

立夏怔怔地望着他们,也不懂回应。

因为这群鹅,孩子们都不敢靠近立夏。当然只要靠近立夏,立夏肯定没好果子吃。现在水车谁都晓得这是个傻子。时间再往前推点儿,立夏四岁,水车人背地里嚼舌头,说包子铺雷老头家的孙子脑子烧坏了,四岁还不会说话,是个傻子。

这群孩子里,要数二告最坏。二告指着地上一团暗绿的鸡屎,逗他,糖,甜的!立夏就蹲下去,抓了把,犹豫地望着他们,讪讪地笑,得到肯定的目光,猛地往嘴里一塞。孩子们强憋着气,不敢作声,生怕坏了好事,看立夏咧嘴皱眉,似在回味,突然一屁股坐在地上,呸呸呸,骂道,坏人!大家憋得脸红脖子粗,噗的一下,像针戳破了气球,纷纷爆笑起来。笑得肠疼,笑得脚软,笑得眼泪长流。几只狗也受到感染,吐着红舌,摇起尾巴,欢快地围着孩子们打转儿。

立夏受到伤害,缓缓站起来,一边吐口水,一边抹眼睛。院门这时开了,雷老头从门口探出半个身子,咳嗽一声,喊,立夏,回来!孩子们的笑声就打住了,纷纷望向雷老头。雷老头瞪着一双牛眼,因生气而涨得发紫的脸上,那道伤疤红得像枚印章,格外醒目骇人。雷老头当过兵,传言他脸上的这道伤疤是枪眼,对越自卫反击战时,越南人留下的。也有人怀疑这是雷老头的谎言,说不定是哪个仇家弄的。他是害怕仇人上门,所以才躲到水车来的。

孩子们终于笑不动了,都沉默下来,愣愣站着,目送立夏朝自家小院儿跑去。雷老头依然冷着脸,远远地望着他的傻孙子跑来。那群鹅嘎嘎地从院门涌出,拍着翅膀,隔老远就来迎立夏了。立夏脸上还挂着泪痕,用力吸了吸两筒子鼻涕,蹑足走向鹅群中间,牵了一只,骑在上面。鹅嘎的一声,颠起屁股就跑,其他的鹅也跟着叫起来,院子顿时热闹起来。孩子们还想凑近点儿,被雷老头挡住了,孩子中要数二告个头儿最高,雷老头长臂一伸,佯装来抓二告,二告和孩子们嗡的一声,四散而逃。警告声追着屁股就来了,"再叫我看到你们欺负立夏,小心你们脑袋!"孩子们没跑远,等院门砰的一声关了,喘着气,嘻嘻哈哈的,又欢快起来,一起朝雷老头家吐口水。

"我噗!我噗!"

立夏的这群鹅比狗还管用，一有风吹草动，就伸着长脖，像高度警惕的眼镜蛇，生人根本拢不了边。看到鹅，孩子们的脚啊、腿啊、屁股啊隐隐作痛，都给鹅啄怕了。鹅一来，孩子们都躲得远远地。方圆几里，都晓得立夏家养了几只鹅，凶神恶煞的，比狗还护家。孩子们打不过鹅，将怨怒都记在了立夏头上。

"立夏，出来啰。"

"不出来，你们都是坏人。"立夏贴着院门的门缝，余怒未消的脸上夹杂着一丝犹疑。

"哎呀，我们不会再欺负你啦！"

"立夏，掏鸟窝去！"

"对！清江对岸那株苦楝树上刚搭了个鸟窝呢！"

立夏卷起衣角，放在嘴里嚼着，两条鼻涕随风飘荡。要是他们再怂恿几句，立夏保不住又出去了。这时院子里又响起雷老头的声响：

"立夏，回来！"

二

庆松的尸体摆在水车镇中心的小广场上。那是春天，正逢赶集，附近村镇的人都目睹了这场死亡。四月份，连日的春雨过后，天空终于晴朗起来，春光明媚，空气中洋溢着一股看麦娘和油菜花的味道，几只布谷鸟正在河面飞翔。又到每年一度的播种季节了。赶集的农民，很多来不及换上干净的衣服，裤脚上还沾着泥巴，叼着旱烟管，一路往水车聚拢。一大早，附近就有人传言镇上发生了一起命案。死人的消息一传十，十传百，早饭过后，连枫树、洪庄那边的人都有耳闻了。这天赶集的人，便比往常明显要多得多，一半是因为采购化肥农药，一半是冲着死人来的。

庆松躺在席子上，已经用彩条布盖了起来。旁边站着两个大盖帽，镇政府的几名干事蹲在石板街的台阶上抽烟。天气逐渐热了起来，阳光穿过屋檐，发出缕缕金光，人在太阳底下，不到一根烟的工夫，晒得头皮冒油。几天前，这儿刚结束掉漫长的雨季，还冷得能穿夹衣，现在一件短袖都嫌热了。

彩条布下露出一截庆松的手臂。白皙光洁，指甲修剪得很干净，每个指甲盖都有月牙白，怎么看都不像一双短命鬼的手。

人潮层层拥过来，声音鼎沸，都想瞅眼死者，彩条布被围得水泄不通。这一带已经平安无事多年，派出所已经很多年没接到命案了，现在一条人命就躺在脚下，能不叫人激动？

"今天早上，我刚打开铺面，一眼就瞅见他了，趴在石板街上，身后一长串的血迹，吓得我魂儿都没了。"剃头匠大牙对做笔录的警察小秦说道。

"当时他还活着吗？"旁边年长的张警察补充了一句。

"好像还剩口气。"

紧接着，斜对面的杂货店老板老罗，作为第二个目击者说了起来。

"我刚准备出门，差点儿一脚踩到他身上。满脸的血啊，蠕动着朝他家爬去……就像电视里即将断气的人一样，我喊他时，他还深望了我一眼，嘴里咕哝着什么，可惜听不清。"

米粉店的老郑这时也插嘴了，"都成这副样子了，他还在爬，我说你赶紧停下啊，他仰起头，好像还朝我笑了笑。"

"笑？你眼花了吧，人都要死了，还有心思笑？"

"我也纳闷儿啊，他一脸的血，笑得我心里直发毛。"

"凶手抓到了吗？！"

一九九五年四月二十二日，准确来说，是早上六点一刻，庆松爬到距离自家院门还有不到二十米的罗裁缝店铺前，终于停了下来。那时候，更多晨起的人发现了他。惶恐的目击者纷纷停下脚步，目送庆松像条蛆虫一样，一点点朝他家爬去。

"不要动了，快停下来！"大家惊讶地朝他喊。

"庆松，你这样会死的。"好心的王家奶奶颠着小脚跟在后面奉劝。有腿脚麻利的，赶紧找庆松爹报信去了。

庆松依然没有停止。一条突然冒出的黑狗凑到庆松跟前儿，用鼻子嗅了嗅，庆松缓缓仰起头，这张血污的脸把狗吓了一跳，黑狗猛地一个转身就跑，尾巴都吓歪了。庆松在石板街留下一道长长的血印子，像刚用拖把拖过。这副瘆人的景象吓坏了街坊，他们已经快十多年没看见如此惨烈的状况了。老罗家的小孙子吓得当场钻他妈怀里哭了起来,"妈妈,他要死了!"稚嫩的嗓音掠过屋檐,在水车上空长久战栗。

镇上上一次因纠纷死人,还是十五年前。当时两户人家为一只偷跑去菜圃的鸡,发生了口角,两家女人坐在门槛上,从中午骂到日头西斜,依旧喋喋不休;耳屎都要震出来的男人们,直接挥舞着扁担锄头,哐当哐当干了起来。最后那个倒霉鬼冷不防挨了一锄头,脑袋当场开瓢,一坨坨的血豆腐块儿淌了一地。死相虽难看,但和庆松相比,那人的死便显得轻松多了。毕竟当场歇菜,没来得及做出反应,直接去阎王爷那报到了。

庆松的惨况强烈地震撼着现场的每个人。整条石板街的人都给吓坏了。

没人知道之前发生了什么。也搞不懂他为何不向人求救,憋着一口气也要挣扎回家。更没人搞得懂他死前的微笑。这抹微笑,在众人心中留下了浓重的阴影。他们不明白一个人死到临头了,还有心思笑?

雷老头闻迅赶来时,庆松已经失血过多,陷入了昏迷。空气中弥漫着一股甜腻的血腥味儿,街角那树被雨水冲得七零八落的泡桐花,让雷老头陡增了一股不祥之兆。雷老头扒开人群,低吼了一声,"庆松,你怎么啦?"

"庆松！庆松！你醒醒啊！"雷老头使劲儿摇晃着儿子，这突如其来的惨状，像心坎上被人捅了一刀。

"是哪个天杀的啊？！"

庆松躺在父亲的怀里，已经气若游丝，他挣扎着回去，仿佛就是憋着最后一口气，要告诉父亲什么。

"爸爸……带我回家……"

"我的天啊，是谁害的？"

"……我们回家，回龙山……爸爸……"

雷老头等着儿子接下来告知他凶手，胳膊突然沉了沉，再看时，见庆松眼皮一耷拉，已经彻底断气了。

阳光渐渐大起来，犀利的光线将石板街一分为二，一半是阴影，一半浸泡在强烈的光影中。雷老头缓缓放下儿子，将他的身子摆正。炫目的阳光照在庆松脸上，那张失血过多苍白的脸仿佛又恢复了些许生气。雷老头挪了挪身子，用背挡住阳光，生怕晒伤庆松。有那么一会儿，阳光正好将这对父子分隔开来，看上去正好阴阳两隔。

周围一时鸦雀无声。雷老头出奇地沉默着。大家大气不敢出，直到雷老头直起身来，喉结滚动，发出一声哽咽，大家悬着的心才放下来，纷纷七嘴八舌，猜测是哪个没天良的才做得出这么歹毒的事。

中午时分，有人声称已经抓到凶手。凶手竟然就是石板街上的,据称一共三人,其中一位大家都认得,是服装店老板谭晓利。从谭晓利家出来,三人就被警察逮住了。说是逮,不如说自首。因为三人出门前,早早就给派出所打了电话。

"马所长在吗?"谭晓利说。

马所长自然没在,那会儿他还在午睡,整条石板街都晓得马所长喜欢泡温泉,喜欢打牌,经常去温泉中心泡完澡再打牌。有时一打就是通宵。说起打牌,谭晓利和马所长还是对儿不错的搭档。两人联手斗地主,几乎没有输过。

接电话的是刚分配过来的小秦。他刚开腔,就愣住了。

"人是我们杀的……我是石板街开服装店的谭晓利,我在家,我要自首,你们快过来抓人吧。"挂完电话没多久,警笛声就响了。一辆破北京吉普,后面跟着一辆锈迹斑斑的三轮摩托,整个派出所全部出动。除了抓赌,很多年这条街没响过警笛了。围观的人里三层外三层,都想看看这几个杀人犯。三人连手铐都没戴,笑嘻嘻挤进吉普车,倒像下乡的干部,众目睽睽下,很是"风光"了一把。

三

谭晓利大概是水车镇最早做服装生意的人。更多的时候,大家不叫他谭晓利,都叫他谭老板。他喜欢被人叫老板。很多年前,大家都还习惯在地摊上买衣服的时候,他率先在石板街上开了第一家服装店。他家的衣服比地摊上的贵,但款式、料子、做工，都不是地摊货能比的。当然也强不到哪儿去，都是株洲货。新化县的服装店都是从广州进的货，更高级些。但乡下人谁没事跑县城，何况价钱比谭晓利家的贵上几倍，除非钱多得没处花。

每隔一个月，谭晓利就从株洲进一批货。通常天刚麻麻亮，就去汽车站搭乘头班长途汽车去株洲，第二天很晚才回水车镇，从汽车顶上抛下几只巨大的麻布袋，神色疲惫的谭晓利最后一个走下车，他这个月的活儿便干完了。做买卖的事，都由他媳妇李莉来打理，他负责打麻将、下象棋，偶尔接送一下上小学四年级的女儿果果。

四月二十一日那天下午，谭晓利的妻子李莉娘家有事，早早就回家了，留谭晓利看店。

"麻将是七点钟开始打的，我、阿毛、窃牯仔，仨先斗了一会儿地主，庆松他是最后来的。他来后，刚好凑一桌，我们开始打麻将。"

"打钱吗？"

"嗯，一点点……"

"一点点是多少？"

"一元钱的。"

"骗崽呢？"

"开始是一元的，后来大家觉得不过瘾，就打五元的。"

"从七点打到几点？"

"凌晨三点多左右吧。后来大家都饿了，窃牯仔赢了钱，就让他去买了点儿夜宵回来。"

"嗯,后来呢?"

"大家还喝了点儿酒。"

"怎么打起来的?"

"发生了点儿口角。"

"具体说说。"

"他牌风一向不好,喜欢作弊,被抓过几回。说实话,大家都不喜欢跟他一块儿玩。他没几个钱,又不干正经事,靠一手牌养活着。你晓得,这样的人很讨嫌的……"

"他昨晚作弊了吗?"

"昨晚还好,我们知道他爱搞名堂,都盯防着他,他没机会出老千……最后他输了。"

"那为什么要打他?"

谭晓利突然沉默下来,扭了扭脖子,骨节爆响,目光看向窗外。正午的阳光白得耀眼,一只狗伸着长舌,卧在派出所的水泥球场上晒太阳,谭晓利望着一起一伏的紫红色的狗肚皮,突然有些激动起来。

"庆松……他……他这个……流氓!"

"打死活该!"

四月份以来,水车镇开始进入雨季。这年的雨水比往年仿佛来得迟些。每年漫长的梅雨季节,天气都很潮湿,墙上长满了霉斑,被褥衣服永远湿漉漉的,沾在身上,浑身不爽利。谭晓利不喜欢下雨，他老婆也不喜欢下雨，碰上雨天，来赶集的人就少，生意通常很糟糕。全水车镇好像就他家果果喜欢下雨。一到下雨天，她就兴奋，叫嚷着要她母亲李莉帮她从墙上的挂钩取下那把粉白色的小花伞。小花伞是去年谭晓利在株洲进货时给女儿带回的礼物，她如获至宝，每天都伸长着脖子盼着下雨。举着小花伞的果果从石板街上一路往东，路过镇中心小广场，再往北，途经汽车站，那段路是长途汽车和重型卡车的必经之路，常年碾轧，每天都在修修补补，永远尘土飞扬。当然去水车小学，也不是必须得走这条路。从"水车饭店"的隔壁钻过去，有一条窄窄的胡同，从那儿可以抄近道去学校。以前谭晓利一直反对女儿走这条小路，但自从三月份，一辆载重汽车在汽车站旁边轧死了一位上学的四年级男孩儿以后，他开始动摇了。那条废弃的小巷子，尽管荒僻，很少人出没，但可以让女儿远离被汽车碾轧的危险。何况果果也喜欢走这条小巷，她举着小花伞，蹦蹦跳跳的，伸手挨个去摸斑驳的墙体，从上面抠些对于她来说有意义的小物件。有一天，她撕下一张"老鼠娶亲"的滩头年画，如获珍宝，小心地藏在她的一只小木箱里。

　　李莉对这条捷径颇有些隐忧。她说这条路很少有人走，附近都是些没人住的危房，万一出个什么事怎么办？谭晓利去接送过几回，观察了一番，说走汽车站那条路危险，这么多车，进进出出，每个月都出事故，还不如走这条呢。起先他负责接送，有时他没掐准时间，到学校的时候，果果早已回了家。果果说:"爸爸,你买只手表吧。"李莉说:"你爸买了手表也不准,你爸过的时间和我们的时间不一样。"果果说:"怎么不一样?"李莉没好气地说:"你想啊我们睡觉的时候,你爸在打牌,你放学的时候,你爸还在做梦呢!"谭晓利就笑,摸了摸女儿的头说:"别听你妈胡说,爸以后每天都准时接送你。"

谭晓利的承诺只兑现了一个礼拜,随着雨季的到来,马所长的牌局也比往常更频繁起来。他们起先在谭晓利家打,后来李莉抱怨大晚上的打牌影响孩子休息,于是改到温泉中心去打。温泉中心和水车相距十多公里,他们通常骑自行车或者开派出所的那辆破吉普车去。

马所长喜欢在温泉中心。那里不仅能泡温泉,还有夜宵摊,打牌累了,去泡泡温泉,喝点儿小酒,温泉中心的老板娘是个四川妹,手下有几个风姿绰约的川妹子,马所长一来,她们便变得热闹起来,围着马所长麻雀似的叽叽喳喳,喝起酒来也都是一把好手。马所长对那个叫雯雯的南充妹情有独钟。每次见到雯雯,马所长就走不动了。南充妹不光人长得漂亮,腰是腰,屁股是屁股,说起话来软绵绵的,听得人心酥腿软。马所长喜欢温泉中心是有道理的。

那天谭晓利刚到温泉中心,屁股还没坐热,李莉的电话就追过来了。李莉还没有开口倒先哭了起来。谭晓利最不喜欢女人哭哭啼啼的样子,问什么事。

挂完电话,谭晓利抓起衣服就走。马所长说什么事?谭晓利脸色阴沉，说你们玩，家里有点儿事，我先走了。马所长不高兴了，说什么事嘛，妈的刚来就走。谭晓利望了一眼马所长，欲言又止，拍了拍他的肩膀，说马哥不好意思，家里真的有点儿事，下次好好陪你玩。

他回家的时候，女人还在哭，边哭边埋怨道："整天就晓得打牌，要你接女儿，都当了耳边风！"果果倒是很安静，坐在小板凳上，手里捏着一只千纸鹤，望着地板怔怔发呆。他心里陡然一凉，瞪着女儿问：

"你知道那畜生长什么模样吗？"

果果摇了摇头。

"他的口音呢？和你说了什么吗？"

"他叫我别动。我有点儿听不懂他的话。"

"那他……有没有对你做什么？"

果果将目光从地板上缓缓抬起，眼眸闪过一丝犹疑，"那个坏叔叔，他摸了我。"他的心像被针扎了一下。她却突然想起了什么，有些失望地望着谭晓利说："爸爸，我的小花伞丢了，你给我找回来。"谭晓利抱着女儿，突然鼻子一酸，眼泪差点儿掉下来。他说好，你等着，爸爸下次给你买新伞。

谭晓利那时就发了誓，掘地三尺也要找到那人。

放学那天，下了点儿小雨，果果举着小花伞，起先是和同学走在一块儿的，后来她一个人玩着就落队了。那会儿雨已经停歇了,但果果依旧撑着小花伞。她太爱这把伞了,对背后突然伸出来的手没做任何防范。小花伞落在地上,顺势滚了几圈才停下来。"伞!伞!"果果心里朝伞呼喊道。一道她无法抵抗的力量拽着她离伞越来越远。她被抱着朝小巷一处废弃的庭院走去。摇摇欲坠的木门被人反踢一脚,在猫一般凄厉的尖叫声中关上了。那时她心里还记挂着她的小花伞。那是班上最漂亮的一把伞,她为此得意了很久。她想扭头去看,铁钳似的大手让她丝毫动弹不得。这时她才拼命挣扎起来,想大声呼喊,奈何半点儿声音也发不出来。无边的恐惧攫取了她,像小时候溺水一样。那双陌生的大手紧紧地封住她的嘴,让她呼吸都开始困难。他们在一间四处漏风的房间停了下来,那是间木房子,脚下的地板露出手指宽的缝隙,看得见草尖。房间光线很暗,只有一扇窄小的窗,阴沉沉的,什么也看不见。

"不许叫,不然我掐死你。"

她听见背后寒冷的声音。那声音贴着她的耳边,毛茸茸的,像小动物钻入耳朵。她一阵颤抖,身上湿漉漉的,冷意侵袭全身,她听见上下牙轻轻磕碰的声音。

立夏就是这时冒出来的。她眼角的余光不经意间瞥到了他。他看起来也吓傻了。不知所措地望着他们。她用哀求的目光瞥向傻子。当两人目光再次相撞的时候,傻子不知道从哪儿获得了勇气,猛地发出一声尖叫。突然的叫声把那人吓了一跳。她趁机狠狠朝他的手咬了一口,一声凄惨的叫声之后,她感到身上的力道卸了下来,赶紧慌不择路地跑了出去。

天已擦黑，飘起细雨，她顾不上小花伞了，拼命地朝有人的方向跑，直到在小巷尽头看见前来找她的母亲，才停下脚步，扑进李莉的怀里惊慌失措地哭起来。

谭晓利眼前时常浮现女儿描述的那双手，女儿说，从背后捂住她嘴的那只手冰凉，有劲儿，宽大，那双手伸过来，天一下就黑了。他容忍不了操着外地口音的人在女儿身上犯下的罪恶。他发誓要把那人揪出来。四月以来，这事一直困扰着他。疑惑在于，汽车站背后那条小巷，除了本地人，很少为外人所知，这使他陷入了困境。整个水车，谁不晓得果果是他女儿？他的恼怒在于竟然还有人胆敢向他女儿下手。有段时间，他仔细留意赶集的人，养成了下意识瞥手的毛病。

李莉说报警吧，你不是和马所长好得穿一条裤子嘛，叫他来看看。谭晓利说你疯了吗？这事要捅出去，果果以后还怎么做人？这个畜生，不要让我抓到，抓到我得剥了他皮不可。

四

今年四月二十一日下午六点四十分左右，庆松最后一次走进谭晓利家。这年春天姗姗来迟，玉兰花到三月还没有开。这个春天他大部分时间都是和谭晓利他们几个在牌桌上度过的。头几回，庆松的手气出奇地好，几乎是将他们口袋里的钱全部榨干净了才依依不舍回的家。这样的好运气，使他近乎迷信，觉得谭晓利家是他的风水宝地。谭晓利家住三楼，整条街几乎一览无余。他近视眼，但喜欢坐在谭晓利家临窗的那个位置。手气好的时候，透过窗户，石板街上的一举一动尽收眼底。他喜欢这种感觉。

有时庆松显得过于沉浸而分心，甚至忘了出牌。他们纷纷不耐烦起来，用脚踢他，"妈的快点儿啦！"不用猜，他们也晓得庆松在偷窥馄饨店的刘芳芳。看刘芳芳撅着大屁股，在馄饨店前前后后忙碌着。庆松对刘芳芳的垂涎可不是一两天了。刘芳芳长相一般，但有一对令整个水车镇男人为之心动的傲乳。这对结实霸道的乳房像对探照灯似的，水车镇的男人们想假装视而不见都难。

庆松平时不敢对刘芳芳怎样，但喝了酒跟没喝酒的庆松，是两个人。喝了酒的庆松一改平常的怯懦本分，也敢和刘芳芳开带颜色的玩笑。"嘿嘿，昨晚搞了吗？"话未落音，刘芳芳手中的铲子率先表达了不满，啪的一声砸在尚未来得及收回的手上。庆松吃了痛，龇牙咧嘴地笑。"你再敢动手动脚，这锅滚水给你熜熜毛。"庆松也不生气，脸上依然挂着笑，慢慢地走远。

"瞧瞧你这副德行，色眯眯的眼睛都快钻进刘芳芳裤裆了。"四月二十一日下午，他们又在奚落他了。庆松嘴角露出一丝不置可否的笑。这时街边一个小女孩儿映入他的眼帘，细长的脖颈，粉白、洁净，穿着柠檬色裙子，怎么看都像朵四月的花。女孩儿一边走，一边吹着气泡，身后飘起一连串五彩缤纷的泡泡儿。小女孩儿很快被气泡环绕，包围。庆松心里莫名一动。直到楼梯间响起细碎的脚步声，他才把小女孩儿和谭晓利家的果果对上号。

他内心慌乱起来，假装尿急，去了一趟厕所。厕所的墙上布满褐色的斑点，头上挂着一只二十五瓦的白炽灯，飞蛾的残骸依然停在灯罩上。他凝视着眼前变幻莫测的斑点，体内许久才腾升尿意。一阵长久的喧哗过后，身体某处蓬勃的膨意逐渐消失了，他忍不住战栗了几下。

返回牌桌的时候，果果已经上楼。卸了书包，侧身站在父亲旁边，手中把玩着一个麻将。他闻到一股好闻的肥皂泡清香。谭晓利从桌上摸了两元钱，递给果果说，去外面吃碗馄饨吧，爸爸打牌，没时间做饭。果果将麻将抛到半空，周而复始，最后终于接了谭晓利的钱，又默默望着他们打了一会儿麻将。这个时候起，庆松开始一个劲儿输钱，输得手心直冒汗，仿佛旁边摆了一盘熊熊燃烧的炭火。

果果观战了一会儿，嘟着小嘴说："你们这些人真讨厌，整天就知道打牌，打牌，打牌！"她重复了三遍，咚咚咚下楼去了。庆松点了根烟，目光又不由自主地伸向窗外，那个可爱的身影出现在街上，小兽似的奔向刘芳芳的馄饨店。刘芳芳穿着一件低领T恤，不知为何，他忽然为她高耸的胸部感到怅然，甚至乏味。入夏季节的蝉鸣在石板街苍老的香樟树上重新响起，声声入耳，庆松听着莫名愉悦，这时他看见侄子立夏光着脚丫子走来，他身后跟着一群起哄的孩子，他们大声喊："傻子！傻子！"立夏愕然地回头看着他们，目光闪烁着一阵忧伤和茫然。

"我叫鹅啄你们！"立夏说。

"那我们就放狗咬死它！"

"放毒吧，那样省事些。"

想到下毒，立夏似乎焦急起来，他暂时还没想到更好的对策。孩子们朝他围拢过来，用细长的木棍戳他的肩膀。立夏的脸上流露出怯意，眼看就要哭起来。立夏的表情让庆松一下子想起哥哥庆南。庆南当年在父亲面前，也是这副表情。也是这个季节，父亲将庆南吊在家旁边的柿树上，雨点儿般的蝉鸣透过叶隙，将耳朵灌得满满当当。庆南穿了一条裤衩，身上全是横七竖八的伤痕，父亲喝了很多的酒，握着皮带，气恼地望着他。他站在旁边，大气不敢吭。庆南咬着牙，执拗地望着父亲。"咳！我的老脸都要你给丢完了！"父亲暴跳如雷，高举着皮带。在密集的鞭打声中，庆南硬是不呻吟一声。他的态度惹怒了父亲，"我今天把你抽死算了，爹打崽儿，打死也不赔命的。""你打啊，打死最好！"庆南依旧不服软，轻蔑地望着父亲。立夏这时跑过来，抱着庆南的腿，号哭起来，庆南一脚给他踹开，骂道，"狗杂种，哭啥哭，滚一边去！"

想起这一幕，庆松突然忧伤起来。更多的记忆纷至沓来，

让他深陷往事的泥淖,突然小腿一阵锐痛,对面谭晓利不耐烦地踢了他一下,将他的记忆拉回牌局:

"他妈的你还打不打了?又在发什么呆,刘芳芳你就别做春秋大梦了!"

"快出牌!"窃牯仔尖着嗓子喊道。

五

防腐剂是从县城买回来的。据说打一针,能管上一个礼拜不腐臭。枫树那边做冰棺生意的还想附带推销一下冰棺。"很多重要人物死后就躺在这种冰棺里,死了几十年跟刚睡着似的。"但他们的想法很快被水车人识破,被讥讽了一番。"想钱想疯了不是?死人的钱都想赚啊。"

庆松静静地躺在彩条布上。人们临时给他搭了个简易的凉棚,挡住了强烈的阳光。遗体旁边放着一条布告,上面写着死者的生前信息和死因,后面附着刚冲洗出来的彩色遗照。只需匆匆扫视一眼,这些残忍的照片便足以让人反胃和厌憎,继而唤起强烈的同情心:一条年轻的生命在这里被人谋害了。

这比马所长原先预想的情况要糟糕和复杂得多。事实上,自从中午刚入睡就被电话吵醒,他就预感到了什么。了解他脾性的人,从来不敢没事大中午给他打电话。小秦在电话中小声说,"早上打电话,您不在家……"马所长嗯了声。小秦本来还想说去温泉洗浴中心,也没有找到他,强忍了没说,直接说了命案的事。当听说命案时,马所长这才彻底从昏沉中清醒过来,他点了根烟,下意识地往墙上瞟了一眼,正午的阳光透过窗户,正照着墙上的邓丽君。邓丽君穿了一条米黄色的裙子,戴着二十世纪九十年代初期流行的那种巨大的圆耳环,甜蜜蜜地朝他笑。他望着她谜一般的微笑出了好一会儿的神儿。雯雯这时从迷蒙中醒来,学着香港电影的语气,"阿sir,出什么事了?"

马所长将烟掐了,拍了拍女人的屁股,说等我回来告诉你。他连袜子都没顾上穿,直接套了皮凉鞋,就去了派出所。

此时笔录已经接近尾声。马所长说人呢?小秦说:"三个,都在里面待着呢。"

马所长刚进去,听谭晓利喊了声"马哥"。其他两人赶紧叫了声马所长。马所长皱了皱眉,说怎么是你啊?谭晓利一脸苦笑,叹了口气说:"给马哥添麻烦了!"

马所长拿了小秦的笔录看了眼,说:"到底怎么回事嘛?怎么把人给弄没了。"

谭晓利说:"马哥,这么多年了,我的脾性你又不是不晓得。我这人做事最不喜欢拐弯抹角,就是笔录上说的,这畜生要不是我亲眼看见,还真的不敢相信是他干的。"

"他对果果?"马所长瞥了眼谭晓利,"别逗了,果果秧苗儿呢。"

谭晓利说:"可不是嘛,这不畜生干的事嘛,果果才九岁呢!"

说着马所长表情也严肃起来,"真的吗?你亲眼看见他对果果……"

谭晓利说:"马哥,你不信问窃牯仔和阿毛嘛,他们昨天晚上也在场的。"

"你们都看到了吗?"马所长问。

两人同时点了点头。

"是窃牯仔最先发现的。打到夜半,大家都有些饿了,窃牯仔赢了钱,我们就怂恿他买了些夜宵和啤酒回来。吃完已经三点多了,我有些困,想回家睡了,窃牯仔说吃饱了睡不着,提议再玩几把回家。我看谭哥没有反对,庆松不见人影,可能撒尿去了,我说打就打嘛,反正稀烂的手气,我心里还盼着吃完夜宵手气旺起来呢。"

"然后呢?"

"我们等了会儿庆松,见他还没来,我喝多了啤酒,尿涨,就去上厕所,路过果果房间的时候,发现门是虚掩的,开了个口子。我瞥了眼,妈的,发现有个黑影站在床前,冷不丁吓了我一跳。我说谁,在干吗?这时庆松也发现了我,说喝多了,走错房间了。"

"你当时看见他在干什么?"

"他站在果果床前。床有蚊帐,蚊帐没有合拢,我不确定是果果睡前忘了合了还是后来打开的。当时也没有往心里去,毕竟谭哥在家,他除非吃了豹子胆了。谭哥这时听见声音就过来了,问他怎么进了他女儿的房间。谭哥一问,庆松有些慌张起来,说喝多了,走错了房间。谭哥说,你蒙谁呢?我家你又不是头回来……"

六

立夏站在水车的桥亭,底下是流淌的清江。他每天的任务,是将那群鹅赶下清江。鹅见到水,开始加快步伐,扑棱着翅膀,仰天嘎嘎叫着。每天都是那只叫庆松的大白鹅领队。排成一字形,一摇一摆地朝河边走去。隔着老远,它们就闻到河水的味道了,纷纷欢叫。庆松不叫。它走最前头。它不下水,所有鹅都停下来,撅着屁股等着。庆松伸长脖子,往河边探了探,扑打着翅膀,哗啦一声,跃入河中,先将头埋入水下,弓了弓脖子,反复几下,晶莹的水珠从羽毛纷纷滑落。其他鹅这时也下了水,荡起阵阵涟漪,平静的河面全给它们弄皱了。

立夏坐在桥亭上纳凉,俯瞰着他的鹅群。鹅……鹅!鹅!鹅!立夏在上面一声喊,所有鹅都抬起头,屏息侧听,听着是立夏的声音,嘎嘎嘎地回应起来。

立夏喜欢这群鹅。跟鹅待在一起安全。身边有鹅,他就什么也不怕了。他们说立夏傻子,他也敢回应了。"你才是傻子呢!"他们咦了一声,傻子还敢骂人呢!立夏就退,身后传来鹅叫声。他就不退了。那群鹅是他的保镖。其他孩子都没鹅,没有保镖，立夏便有些得意了。

"哪天你的鹅就全死光光了！"他们诅咒说。

果果从不欺负他。有时她跟在这群孩子后头，默默望着他，带着一丝怜悯。她穿红漆小皮鞋，举着小花伞，背一只唐老鸭的大书包。立夏察觉到了她目光流露出来的同情。她说你为什么不上学呢？立夏用小木棍戳了戳脚背，"老师不收我，我爷爷说我高烧烧坏了脑子，他们说我是傻子。"

"你还会养鹅呢，你看它们都听你的，你一点儿不傻。"

说到鹅，立夏马上神采飞扬起来，"我养的鹅会飞，能飞很高很高。"

"能飞多高呢？"

立夏就指了指天，蔚蓝的天空有半轮残月，像道浅浅的牙印。"能飞到那儿！"说完嘿嘿朝她笑。

入春以来，连着下了几场雨。雨天他就不需要去清江放鹅。雨天河面混浊，河水带来了上游的枯枝败叶和各类垃圾。有时还漂浮着淹死的猪和禽类。下雨天雷老头不许他去清江，立夏闲着没事干。他就在石板街上孤魂一般游荡着。起先他在刘芳芳的馄饨店玩，碍手碍脚，被刘芳芳赶了出来。后来天空飞起了细雨，立夏有些无聊，便在汽车站附近耍。运气好，能捡到半瓶喝剩的矿泉水或者易拉罐。有次他在马路牙子上捡到一罐未启封的健力宝，旁边还放着一副太阳镜。这使他迷信般有事没事跑到那儿守株待兔。他还喜欢闻长途汽车的汽油味。每次闻到这股气息，立夏就亢奋不已。他还记得第一次坐长途汽车，从龙山坐了一整天才来到水车。

汽车进站，停稳了。车门抽噎，哗啦一声，门就弹开了。二告说汽车在拉屎放屁。立夏坐在马路牙子上，托着腮，望着迫不及待从车门挤下的人。傍晚时分，雨开始密了起来，街上打伞的人越来越多。他站起身，朝汽车站旁边的小巷走去。他晓得那里的屋檐可以避雨。放学的孩子们三三两两从小巷尽头走来。没带伞的人顶着书包，在雨水中一路小跑。立夏贴着墙根儿，缩身在旮旯儿，没人顾得上瞧他。打伞的孩子则不紧不慢走着。雨滴落在伞面上，孩子轻轻转动伞柄，变成一朵旋转的雨花。

果果走在最后。她举着小花伞，隔着很远，他就认出来了。她的小花伞出现在小巷，小巷里所有的伞都黯然失色起来。果果哼着蓝精灵的歌，旋转着小花伞，一点儿也不急着回家，看得出来她很喜欢雨天。

立夏不喜欢雨天。尤其是雨夜。他经常在雨夜梦见父亲。父亲穿着白色袍子，在雨夜悄然潜入他们睡觉的房间。房间里睡着他和爷爷。门是闩上的，他不知道父亲是怎样进来的，跟猫似的，一点儿脚步声都没有。父亲站在床前，俯身朝他悄声说着什么，一脸的笑褶子，他想喊爸爸，父亲急忙做出嘘声的手势，要他不要吵醒旁边睡着的爷爷。然后穿着白色袍子的父亲轻盈地跃上他们家的单桌，伸手去够房梁上挂的风干板鸭和鸡胗。突然房间里又多了一个和父亲一样打扮的青年男人。男子负责在底下接父亲从梁上取下来的板鸭。眼看梁上的板鸭一只一只被取了下来，梁上空空如也了，他焦急起来，想喊，却发不出任何声音。他眼睁睁地瞪着他们盗取，却一点儿办法都没有，急得全身冒汗。父亲和那个陌生青年男子看见他这副模样，几乎同时恶作剧般笑起来。每到这时，立夏就惊醒了。他大声喊："爷爷，他们把梁上的板鸭都偷走啦！"雷老头从梦中惊醒，忙拉亮电灯，电灯一亮，父亲不见了，陌生青年男子也消失了，他赶紧瞟了眼房梁，板鸭一只没少。他大汗淋漓，躺在床上，像水里刚捞出来似的。

"我刚梦见爸爸了。"他说，"他又过来偷鸭子了。"每当这时，爷爷的脸色总是很难看，他找来毛巾，替他擦了身子，没好气地说："庆南，你像个男人就冲我来，不要再来纠缠立夏了，他是你崽儿啊！"

他才晓得父亲叫庆南。他几乎快要忘记父亲的模样了。爷爷不说，他不知道父亲原来也是有名字的。他总是反复做着同样一个梦，梦见穿着白色袍子的父亲，悄无声息地推门而入，在床前俯身端详着他。父亲的脸异常白，白得像鹅毛。

庆松死那天，立夏在苦楝树下的草窝睡着了。他的脸上爬满了蚂蚁。二告拍醒他说，你叔死了，你还在这儿睡大觉呢，他们找了一圈了，我就知道你在这儿。立夏揉了揉眼睛，没明白什么意思。"庆松死啦!"立夏听到"庆松",一骨碌爬了起来,擦了把眼,盯着水上的鹅群看。"庆松没死呢!"他嘟囔着说道。太阳这时钻进鲸鱼般大的云团,河面突然黯黑下来。二告拍了拍他的头,"傻子,不是鹅,是你叔死了!"

立夏跟着二告他们往家走着,一路走,一路回头,"鹅还在河里呢,我得先把鹅赶回家。"二告说,"你叔都死了,一大早大家都知道了,你不晓得吗?你真是个傻子!"

回到家,立夏一眼就看到了石板街上那道长长的血迹。很多人围在旁边,他钻进人群,挤到最前面,看庆松一动不动躺在地上。那样子让他一下子想起了父亲,父亲当时也是这样,一身的血,躺在地上,旁边蹲着一位俊美的青年男子,抱着父亲的尸体恸哭。

强烈的阳光倾泻下来,烤得立夏直淌汗,他擦了擦眼角的汗水,突然想哭。

七

三年前,雷老头突然影子般来到水车。谁也不晓得他们底细。雷老头不爱言笑,做事不声不响,自称湘西龙山人,手里牵着一个小孩儿,旁侧立着一位十七八岁的伢子。小孩儿跟豆芽似的,蹦蹦跳跳,眉眼间透着一股呆气。问叫什么名字,不响,又问今年几岁?半天回答不上来,雷老头说,孩子小时候发过一场高烧,脑子不好使了。叫立夏。是我孙子。这么小就当爹了？他们将目光转向庆松。庆松脸上飞起一片红霞，说这是我侄子。那他爹呢？庆松沉默下来。雷老头在旁边默默补了一句：

"死了。"

雷老头盘下这座衰败的小院儿，修葺一番后，弄了个门面，开了家包子铺。开包子铺不稀奇，水车像这样的包子铺，还有三四家。雷老头年纪不大，五十不到，但显老，看起来比实际年龄大出不少，右脸颊上有一处紫黑色的铜钱大小的伤疤。有人说是枪眼，有人说是刀疤，关于他的来历，没人说得清楚。有人好奇问起他脸上的伤疤，他就说越南佬打的。那些年，负伤退伍的军人很多，回来都有一段血肉模糊的故事。

"你上过战场？"

雷老头鼻子哼了一声，算是回复了。

"打得激烈吗？"

"那当然。"

"死的人多吗？"

"那当然。"

"杀过人？"

雷老头停下手中的活计，乜斜着朝人深深望一眼。

"战场上子弹不长眼，枪子儿打出去，死没死人，说不清的。"

还想多问什么，雷老头只当没听见，转身忙别的去了。

有关他的传闻就此传了开来，脸颊上的伤疤是打仗留下来的，那必定是上过战场的，上过战场，杀个把人那还不是玩儿似的。初来，还有些欺生，后来晓得他上过战场，负过伤，兴许还杀过人，便再没人敢小瞧他了。

雷老头盘下这间铺面，专门做包子，他家的包子馅多、皮薄、个儿大，比别家还便宜，街坊都喜欢，隔着几条街远，也乐意过来。一年后，雷老头渐渐在水车站稳了脚跟。他很少谈老家龙山的事，也绝口不提女人和死去的儿子，但凡有人提起，就说害病死了。有人好心要给他做媒。说你一个男人，既做生意，又带孙子，家里少个女人，成何体统。雷老头说，蛮好。再劝，雷老头说，我一个人应付得来。语气异常寡味。对于续弦，雷老头似乎没多大兴趣，前后来了几个媒婆，以为这事八九不离十，吃定了这份喜钱，结果都碰了一鼻子灰回去。

雷老头精心料理这家包子铺。每天鸡刚叫头遍，就起床忙碌开来。叮叮当当的，剁馅、发面、和面、揪剂、擀皮、包包子，最后上蒸笼，天刚蒙蒙亮，各种声音四处飘来，开铺面的、打哈欠的、往街面泼洗面水的，石板街彻底醒来，新的一天又开始了，正赶上雷老头的包子出笼，热气蒸腾，香气四溢。便陆续有人来买包子，待四笼包子卖完，旭日初升，照得石板街点点金光，雷老头收工，这天就该散场了。他每次只做四笼包子，生意再好，也只做这么多，没赶上趟的，就只能等明儿了。

八

  几只苍蝇落在彩条布上，嗡嗡声不绝，迫使人不断挥手驱赶。天气热了起来，空气中飘溢着一股腐烂苹果的味道。他们谈到防腐剂，打赌说如果不是打了防腐剂，尸水都流出来了。庆松躺在镇中心的小广场，已经一个多礼拜了。现在这儿成了灵堂，每天不断有人拥过来，尤其赶集的时候，石板街前后堵塞得像条严严实实的香肠。习惯了在石板街上玩耍的小孩儿，也不敢出来玩了。大人吓唬说，庆松是横死，晚上会变作厉鬼出来吓人。

  一天前，医生又过来打防腐剂。防腐剂据称价格昂贵，一针一百多。一针下去，一头小猪崽儿的钱就没了。水车人啧啧感叹。闲来无事，扯起淡，说最近猪圈角落的猪粪开始长绿毛了，猪肉价格怕是又要上涨了，下场赶集的时候，要背条小猪崽儿回家。又聊起传说中湘西那边的赶尸。

  "庆松老家就是那边的，赶尸他肯定是听过的。"

  话题又转到了庆松头上来了。叹惜说要不是迷上了打牌赌博，怕早该成家立业了。又聊起两年前短暂出现在石板街的贵州妹，"他们走路都牵着手，看上去感情蛮好呢，没想到半年不到贵州妹就跑了。"那个爱穿牛仔裤和白波鞋的贵州妹，比庆松还大两岁，自称去过广东，能讲几句粤语。也学港台明星，喜欢将白T恤扎裤腰里，外边再套件宽大的夹克衫。她率先掀起水车镇的第一股时尚潮流风。有一段时间，她是谭晓利店里的常客，经常委托谭晓利给她进货。他们半开玩笑半认真地问庆松，"什么时候喝你们喜酒？"庆松笑嘻嘻的，贵州妹也笑嘻嘻的。然而，没多久，贵州妹就跑了。走的时候，将雷老头藏在米缸的钱都翻走了。贵州妹跑后，庆松开始打牌。女人跑前，他只白天打，现在白天和晚上都打，连续通宵，别人问起贵州妹，说打牌把老婆都打没了，还不赶紧去找回来。庆松依旧笑嘻嘻的，跟没事人似的。他笑起来的时候，眼角微微上扬，蝴蝶一样。

　　几天前，街上开始出现了募捐。民办退休教师罗隆是水车公认的最有德行的人，本地的红白喜事，概由他来主持。这位小学语文教师写得一手好字，王羲之、柳公权、赵孟頫、颜真卿等，他年轻时都一一临过帖。少时家里穷，没钱买墨，挑了水，在自家楼板上，写得如痴如醉。赶集的当天，罗隆老师现场挥毫，洋洋洒洒写下三百余字的募捐书。字迹极其工整、讲究。读罢让人声泪俱下，字字带血，除了陈情冤情，痛斥黑恶势力，还恳求大家齐心协力，一起募捐，促使这起民愤极大的冤案早日昭雪。

　　募捐的效果相当不错，捐款的人罕见地排成长队，一角、两角，多则一元、两元，每一笔账都有专人记录，写在一个小本上，姓名、金额、何方人士。下午的时候，募捐箱就满了，数了一下，够庆松打上两针了，罗隆老师在记账本上工工整整地用毛笔小楷记下：壹佰三十柒圆五角六分。

中午时分，镇长和马所长都来了。镇长说："大家冷静点儿，你们的心情我是理解的。这其实是个误会，真相并不是大家想象的那样。就是几个年轻人打牌，喝醉了酒打架，失手打死了人。现在当事人都已经关起来了，该负法律责任的，一个也跑不掉的。天气热起来了，尸体还是早日火化好，摆在这里成何体统？每天这么多人聚在这里，要是被别有用心的坏人蛊惑，还容易酿成群体事件，请大家一定要相信政府，擦亮眼睛，我们一定会给大家一个真相和合理的交代……"

镇长话没讲完，被一阵喧嚷打断。

"庆松就是被人折磨死的！"

"严惩凶手！"

当天深夜，鸡叫头遍的时候，突然来了十多个烂仔，手持铁棍，强行抢夺尸体。尽管做了伪装，戴着口罩，或用围巾包住了头，还是被人认了出来，都是附近一些无业青年。开了一辆小四轮，想把尸体运往县城的殡仪馆去火化，最后被闻讯赶来增援的民众团团围住，围了个水泄不通，双方都动了手，烂仔们的铁棍威力虽大，敲在身上半天缓不过来，但农民手中的锄头耙子铁锹，都是吃饭的家伙，使起来更得心应手，何况人多势众，一时把对方镇了下去。几个后生鼻青脸肿，画押讨保一番后，天亮时才狼狈不堪地跑了出去。留下跑不动的那辆小四轮，成了俘虏，被众人合力掀翻在地。

事情本也没这么复杂，但抢尸事件发生之后，大家就觉得事情远没这么简单了。"此事定有蹊跷。""要是真的如他们所说，那为何要抢夺尸体？""这明摆着要毁尸灭迹。"这帮烂仔必定是受了人唆使，背后的人是谁，用脚也猜得到，必定凶手家属无疑。他们把尸体夺过去，火化成灰，便死无对证了。庆松死了几天，法医却迟迟没来，这事本就引起水车人的不满，再加上抢尸事件，等于火上浇油，犯了众怒，水车人开始不干了，撸起袖子发誓要给庆松讨回个清白。

九

四月二十二日上午，果果坐在教室一直在颤抖。同桌最先察觉，问她怎么打摆子，是不是生病了。她摇了摇头。直到第二节课，老师才发现她的异常，走到跟前儿问，是不是感冒了，怎么一直发抖？果果不说话，脸色苍白，眼神呆滞，像是给什么吓傻了。班主任将她带到办公室，摸了摸她的额头，没有高烧，只听见两排细小的牙齿像打字机发出咯咯的碰撞声。

"是不是看到什么吓人的东西了？"班主任问她。

果果的下巴轻轻抬了抬，猛地抽了一口冷气。

班主任也被她吓得不轻，问："到底发生什么了？"

"杀人……杀人了……老师……我怕……"果果抬起头，怔怔望着班主任说。"杀谁了？"班主任一脸惊诧望着她说。果果不语。班主任更加好奇，使劲儿摇了摇她的肩膀。果果就说了:"老师你不要告诉别人……我爸他们昨夜把庆松打得快没气了,后来打累了就把他塞进柜子里,早上起来的时候庆松跑了……听说死在了外面。""你爸为什么要打他?"班主任说。"我爸说他是坏人,说他要害我。"

四月二十一日晚上,果果像往常一样,写完作业,看了会儿动画片,十点左右就去睡了。隔壁还在打麻将,隐隐能听见麻将碰撞的声音,声音很大,窃牯仔的声音尤其尖厉。天气有些闷热,她睡不着,喊,窃牯仔,你说话声音细点儿啊!窃牯仔故意装作没听见,没有回应,但一会儿,窃牯仔闭嘴了。

她嫌屋里热,光脚下了床,将门开了一条缝,外边的灯光猛地照射了进来。野外的蛙声此起彼伏,战鼓擂动。每到四月份,夜里各个角落都是它们的呼喊声。她听了会儿,想《西游记》里有没有青蛙精。既然有兔子精、蛇精、蜘蛛精,那自然应该也会有青蛙精了。这样想着,她就更睡不着了,起身去了外边的露台。露台上凉快,没有蚊子,夏天的时候,谭晓利会铺张凉席,直接在露台上过夜。月光皎洁,高高挂在街角那棵古老的香樟树上,投下一地的斑斓。街上店铺都打烊了,人息灯灭,只有偶尔的几声狗吠。

站在露台上,远处的蛙声显得更响亮了些,这些精灵仿佛潜伏在眼前某处角落里,正在开一场万人大会。时而喧哗,时而高涨,偶尔沉寂一会儿,继而迎来一波更大的声浪,有一只声音特别威严低沉,像是蛙王。它一叫,旁边的蛙都变得安静了。果果一时听得入了迷。

庆松出去小解,看到外边明晃晃的月光,见露台有人,就过去了。果果听见脚步声,回头一看,见是庆松,庆松刚想说话,果果忙嘘声说,你听——庆松听见几声蛙声,呱呱,呱呱,响如春雷。果果说,蛙王!它们就在那个角落。他顺着她的指向看了看,下边是一块荒地,月光下草木葳蕤,声音格外清亮。果果说,你去给我捉来。庆松就笑,说草丛里有蛇呢。说起蛇,果果也害怕起来,真的有蛇吗?会不会爬上来?庆松故意吓她,说怎么不会,蛇最爱钻家里了,软软地挂在梁上,不小心一看,还以为是副麻绳呢!果果吓得一声尖叫,抱着庆松的腰说,你吓我,你是坏人!庆松摸了摸她的脸蛋,又闻到头发上那股熟悉的肥皂味儿,不禁心旌摇曳。

谭晓利就是那时出现的。他听见露台传来女儿的尖叫,过来查看。月光下,庆松抱着女儿,捏着她的脸蛋。谭晓利咳嗽一声说,在干什么呢?庆松笑嘻嘻的,我说蛇会爬上来,她吓得抱着我的腿不敢走了。谭晓利对果果说,这么晚了,怎么还不去睡觉?果果说,房间闷热。谭晓利恼怒起来,说少啰唆,快睡去,明早上学又死猪一样起不来。果果嘟囔了一句,你们打牌吵死了,我睡不着嘛。一边说着,进房睡了。庆松依旧笑嘻嘻的,想说点儿什么,谭晓利一言不发,先回了牌桌。

果果在蛙声中沉沉睡去。她梦见露台上站着一个穿白色长袍的青年男子,神色忧戚,似有心事。她走向前问,你是谁,怎么跑我家露台来了？白袍男子不作声，眼睛里突然涌出泪水。她惊诧地望着他，不敢再问什么。白袍男子说，我弟弟快要死了。她说你弟弟是谁呀？我弟弟叫庆松。他现在你家打牌，我就一个弟弟呀，等会儿他就要死了。她扭头想去看那边的牌桌，费了很大的劲儿，可脖子像铁铸似的，怎么也转不动。她好奇地问，你怎么晓得他要死了？白袍男子却倏地消失得无影无踪。

果果是被一阵阵打斗声惊醒的。她听见谭晓利在咆哮，伴随窃牯仔尖细的嗓音。阿毛好像没有说话。但一会儿她就听出来了，阿毛在揍人。砰砰闷响。阿毛壮实，打起架来，没谁能在他身上讨半点儿便宜。她听见庆松的哀号，别打了，求求你了，别打了，疼啊！她赶紧爬起来，光脚跑出去，刺眼的光逼得她睁不开眼。

地上一片狼藉，麻将桌已经被掀翻了，麻将散了一地，她脚下就踩着一块。空气中飘着一股刺鼻的酒气。庆松趴在地上，被阿毛揪了头发，窃牯仔反剪了他的手，一屁股坐在他身上。见了果果，庆松微微仰着头，鼻尖的血一滴滴往下掉。谭晓利坐在一旁，抽烟，冷冷地看着。她从没见父亲如此吓人的样子。那眼神恨不得要将庆松生吞活剥了。她站在门口，扶着墙，吓得瑟瑟发抖。谭晓利说，痛快点儿吧，别啰里啰唆的，是不是你干的？庆松不响。阿毛见他不说，一边骂一边踢，踢麻袋似的。庆松又哎哟起来。她不知道打了他多久了。他妈的老实点儿,我盯你好久了,那天小巷里的人是不是你?庆松摇了摇头说,不是我,我不知道你们在说什么。怎么不是?全水车就你他妈的是外地佬,果果说那人讲话不是本地口音,我就怀疑到你了。他妈的还果然是你,要不是我亲眼看见,还叫你狡辩过去了,刚才露台的时候,我就该一脚把你踹下去。

提到外地佬,窃牯仔也生起气来,尖着嗓子说,一个外地佬,跑到别人地盘,还不老实,这不讨打吗?伸手往他头上拍着,说,还敢不敢撒谎?!

果果这才反应过来,明白事情原来和自己相关。她想起刚才的梦,心里有些害怕。谭晓利向她招了招手说,那天小巷子里的人是不是他?果果怯怯望了眼庆松,庆松的眼角破了,高高肿起,他的眼神看起来更像条上岸的鱼。果果觉得地上躺着的人突然陌生起来。她没看清那天那个人长什么样,也忘了什么口音。她只记得立夏,那个突然冒出的傻子。那人死劲儿掩住她的嘴,差点儿窒息的时候,是立夏的叫喊解救了她。趁那人慌张的时候,她狠狠咬了那人的右手一口。她下意识瞅了眼庆松,一双干干净净的手,没发现什么异常。

"是不是他?"谭晓利又问道。

"我不晓得……我只看见立夏。"果果摇摇头。

"傻子不就是他侄子嘛!"阿毛说道。

"傻子在那干吗?"

"立夏朝他叫了一声,我趁机就跑了。"

"傻子胆子很小,肯定是看到熟人才敢喊的。"

"妈的,肯定就是这小子干的。在露台我看他就不对劲儿了,刚才要不是窃牯仔发现,还不知道要干出什么事来。"

果果隐隐觉得有什么不好的事情将要发生。她希望庆松能据理力争,把事情原委说清楚,但庆松什么也没说,任由他们给他随意下了结论。仿佛这些对他无关紧要。这时她听见谭晓利说:"你进去睡觉吧,明天还上学呢!""你们要对他干什么?"她下意识地问了一句。"大人的事小孩儿懂什么?睡觉去!"谭晓利喷着酒气,瞪了她一眼。她不敢再问,悄声返回了房间。听见谭晓利喊:"窃牯仔,给我找副麻绳来,看他妈的招不招。"

十

温柔的阳光抚慰着守尸的人,有几个年长的坐在长凳上打盹,他们有些人已经好几个晚上没睡个囫囵觉了。种子早已落了秧田,初具长势,如新剃的板寸,劲头十足。清江两岸四处碧绿的野草,一派生机盎然的景象。松塔刚发芽,长出粉笔长的嫩黄芽儿,沾满了毛茸茸的松粉。轻轻一摇,暴雪似的飘下一层厚厚的金黄粉末,空气中飘逸着松塔独特的清香。这年的松塔没有毛毛虫,长势喜人。水车漫山遍野的松树林,到了秋天,等松塔熟透了,乘着氢气球打松塔,是镇上一道独有的风景。

庆松在这儿已经躺了快两个礼拜了。脸上的血迹已经干涸，变成褐色，看着像潦草的油漆匠胡乱的涂鸦。自打他在此咽下最后一口气起，人们大概就把这儿当成他的归属之地，再没挪动过一尺。

随着第二个集的到来，更多的人挤到募捐箱前。据说最多的一笔，有五十多元。一个年轻小伙子被人活活打死的消息不胫而走，已经传到县城。

这让马所长有些头疼。事实上，庆松死的那天早晨，他就预感到什么了。那天他的右眼皮连着跳了三下。迷糊中瞟了眼正在酣睡的南充妹，她裹了一条毯子，侧着身子，勾出一道迷人的曲线，换作往常，他醒来都要抱着女人要一回。但那天他突然意兴阑珊，对女人失去了兴趣。

为了这事，马所长刚挨了上面领导一顿批。他颇有些郁闷，之前他在水车好歹算号人物，想不通这无数张熟悉和陌生的面孔怎么突然都站在了他的对立面。他们的募捐口号是要凑钱去市里告状。"县里已经被凶手家属收买了，要去市里才行，市里不行就去省里，或者直接去北京，去中央告他们！"这是马所长始料未及的。不就是个小流氓嘛，有错在先，谭晓利他们只是做得有些过了。谭晓利请求他不要将女儿牵扯进来。所以他想以赌博引起的斗殴为由结案。庆松好赌，赌品不好，喜欢偷鸡，这点是众人皆知的。去年年底的时候，庆松就在派出所蹲过几天号子。

他原本十拿九稳。结果事情搞砸在了抢尸上。那是温泉中心的老板王春雷出的损招,"现在大家激愤的就是这具尸体。尸体一日不火化,这事就一日没办法解决。把尸体偷偷往县城殡仪馆烧了,这案件不结也得结。"

他没吭声,但觉得也不是没有道理。没了尸体,死无对证,他们闹翻天,他也不怕。他问春雷,有没有办法。春雷笑了笑说,哥,这事包在我身上。我今晚就去找人给你办好。

事后,马所长颇有些懊悔。事先要想到这招一旦失败,导致这样的后果,他肯定不会同意春雷这么干。

庆松死后一共打了三次防腐剂。枫树那边做冰棺生意的起初颇有信心在水车推销出一具冰棺——试想一下,庆松静静卧在冰棺里永垂不朽,这是他做梦也想不到的哀荣。抢尸事件后,募捐的人到达了高峰,那天的募捐箱一共满了三次。罗隆老师用毛笔小楷在记账本上工工整整写着三百八十元五角八分。

抢尸败露后,群情激愤。镇长再出面的时候,事情就有些失控了。成百上千的人围着简易灵堂,要求镇长和马所长给出一个说法。他们刚出现在镇中心的小广场,就被人群团团围住。镇长是个胖子,面对突然围过来的人群,两条大肥腿在西裤里瑟瑟发着抖,密集的汗珠不断从那张发酵似的胖脸上涌出来。"怎么办?走不了了。"镇长悄声说道。"等会儿增援的武警就来了。"马所长其实也有些紧张。他们几个人,带着警棍、铐子——但和农民手中的锄头耙子比,简直就跟玩具似的。镇长清了清嗓子,准备说点儿什么,突然一只破旧不堪的黄胶鞋飞了过来,直接砸在他的胖脸上。镇长呻吟一声,摸着吃痛的脸,面容苍白,几乎恼怒地朝马所长低声吼道:"看看你干的好事!"

底下的农民饶有兴趣地目睹着镇长的狼狈不堪。那张昔日趾高气扬的脸此时显得格外苍白和怯懦。镇长掏出手绢不停擦汗,另一只手做了个请冷静的手势,回头又瞪了眼马所长。

马所长清了清嗓子,这时站了出来。他一开口,底下的人倒都安静下来。他故意压低了嗓音,装出一副沉重的样子。

"老乡们,你们都被骗了……这人其实是个不要脸的强奸犯,他把谭晓利家的小姑娘给祸害了。四月份的时候,就在汽车站背后那条小巷子里……"

底下叽叽喳喳,马所长故意停顿了一下,等他们声音小了下来,才将庆松那晚在谭晓利家的事做了一番描述。

"之前为什么不说?我们也是考虑到人家小姑娘才多大啊,今后还要上学、嫁人……这事他干得实在龌龊,太流氓了!而且不是一次两次了,这次要不是被当场抓了现行,还不知道要祸害多少娃娃呢!大家试想一下,谁家没有娃娃啊,这么小的秧苗儿,他都下得了手,何况还是个外地佬,这事要传出去,多丢人啊!"

马所长说完,人群一阵沉默,继而哄的一声,炸开了窝。

"要是这样,怎么早不说?"

"让谭晓利家的娃娃出来说两句。"

"当事人要说是那就是。"

果果就是那时被推上台的。她站在上面,怯生生地望着底下乌泱乌泱的人潮,她从没见过如此大的阵势,无数双眼睛齐刷刷地投向她,她完全不知所措,还没等得及问话,就掩面哭了起来。

冰雹就是那时毫无预兆地下起来的。如此晴朗的天气,谁也没有意识到会来一场大冰雹。冰雹先是落在覆盖庆松尸体的彩条布上。彩条布在冰雹的击打下发出痛苦的噼啪声。更多的冰雹打在人的身上。啪啦啪啦,从点到线,天空像撕开了无数道口子,汤圆大小的冰雹滚滚而来,打得人群头破血流,纷纷作鸟兽散。这场罕见的大冰雹还砸坏了派出所唯一一辆破吉普车的挡风玻璃。吃痛的人群发出嗷嗷的惊恐之声。很多人摸着头上的肿包,不可思议。活了一把年纪的罗隆老师神色凄惶地望着天空,嘴里喃喃自语:"怎么会……"

十一

秋天深了。二告骑在墙上,偷看隔壁立夏家的院子。雷老头坐在小板凳上打盹儿。鹅群正在院子里啄食。立夏坐在地上,光着脚丫在玩泥巴。二告朝他头上扔了个泥丸,立夏抬起头，一眼就瞄见了墙上的二告。

那堵墙，少说也有百十年了，青砖所砌。墙头长着几株蓬蒿，平时蔫头耷脑，到了春天，一下蹿得老高，二告妈每年都要搭梯上墙，砍下来扔猪圈里，是最好不过的沤肥。二告上墙从不搭楼梯。墙角有棵柚子树，与墙齐高，二告三下五除二，唰唰唰就上去了。整条石板街，没谁爬树有他厉害，二告妈说他是猴子变的。有段时间，二告爱上墙掏鸟窝。鸟爱在蓬蒿下搭窝。年年来，年年掏，年年掏，年年来，二告说，真是群傻鸟。鸟蛋椭圆，三五个，卧在松针搭的鸟巢里，还没大拇指粗。掏完蛋，傍晚鸟飞回来，绕巢三匝，发出凄厉的叫声，听得心慌。有天夏夜，二告睡得早，梦见一只黑鸟，在院子门前唤他，二告，二告！二告迷糊中下了床，光着脚丫子就往门外走。大人们还在院儿里乘凉，问，大晚上的光着脚去哪儿呀？二告一声不哼径直要朝外走，拦都拦不住。二告妈发觉不对了，往他头上浇了碗冷水，二告打了个激灵醒来，发现自己只穿了小裤衩儿，湿漉漉地站在院子里。

二告说，鸟怪找我报仇来了。立夏说什么鸟怪啊？二告说，鬼你知道吗？鸟变成鬼了，就叫鸟怪。立夏点点头说，知道，我还见过。二告说，啥鬼你见过啊？立夏说，我前几天夜里看见我叔了。他穿着白衣裳，有时在院子里，有时在街上，什么都挡不住他。二告听得脸都白了，颤声问，你叔和你说话了吗？立夏摇摇头，没有，只是望着我。二告说，他们都说你叔把谭晓利家的果果给祸害了，在汽车站背后那条小巷里，说你也瞅见了？立夏一脸茫然，摇摇头说，我记不起来了。二告有些生气，你这傻子，问啥啥都不记得。立夏这时突然想起什么，哦，对了，昨晚他回来说到了鹅。啥意思？他说让我骑鹅飞回去。二告听得害怕起来，赏了立夏一个爆栗子说，你瞎说八道，庆松死了，拉殡仪馆都烧成灰了，他们说烧成灰就不能变鬼了。立夏说，怎么就不能了，我经常看见他，我还梦见过我爸。二告说，你还有爸啊？立夏说，我爸也死了，给我爷爷绑树上抽死了。二告诧异说，为什么啊？立夏一下茫然起来，摇摇头说，我不晓得，他们说我爸爸做了对不起祖宗的事，我爷爷气得把家里碗都摔了，后来就把他绑在树上抽，我叔叔夜里爬起来，偷偷给他解绑，被我爷爷发现了，气得把我叔叔也给抽了一顿。第二天早上，我爸爸就死了。真被你爷爷抽死的？立夏摇摇头，好像也不是，是蛇给咬死的，蛇咬了他脚背，脚肿得跟茄子似的，乌黑乌黑的。二告说，你爸到底做了啥对不起祖宗的事啊？立夏剧烈地摇了摇头，眼里突然闪出一束惊悚的光，小跑着走了。

二告以后不敢掏鸟窝了，但仍旧爬树，骑墙头，喜欢高高在上的感觉。一到墙头就称王了，整条石板街一览无余。街头靠河的地方，以前有架老水车，时间久了，变成了地标，他们说这是水车地名的由来。沿着石板街到头，往西走，去湘西洪江、怀化，往东走，则到娄底。立夏这时也蹭了过来，说，往南呢？往南去枫树。那往北呢？傻子终于把二告母亲问愣了，白了他一眼,就你屁事多。

有时二告也拉立夏上来玩。两人骑在墙上,掠过乌黑的屋檐,能看到蜿蜒东去的清江,夕阳下,河面闪耀着点点金光。他教立夏用手做手枪状,瞄准街上的行人,走近一个,枪毙一个。二告母亲猛然瞅见他们,厉声喊:"谁带他上来的?快点儿下来,傻子要是有个三长两短,我要把你脑袋掉个方向!"

瘸子走在前面,瞎子在后。瞎子高大壮实,背着个布袋,手搭在瘸子的肩头,亦步亦趋。瞎子和瘸子一来,孩子们都兴奋起来,朝二告喊:"哈哈杀猪匠又来啦!"刚好赶上放学,孩子们纷纷拥簇着瞎子和瘸子往石板街走来。

"读几年级啦?"瞎子翻着白眼问。

"二年级。"

"三年级。"

"……"

孩子们纷纷回答,小鸟似的追逐着瘸子、瞎子转。

"二告在吗?"瞎子问。

二告低着头,故意装着没听见。

"他在这儿!"有孩子揭发。

二告害臊起来,小脸涨得通红。现在谁都晓得这对残疾是他家亲戚了。他羞于家里有这样的亲戚。瘸子一言不发,就瞎子话多,喜欢问这问那,耳朵还特别尖,问完二告父亲,又问母亲,接下来问学习成绩,二告闷不作声,问得烦了,鼻子里哼嗯一声。

"我从来都没听你叫过一声舅爷呢。"瞎子说。二告学着瞎子的样子，朝他翻了翻白眼。孩子们都哄笑起来。

瞎子和瘸子每年都要来趟水车。通常还得住上几天。二告母亲每次看到他们来就发愁。

"这对儿老不死的，咋又来了呢！"

稍有怠慢，瞎子就会表达不满。瞎子表达不满的方式是旁敲侧击地对二告说："我还是你舅爷呢！我可从来没听你叫过……"这个时候，二告母亲就该从梁上取板鸭了。他们平时一个礼拜都难得吃上一次板鸭。

吃完饭，二告母亲将阁楼上的木板床垫上稻草，铺好床单，打了洗脸水，总算将他们安顿下来。这时石板街开始安静下来。鸡进埘，狗回家，秋蝉停歇，街上陆续响起关铺面的声音。瞎子和瘸子对脚躺下，说了些闲话，没多久都沉沉睡去。到了半夜，瞎子先冻醒，用脚踢了踢瘸子说，你冷吗？瘸子回了声冷。瞎子说，把长凳上的衣服拿过来盖吧。瘸子摸黑起来，一阵窸窣，把瞎子的衣服扔了过来。窗户外浮着一轮昏黄的圆月，深秋的凉意不断透过来，侵入骨髓。瘸子重新钻进被窝，把自己缩成一小团儿。瞎子说，你听到了吗？瘸子问，什么？瞎子说，你听。瘸子竖起耳朵听起来，听见隔壁院子传来一阵噔噔的声响，像有人在剁东西。瘸子说，好像有人在剁什么。瞎子没说话。瘸子又说，是在剁骨头吧？瞎子说，现在几点？瘸子睁眼瞅了瞅窗外，过子时了吧。瞎子说，都这个点了,剁啥骨头呢?瘸子说,猪骨头吧,我看隔壁是家包子店。瞎子一声冷笑,说,我没瞎前,杀过二十多年猪呢。清江、枫树、石门那带的猪见了我都发抖。我听隔壁剁了很久了,这肯定不是猪,刀法不对,顺序也不对……瘸子说,那你说是什么?羊?狗?瞎子摇了摇头,又沉默半晌,突然笑一声,说,听起来倒像是人……

十二

庆松的尸体是傍晚时分火速拉进县殡仪馆的。

从殡仪馆出来,庆松就被雷老头捧在怀里,一路从县城回到石板街。雷老头将骨灰盒放在神龛上。神龛上摆着一个相框。有张庆松和他哥哥庆南的合影。旁边一张是庆南和另外一个男人的照片。男人的头已经被人戳掉,成了黑洞。穿着花衬衫的庆南搭着他的胳膊,两只眼角都是笑意,看起来非常快活。雷老头望着照片,发了很长一会儿呆,想了许久,突然双手抱头,用力捶了捶。

立夏在院儿里追蜻蜓。天要下雨了,红蜻蜓飞得很低。立夏抓着网兜,满院子逮。逮着一只,用细线绑了尾巴,就成了活风筝。雷老头喊,别耍了,给我磨刀去。立夏停住,噘噘嘴,说昨天刚磨了呢。见雷老头脸色阴郁,晓得再顶嘴,就要挨打了。

磨完刀,雷老头准备剁馅。案板上落着几只绿头苍蝇,雷老头挥刀一斩，刀稳稳扎在案板上，晃了晃，下面躺着一只死苍蝇；雷老头鼓气一吹，顺手将肉往案板上用力一摔，肉颠了一颠，他拔起刀，砰砰砰，喀喀喀，开始剁馅。剁得肉末横飞，剁得血肉模糊。立夏在旁边看得呆了，以为又惹雷老头不开心，大气不敢出。

最先出来的是窃牯仔。窃牯仔在里面关了三个月，白了一圈，说起来话没以前尖细了，似乎有意显示出一副稳重的样子。窃牯仔出来没多久，阿毛也跟着出来了。阿毛倒是变化不大，稍微瘦了些，还是大大咧咧的，三句不离娘。最后出来的是谭晓利。谭晓利出来的时候，已经秋天了。水车的松塔迎来了一个罕见的丰收年。老远就能闻到一阵熟透的松果的清香味。腰包厚实的人家购置了采摘松塔的氢气球，坐在吊篮里，气球飘起，伸手就能摘到松塔，比搭梯子轻松，还能避免意外。

一场秋雨一场寒，凉意逐渐逼近水车镇。立秋没多久，忽刮了一夜的大风，早上起来，满阶黄叶，凉风袭来，穿得稳夹衣了。

谭晓利出来后很少抛头露面，整天都待在家里，也很少和人说话。别人问在里面怎么样，有没有挨过打，他淡淡地回一句，就这样，或就那样。服装店关张半年后，恢复了营业。谭晓利又开始大清早起来去株洲进货，又开始打起了麻将，又开始接送果果放学。窃牯仔、阿毛，起先也没怎么露面，到了秋天，终于按捺不住去了谭晓利家。他们拉了隔壁闲人铁渣，牌局又恢复正常了。

渐渐没人再提庆松。仿佛这个外地人在水车一直就没存在过。直到十月底，有人夜里又看到了庆松。穿着白色的长袍，光着脚丫，披着长发，脸白得跟粉墙似的，影子一样在石板街游荡。见到熟人，笑嘻嘻的，双目含笑，吓得人四肢发软，差点儿一口气没喘上来。

这年的冬天来得格外迫切，刚入冬没多久，就下了一场大雪。凛冬提前降临水车。大雪倒是有些预兆，因为立夏的耳朵提前一天就发了痒。他的耳朵一痒，第二天准会下雪。换作以往，立夏又该高兴得跳起来。他喜欢下雪，喜欢站在院子里，看漫天的雪花飘落，一朵比一朵轻柔，一朵比一朵急骤。天亮后，大雪已停，万物无声，整个世界寂静了。他抓了一把雪，在雪地里咯吱咯吱地跑着，留下长串脚印；使劲儿摇摇树，落下瀑布般的雪末。不光立夏高兴，鸡鸭鹅也跟着高兴。它们在坰里就闻到雪的味道了，一放出来，纷纷蹦跳着往雪地里扑。

现在坰里是空的，只剩一只鹅。一个礼拜前，鸡鸭摇头摆尾的，像醉酒似的，纷纷栽倒。鹅最后才倒。它们伏在立夏脚前，嘎嘎叫着，像在向他道别。眼看一只一只倒毙，立夏吓得哭起来。二告娘过来看了眼，说吃了耗子药，没得救了。立夏只哭。二告娘说，太缺德了，大冬天的谁放的耗子药呢？立夏一直哭。二告娘说，别哭了，还剩一只呢，它没吃药。立夏扭头去看，发现庆松站在雪地，用嘴啄着雪，将头埋在雪里。立夏走过去，抱着庆松，说，我想爷爷了。二告娘说，你爷爷犯了大罪，回不来了。叹口气又说，造孽啊，从小没爹没娘的，还是个傻子，今后跟我过吧，以后管二告叫哥。立夏抱着鹅，愣愣地望着二告娘，仿佛不知道她在说什么。雪又下起来，粉末般的细雪，纷纷扬扬，给凛冬骤然添加了一丝冷意。

庆松叫了起来。嘎嘎嘎，嘎嘎嘎。立夏抚摩着它的长颈，小心翼翼地坐了上去。鹅屁股一沉，立夏跌了下来，扑棱着翅膀，将雪扇得飞舞起来。立夏这时像是想到什么，站起来，抱起鹅往外走去。二告娘问，你去哪儿？立夏说，我要回家。二告娘说，你家就在这儿。立夏说，这儿不是我家，我家在龙山，我叔告诉我的。二告娘问，大雪天的你怎么回？立夏说，飞回去。二告娘摇了摇头，真是个傻子啊。

立夏深一脚浅一脚地往前走。他不知道龙山在哪儿。他只知道飞。他闷头闷脑往前走着，脸蛋紧贴着鹅，感觉风雪没这么凌厉了，怀里也有了暖意。这时，他看到了松树林的氢气球。它像个被人遗忘的孩子，孤零零系在树干上。立夏离开道路，往松林走去。他先将鹅放进篮里，然后解开气球的绑绳。篮子摇晃一下，震起细密的雪粉。立夏迈进篮子，气球徐徐飘升起来。飞了，飞了。立夏拍手笑了起来。气球越飞越高，飞跃松林，飞跃他家的小院子，飞跃清江，最后石板街变成一条狭长的黑线。清江也变成一条狭长的黑线。他看到底下的二告娘向他挥手。看到街上的人向他挥手。看到整个水车镇上的人都在向他挥手。立夏拍打着小手再次笑了起来。

最后一个道士

最后一户山民搬离牯岭,已是两三年前的事了。以前尚有条简易的乱石铺就的小径,羊肠子一般,从青葱陡峭的悬崖边上盘绕上去,绕得人眼花缭乱。因为走的人少,日渐荒废,没几年工夫,便给杂草吞噬了。从石门到牯岭,沿着这样的小道得爬上半天,通常上去一趟,都是大汗淋漓,双膝发软,经凛冽的山风一吹,无不倒抽冷气的。那败落的小庙,叫蛇神庙,据说很有些年头,具体多少年代,大家都语焉不详,离山顶尚有一箭之地,"文革"前这里还有些出家人,后来被一顿乱棒,还俗的还俗,回家的回家,庙里被捣了个稀烂,从此便萧条了。此处茂林修竹,有水井,两侧种满苍翠的松柏,斑驳的墙上挂着一口破钟,山风猛烈时,能吹得叮当响,方圆一里都能听见。通常听见钟声响,便知离蛇神庙不远了。老铁就住这儿。

每年冬天,是年轻邮递员小楼最恼火的时候。差不多隔上一两周,便得上牯岭一趟。山路嶙峋,全是石阶,旁边是深不见底的深涧,压根儿没法儿骑车,全靠两条腿。山上的冬天比底下的更野,更烈性些。来得早,去得晚,石门的丘陵原野还是果实累累的世界,牯岭上早已寒霜笼罩,有些高处不胜寒了。秋天还好，沿路都有果子摘，野板栗、野柿子、枞树菇，每回都有收获。冬天就不同了，寒风载道，万物萧瑟，连声鸟叫都难以听到。林场里寂静得可怕，只有自己的喘息声和脚步声，偶尔有窸窣抖落的松针，铺得地上金黄一片。小楼天生胆小，牯岭上头有座坟地，上面埋得净是些死得不明不白之人，石门这边常说，一个人走山路，如果背后有人唤你名字，千万别回头。一回头，鬼就缠身了，那是鬼在引诱你。又加上前几年，一支马帮驮运金银花下山时，稍不留神，连人带马一块儿滚下了悬崖，摔得面目全非，想想就有些怕。每回爬上去时，小楼都得全身大汗，山风一吹，冷得直叫人打哆嗦。他心里有些说不出的愤慨，不明白这老不死的为何要一心留在牯岭，要留在这孤零零的废庙里。

他唯一的乐趣似乎就是写信，每次上来送信时，他将早已封好的厚厚的信封交替给他，反复嘱咐，生怕有疏忽。那些信，都是写给驻防甘肃酒泉的子春的。酒泉在哪儿？他只知道酒泉在甘肃，老铁的关门弟子子春就在那儿。而甘肃离牯岭究竟有多远，小楼一片茫然。老铁说："我徒儿坐了三天三夜的火车再转车，才到酒泉。他们驻防的那边都是戈壁和荒漠。"他坐过最久的火车，是四个小时。想想小楼就有些傻眼了，信上描述的千里无人烟的苍凉景象到底是怎样的一片风光？据说，夜里能听见群狼的嗥叫声。他们这边野猪倒是不少，狼却从未见过的。

那来信用的狭长的牛皮信封，上面暗红色的字体醒目地写着中国人民解放军某某部队的番号。无须贴邮票,和那些白色的普通信封相比,显得皮实而有分量些。他总能从一大堆信中,一眼分辨出来哪封是老铁的。老铁拿到信,并不忙着读,而是将新写好的,小心翼翼交给他,刻意叮嘱几句,后来慢慢熟了,也就不必交代了,让他坐在竹凳上闲聊,扯淡,从瓷盘里抓几只野柿子给他吃。破旧的小庙寂静得可怕,只听得见远处的山涧中有潺潺的瀑布折落下来打在石头上的响声。日子仿佛流水一样,如此这般打发掉了。那老铁接近古稀之年,光着头,尖尖的下巴,一副苦大仇深的样子。他极少笑,亦不爱说话,爱盯人看,没事的时候让小楼伸出左手掌,说是给他看纹路看命运。"我的命好不好呢?""好,是副好八字。"老铁呵呵地笑。

这样的时刻,小楼便有些坐不住,屁股下的竹凳凉凉的,他心想老铁一辈子生活在此,怕是准备着成仙的。外边早用上手机和电话机了,这年头谁还用手写信呢?很多次下山的时候,他不禁为这个叫子春的士兵叫苦。按照这样的光景,这老不死的不写到死,怕是不肯收手的。好几次,小楼都想将来信扔进悬崖底算了。就有一次,他这么干了。

那老不死的后来见到小楼的第一句话便说,"我梦见我徒儿给我写的信被人扔了,唉……"他连叹了三声气,叹得小楼心里一阵紧过一阵,莫名地惆怅着。那天送完信,小楼心里像装了块石头,一连几天都有些放不下。一闭眼,老铁那哀苦的目光缓缓地浮出,仿佛带着不忍心的责备。他曾听人说,老铁是个懂法术的人，早七八年前，人还活泛的时候，还能下山给人做丧事，早年靠做道场攒了点儿钱，如今老了就不再下山了。早年石门一带的水陆道场都是老铁包了的。打保醮、平安醮、龙王醮、南岳醮，请水打卦问神以求消灾除秽，样样来得。这带称老铁这样的人管叫道士或师父。道士们往往集道、佛、巫三种身份于一体，也娶妻，也生子，也吃肉，样样皆能，端的快活。便有家长领着孩子，拜师父的。总归也算得上是门手艺，学成后能养家糊口，最重要的，还不用赤脚下田干活儿，一个道场下来，按照石门这带的规矩，能赚到一只鸡一尾鱼一块刀头肉和十斤米，再加上百二十元钱，和种田比起来，当然是轻松不少。出门在外，碰上认得的人，也得叫上声师父，也有些脸面。所以，一个师父这辈子下来，带出三四个徒弟，是正常不过的。在石门，登门拜师学艺，需三年整。第一年在师父家帮忙干活儿，当下手，来年则背诵经书，也随师父去做法事，当个助手什么的，最后一年，基本上已经可以独当一面了。那时，师父会请来别的同行道士，再加徒弟的双亲，出师的抛牌斗法仪式庄严而隆重，一旦通过，徒弟基本上就拜别师父，自立门户了，也算得上是个年轻的师父。

老铁一生收过三个徒弟，子春便是他最小的徒儿。最大的徒弟在云口那边，也年届五十了，长了副木讷的样子，法事做得有些敷衍，外边口碑便有些不好。传到老铁耳边，他心里便有些不快，后来又听说大徒弟的子女反对他做师公，便改行了，老铁心里更是有些失望。到底不是传衣钵的料，那大徒弟早几年倒也上牯岭来过，想要得那衣钵。因为二徒弟去广东打工早不做法事，老大以为老铁会将衣钵传给他的。

那时子春还没来。子春来的那年，才十六。他大伯领过来的，子春高高瘦瘦的个儿，问他姓名都会脸红。老铁心里便有些喜欢，他年轻的时候，也是这样。那时刚好春天，牯岭的山涧边全是刚出穗的芦草，各种花草都在怒放，走到哪儿都能嗅到一股芬芳。子春从小父母双亡，寄住在大伯家，读完初中，再怎么也不肯继续了。那个羞赧的年轻人不肯坦露一丝的心机，整日寡言少语，翻来覆去地看一本《西游记》，那是家里唯一的一本书，前后都已散了。在家待了一个冬天，大伯终于忍不住了，问他愿不愿意去广东和石门其他人一块儿进厂。子春没有拒绝的意思，紧锁眉头，一副逆来顺受的样子。大伯去打听了，才晓得进厂必须得满十八岁才行。当然也可以办个假证，或借别人的身份证也行。只是成年的小伙子们个个都是要去进厂的，身份证一时哪儿借得到？办假证自不必多说，大伯一听说如果被查出来，要关进去的，早已吓得双手乱摆。子春的路似乎就绝了，只能熬两年，待成年后再像石门的其他后生一般，踏上清晨的第一班长途汽车，开往深圳、凤凰、东莞等地。

子春白天和大伯下地劳动，闲时照旧端着那本破《西游记》，一副入迷的模样。大伯也是看过此书的，有时也和他聊起这部书。聊悟空，聊沙和尚和八戒，主要的还是聊九九八十一难。子春都是一副心不在焉的样子，那脸色越发苍白。大伯没读过几天书,肚里装的名言警句翻来覆去就几句:"宝剑锋从磨砺出""头悬梁锥刺股""映雪读书"等,可子春又没再读书,他成绩本也一般,说这些大伯自己都觉得牛头不对马嘴。有天无意中,聊到了唐僧,两人聊起了唐僧的身世,那少年眼中仿佛泛着泪光,呼的一声站起来放下手中的书就往门口疾步走了。大伯顺手翻了翻,书里夹着的照片便落了下来。一个和子春年龄相仿的妹子冒了出来,带着梨涡笑,端的清秀。大伯看了心里突地一惊。

晚上回得晚,子春一个人默默地扒饭,突然就说要去拜师父。

"想好了吗?这不是闹着玩儿的。"大伯就说。

"嗯。"

"这活儿虽不比干农活儿,但少不得熬夜吃苦,受人白眼,你再考虑考虑。"

"嗯。"子春放下碗筷时,依旧波澜不惊的样子。

大伯就说:"那好吧,学门手艺也好,以后饿不着,养活一家人总没问题的。"

大伯连夜就准备好了礼品,商量好翌日清晨就上牺岭去。子春默默地在一旁看着大伯收拾,他最后望着那盏昏黄的十五瓦的灯泡凝视着发呆。那展翅的飞蛾永不停歇地围绕着灯泡转,直到活活累死。大伯收拾完行李,子春顺手便将《西游记》放了进去。大伯说这东西拿上去有什么用,牺岭上边又没通电,你以为还是在家吗?在那儿是要干活儿伺候师父的,唱说念做，样样得学，哪儿还有闲工夫？

子春默默地将书拿出来。第二天大伯便在灶膛中发现了书尚未燃尽的灰烬，是那本《西游记》，被子春一把火烧了。

这是他收的最年轻的徒弟。比另外两个要勤快些，话不多，默默干活儿，动作麻利，从不多嘴。这点和老铁有些相似。不像另两位，活儿也干，但每做完一件事，总要卖乖，有些居功的意思。老铁不喜欢这样子。小庙供着一尊观世音菩萨，金漆大多剥落，之前，偶尔还有人来烧香。后来，上来的人便渐渐没了。这庙又不是什么名刹，和普通的山神土地庙差不多，也不见得灵验，所以大多数人便选择去了石门附近新修的一座大庙进香了。那儿香火倒也旺盛，初一、十五，都是些老头老太，给远在广东打工的子女烧香祈福，求菩萨保佑他们在广东无灾无难、财运亨通。牯岭更是日渐人迹罕至，以前还有别的师父过来小住，后来也不来了。老铁孑然一身，没有家，无牵无挂，索性一个人在这儿留了下来，图个清静。这座荒废的小庙差不多被人遗忘了，要不是老铁每年修葺一番，怕早倒塌了。

来客罕见，加上庙本来就小，子春要干的活儿便不多。每天清晨起床，将里外清扫一遍，往水井里提几桶水，将院子里的水缸满上，净身过后便给菩萨上香。老铁那时也差不多要起床了，子春再将热洗脸水打好，服侍师父洗漱完毕，一天便开始了。

上午撰写对联、祭文，书写做宗教时的种种符讳、文疏；下午则抄写经传，《真武妙经》《南华真经》《北斗经》《消殄虫蝗法忏》《慈悲血湖宝忏》。老铁这样手抄的经书有几木箱，那都是他最看重的衣钵，是要传人的，有些是上几代师父传下来的，相当珍贵。这儿虽然管叫道士，但佛事、道场、巫术却一个也不能少，三大门类同时兼顾，打醮时是佛事，给死人超度亡灵选道场，求神问卦的当属巫术了。要学好这个，吹、弹、唱、写都得样样精通，缺一不可。上路的道士，随机应变，什么场合都能应付得下来，一个人也敢独揽整场道场。那是需要点儿真本事的。两天三夜的道场，没几刻钟停歇的。以前的文疏都得毛笔一字一画地写，现在石门这边已经流行去打印店电脑打印了。但老铁不，他看不惯这些偷懒的行为。该怎么办，还得按老规矩来办。老铁讲究这个，他瞧不起那些打印出来的东西。在他行香火的地域内，凡是给死者办佛事、做道场；或是给当地做荡秽除魔一类的道教斋醮；或是给灾殃病乱、家翻宅乱的人家，请神祭祖、唱菩萨、和娘娘、斩煞等法事，没一个不讲好的。

老铁自己养了群鸡鸭，早年开垦的荒地种有红薯苞谷，果蔬多得两人吃不完。子春每个月下去一趟，添购些日常所需用品上来。清晨下山，傍晚踏着夕阳负重而归。他从不多言，老铁吩咐他买什么就买什么，绝不乱花一分钱。有时老铁也会责骂，嫌字练得力道不足，嫌经书背诵得结结巴巴。年轻人面红耳赤，目光游离不定，双手放哪儿都显得多余。老铁便想起自己年轻的时候，他幼年父母皆亡，师父带大他，每回挨骂时，也是这模样。他总在不经意间便瞥见了自己当年的影子，那影子让老铁心生爱惜。子春挨完骂，似乎也不记恨，过会儿依旧是恭恭敬敬的样子。每月的初一、十五和观音菩萨生日那天，会吃素念经，其他无异。也吃荤，每个月宰只鸡或鸭子，师徒二人打打牙祭；也饮酒，是石门下边别人自酿的米酒，子春每月用塑料瓶提几斤上来。老铁每餐都会饮上二两，子春起先不喝的，滴酒不沾，老铁说，你是男子汉了，不学会喝酒那算什么！以后老丈门都不会给你进。师父给他倒了个碗底儿，便喝了。竟然不红脸，只是坐在庙门口呆呆望着远方暮色的山脊发呆，松涛阵阵，蝉声如注。那时子春已来了一年有余了。牯岭是方圆数百里地势最高的，天气晴好，能望得到三百里外远的州市。层峦叠嶂的大川如巨蟒潜伏在天际，随着暮色四合，慢慢隐去。老铁走过来的时候，子春正望着天边一个劲儿地流眼泪。瞅见老铁，慌忙揩了。便问老铁，师父，人死了当真能上天吗？老铁愣了下说，胡说些什么。子春又说，死后也记得生前的事吧，要是记得，那就好！她要是还记得我，我上去也可以再相见的。多好！老铁脸一沉说，净说些什么胡话呢！子春有些不好意思地笑。

那以后子春每餐都陪老铁喝点儿，却不见醉过。庙里没电，天擦黑便得点灯，早早就睡下。子春是自带的铺盖，睡靠窗的竹床上。那竹床一翻身便吱嘎响个不停。年轻人似乎不那么容易入睡，翻来覆去，辗转反侧，许久过后才见安歇。

这天天气晴朗，老铁便吩咐子春将被卷浆洗了。米白色的床单晾在细竹竿上，正午时分，日头当中时，老铁过来翻晒床单，一不小心便发现了床单上的那几个黄褐色的斑点。每处均有鸡蛋般大小。那形迹可疑的斑点让老铁心跳加快了几下。老铁到底是过来人，知道那是什么。他默默地将床单翻了个面，子春红着脸过来接他的手时，他已把活儿干完了。老铁想，他当年这么大的时候，已经有人替他做媒了。

老铁也发现了那张相片，夹在《真武妙经》的手抄本里。要不是那天偶然翻起，他可能永远不晓得的。相片上的女孩子一头长秀发，清清爽爽，端的标志。他曾开玩笑，问过子春，说这相片上的女孩子是不是他女朋友。子春慌慌忙忙，欲言又止，吞吞吐吐地含糊了几句应付过去。老铁会心一笑，便不再追问了。他说，到时结婚记得叫师父来喝个喜酒。子春的脸腾的一下涨得通红起来。那神色，一瞬万变，带着负疚的惴惴不安。

子春的悟性高，与之前的两位徒弟一比，高下立判。口功、心法、符讳、罡步巫舞，一年不到，子春已经像模像样了。老铁就想，到底是青出于蓝而胜于蓝。这是一种天分，光靠学是学不来的，关键还得靠悟性。这些口功心法，之前的两位徒弟有的还没传授，他们的规矩是传内不传外，传男不传女的，一般外人哪能窥测其本质呢。但子春不同，老铁差不多是倾囊而出，没丁点儿的保留。他知道，只有子春能体会到它的妙处，他是有接衣钵的资质的。所以，平时老铁待子春，也就更严厉了几分。一本手抄的《九天元皇文昌帝君救劫集福宝忏》，他让子春硬背下来，几个月后，子春果真能倒背如流。他想方设法将自己的心得传授给他。年轻人有悟性，但不见得心思就全在这儿。每个月的下山那天，子春头天就有些难掩的兴奋，下山是子春最快乐的事，他像只按不住的弹簧。

老铁最担心的事还是来临了。掐指一算，那时子春上牯岭已快两个年头了。那天清晨下山，和往常也没什么不同，默默地打了声招呼，背着个大包就走了，傍晚也未见他回来。老铁盼望良久，想必是年轻人贪玩去了，于是掩上山门。第二天，子春依旧没有回来。老铁便有些坐不住了。回想子春近日的变化，似乎每天夜里都在踢床，在梦中挣扎，有些狂躁不安。清晨起床后他问过几回，子春说是梦，他都记不得了。孩子心底一定是装满了心事，日有所思夜有所梦。他猛然想起相片上的那姑娘来，经书里相片已经不知去向。老铁像是猜到答案了，等到第四天时，他决心下山一趟。

大伯也吃了一惊，说是当天下午他就回去了的。两人猜了半天，也不知他会去哪儿。便说起相片的事。问是不是找相片上的姑娘去了？大伯一脸疑云听完老铁的话，低着声说，你说的那女孩儿——那女孩子叫喜喜，去年投水死的。老铁怕搞错，又详细地描绘了一遍，大伯挥手打断他的话，就是那个长头发笑起来带梨涡的嘛！老铁便噎住了，半天才说，怎么年纪轻轻就想不开啊？

老伯说，捞上来的时候，才发现有三四个月身孕了，想是怕羞，怕家人发现吧，这说出去哪有脸见人啊！

老铁心里像是层层阴霾填埋了过来。那天上山，他月亮升起才到庙，步伐缓慢，心里有事，脚步便打不开。心想自己到底是老了，是真的老了，那月色，和少时没什么不同，阴晴圆缺，永久轮回，人却已近黄昏暮色，心底便滑过一阵悲凉。

庙里点着灯，子春不知何时回来的。他一脸的惶恐不安，生怕师父的咒骂。老铁没有骂他，只淡淡说了句："你去哪儿了？"

子春嗫嚅半天，说去市里了。

老铁心里一惊，抬了抬眼皮说："我饿了。"子春忙去给他端饭倒茶。老铁扒了几口饭，停歇了下说："你去那儿干吗？"

"师父……我想好了，我要去当兵……"子春说道。

"当兵？"这是老铁万万没想到的，"当你的道士，当什么兵？"

"我去报名体检了，通过了。"

老铁和子春都不再说话，昏暗的灯光下只看见一缕缕青烟从灯油上飘上来，升到屋梁上去了。老铁仔细地盯着子春，年轻人自知有愧，将头埋得深深地。那眼泪眨巴眨巴地落在鞋面上，黄豆那么大。老铁将筷子轻轻地放在碗上，他决定和他心平气和地谈谈。

"为什么要去当兵呢？"

"我同学说，当兵以后出来也好找工作，在里边还可以学习，可以考驾照，出来不愁没地方去，我同学他哥哥当的兵，现在深圳那边当上保安队长了。"

老铁仿佛明白了。他心里透过一阵悲哀。"当道士也是门手艺啊，也饿不死你啊，这世界上每天都得死人——"

子春执拗地站在那儿，不肯多说。

老铁重重叹了声气说："去哪儿当兵，要去多久？"

"两三年，据说是去西北。"

"那这道士你还要不要……"

"师父，等我回来吧，我退伍了，我再回来把剩下的一年学完，我一定会回来的。"

老铁闭上眼睛，靠在椅子上，感到很累，很疲惫，此刻他什么也不愿去想，只想就这么躺一会儿。

这事情就这么定了。大伯特意上来致歉，并反复说等子春退伍回来，一定再上来。子春望着师父，鼻子也是酸酸的。老铁就说，好嘛，当兵好，毕竟是件光荣的事，该贺喜才是。子春他们便收拾完行李，拜别后下山去了。他们走后，老铁好长时间心里都觉得空落落的。没了子春，小庙更显孤寂，空谷中的松涛阵阵，一浪盖过一浪。过了些日子，子春又上来了一趟，说是武装部查他资料发现他学过道士，说那是封建迷信，要不是苦苦求情，差点儿刷下来了。那边便要求开具一个证明，说自己已经不再学道士，和道士彻底划清界限。

那证明得让老铁签名。老铁颤抖着手，几次都没法儿落下笔。一阵山风过来，院子里的那株甜槠抖落几片枯叶，翻滚着飘落至地上，老铁便说，去捡几片叶子来吧。子春就去了，回来时，老铁已经签好了，面带倦意，人仿佛一时老了好几岁。

"师父我一定还会回来的，你放心！"

老铁嘴角一动，微微笑了笑说："年轻人路宽，怎么走都有章法。"

当夜两人说了一宿的故事。有一搭没一搭地闲聊着，那淡淡的月光从纱窗透射进来，如柔和的白纱。两人慢慢聊到了相片的事。老铁说，那姑娘的事我知道了。子春在那边许久没发出声音，老铁说，你还在听吗？子春嗯了声，说在听。只听见那边传来轻微的哽咽声，老铁便不忍心再问下去了。过了会儿，子春小声说道："我每天做梦都看得见她，这两年来我一直在给她念经……我有罪恶感……"老铁哑然许久，默念道，一切众生皆因妄执而生。窗外的月光如银盘一般挂在松柏树上，窗外静悄悄的，已是万物俱静的时候了。

第二天大早，子春起床后没有发现师父。桌上师父给他留了张字条，用毛笔小楷工整写着一首诗："须知诸相皆非相，若住无余却有余。言下忘言一时了，梦中说梦两重虚。空花岂得兼求果，阳焰如何更觅鱼。摄动是禅禅是动，不禅不动即如如。"字条下压着几百元钱。他在小庙周边四处寻找师父，没有一个人影。早晨的露水很重，觅食的小鸟在树林中叽叽喳喳地叫着，声声入耳。空谷中响彻他的呼唤，师父一定听见了，但他没回应。子春知道师父在躲着他,于是便独自下山去了。

一个月后,从甘肃酒泉来了一封信。老铁一看便知是子春的。信里附了一张他在军营里拍的照片,身穿草绿色军装的子春看上去英俊潇洒了许多。被子叠得如豆腐块似的,四方四正。军营到底还是不一样的,老铁心想。子春在信里告知,他们部队所在的地方,便是古时丝绸之路的必经之路。他向老铁描述了现代西域的景观,说很有几分王维的"大漠孤烟直,长河落日圆"的味道。又说这边大多以戈壁和荒漠为主,四处都是骆驼刺、芨芨草和羊粪蛋的灰黄色戈壁,紫外线强烈,地表温度可以蒸熟一个鸡蛋。但也不觉得热,汗一出马上就给蒸发掉了。这里人烟稀少,风刮得很猛烈,鸡蛋大的石头都能刮上天。因气候干燥,刚来时常流鼻血,不过现在好了。当然还不忘说这儿曾是汉代名将霍去病驻守过的地方云云。

字是钢笔字,老铁回复过去却用的毛笔字。

第二封信来得便有些晚,子春在信里致歉说新兵三个月很辛苦,经常半夜出发去荒漠中搞拉练,急行军,累得很,所以没及时回复。信写得很长,说是来部队后,对他改变很大,很锻炼人。又说西北的蒸馍很大,第一次见识时,还出了笑话。他说没想到这么大蒸馍也有人一次能吃下好几个的。老铁便想象漠北风光,想象子春抓着蒸馍时的样子。三个月的新兵生涯很快结束了,子春的新鲜劲儿也消退了些。只说这边的荒凉,驻扎的营地方圆几百里全是茫茫的戈壁滩,一眼望不到头。那些黝黑的沙砾经过日久的风吹日晒,有的竟薄如蝉翼。站岗的时候，子春便数电线杆。从眼前开始往外数，一直数到看不见为止，然后再往回拉。老铁从信中读出了子春的焦躁，他回了过去，安慰他"此心安处是吾乡"。子春后来就没再抱怨过在异乡的孤寂了。他在连队里参加了象棋比赛，拿了二等奖。他和一等奖获得者杀得难解难分，从下午杀到晚上也没见胜负，子春到最后却有意妥协了。他还说正学弹吉他，已学会了一些简单的谱子。后来果然照片上便看见了子春坐在床沿上抱着一把吉他，双手似乎正在拨动着琴弦……老铁将这些照片一一贴在相框里，那老相框原本都是一些老旧的黑白照，新添上子春的彩色相片，如枯木逢春，顿时又生机盎然起来。

他说部队里有驾校，他正在学习当中，快要通过考试了，到时便可以开车了。子春去了哪些地方，在信里都会告诉他，武威、张掖、嘉峪关、祁连山……两人相隔万里，这些陌生散发着古典气息的地名，经子春的笔一描述，竟也有趣起来。子春说这边的水果很甜，特别是哈密瓜。要不是距离太远，不然就寄几只过来。哈密瓜虽没收到，但子春的心意到了，老铁也很欣慰，像是真品尝到了。只是两人没再提起学道士的事。子春没说，老铁便也没提。有一段比较长的时间，老铁都没收到子春的信。怕是有两三个月的时间，老铁一直等，也没等来小楼的身影。老铁便又勾起学道士的事来。那四大木箱法器和经书，装得满满的。里面有道袍，有几代师父传下来的功德图，有木鱼，有八卦，有辟邪用的法刀，有锣鼓有铜钹等。老铁将它们收拾得整整齐齐的，擦拭得一尘不染，这是他一生最为珍贵的宝贝。大徒弟之前过来几次，他也没发话说死后传给他。大徒弟到底是凡夫俗子，衣钵怎能传授给他呢。这年秋冬季节，老铁清晨起床提水往水缸倒时，突然脚底乏力，连人带桶一起跌倒在地，许久也没爬起来。身边只有不知疲倦的小鸟在叽喳，老铁枯坐许久，才慢慢起身，将湿掉的衣服换了，心隐隐感觉到有些绞痛。

　　子春的信没来，他大伯倒是上来了。见老铁身体有些不妙，便让老铁下来住一段时间。老铁起先不肯的，大伯不由分说，下午便下去叫了几个劳动力上来，用竹躺椅抬了下去。老铁坐在上面，不由得想起"破四旧"时期，石门批斗他，说他是封建余孽，不准他做道场做法事，用一副抬猪用的担架强行给他抬了下山。那时他还年轻，不觉得老，挨几记拳头耳光，晃一晃，也挺过来了。只是没想到时间竟这么快，再次被抬下去时，已到老眼昏花大厦将倾之时了。他便有些忧虑，不知子春何时才能回来，还能不能见得上一面。

　　大伯给他请了石门最好的郎中，叮嘱他好生休养，还熬了老母鸡汤给他喝。老铁小住几天，脚下似乎又生出了些力气，勉强可以走动了。便问起子春的消息，大伯说，子春原来计划年底休探亲假回家的，没想到这次又改主意了。老铁说，不要紧，不要紧嘛，两三年，一眨眼就过去了……心底到底有些惋惜。淡淡说了声，子春好久没给我写信了。

　　子春出事的那天，正好老铁刚上牯岭。大伯不让他上，老铁执拗着坚持要走。他大概晓得自己时日不多,无论怎么劝,也要上牯岭去。大伯只好请人将他又抬了回去。

子春他们部队驻守在酒泉,明文禁止士兵和当地女性恋爱。十八岁的子春那天驾车去城里公差,返回时天色已晚,在离营地尚有两公里处,汽车不巧抛锚了,怎么也打不着火。那儿信号也没有,人迹罕至,真是到了叫天天不应叫地地不灵的程度。一头大汗的子春一头钻进车底下捣鼓着,忙乎了半天也没有个动静,晚霞铺满了大半个天际,但见一片苍凉。眼见天色越来越晚,同去的班长便说去营地找人过来帮忙,让他先在这儿守着。子春一个人敲打半天,也没弄清到底哪儿出的故障。他沮丧地靠着轮胎,看班长的身影在茫茫的原野中渐渐消失成了一个小黑点儿。那时他偶尔听人讲,戈壁上有野狼,专攻击牲畜和人。有个牧户一个冬天被狼咬死过五六只羊,差点儿还伤了人。子春望着无垠的荒漠,有种被抛弃的感觉,心里冒出一丝寒意,正准备钻进车去,那姑娘便是这时冒出来的。子春认得,那是附近牧民马天笑的小闺女马蓝,曾见过的。营地购买的羊肉,都是马天笑家的。他骑着三轮车,送过来,有次姑娘也跟着过来了。鹅蛋脸,长头发,那五官如彩笔描绘过一般,浓重出彩,不似南方这边的清秀,却多了种端庄的大方之美。子春初次见她,便记住了,总觉得在哪儿已经见过她了。到底是在哪儿呢?子春辗转反侧几个晚上,终于在电光石火间想起早年曾看过的一部乡村露天电影《芙蓉镇》,里面的女主角就和她长得很像。

她正放牧归来，正赶着几只羊路过抛锚的车。见到他，错愕地对视一眼，那几只羊徐徐地从车侧走过，就在擦肩而过的一刹那，子春看到她的目光落在了地面上的工具箱上。她回头望了一眼他，"车坏啦？"

这是他第一回听见她说话，没想到那么清脆悦耳。十八岁的子春紧张地瞥了她一眼，她的脸上正挂着不易察觉的笑，兴许是被他那副不知所措焦头烂额的表情所打动的。他朝她点点头，憨憨地笑了笑。

"修不好了吗？"她将羊喝住，好奇地打量着车。他有些不好意思地点点头。

"是什么坏了呢？"她抬头目不转睛地望着他。

"不晓得呢。"他的确是无能为力了。

"那怎么办？对了，那边有个会修汽车的人，他跑过长途的，我去叫他过来瞧瞧？"

"远吗？"

"不远，马上就来，你等着！"

他不知道自己为何那一刻没有将战友回去搬救兵的消息告诉她。他对她充满了不可预知的期待。她的身影在暮色中越走越远，像昙花一般。子春呆呆地坐在驾驶室里，感觉刚才做梦似的。

少女果然很快就回来了。她的身后跟着一个满是络腮胡子的大男人。他大大咧咧地打了个招呼，一阵子稀里哗啦的敲打声后，汽车像通了电似的，转眼又发出了欢快的叫声。

"好啦!"络腮胡短促地从嘴里吐出了一句话。子春没想到络腮胡这么快就将车子整好了,刚想道声谢,络腮胡搓了搓手,嘴里含糊了一句,子春还没听懂,他就头也不回地走了。少女紧紧跟在他身后,朝他挥挥手,就在这时,他看到天边的最后一丝余晖正好打在她的侧脸上,金黄色的光辉焕发着无限的柔情,他的心猛然间剧烈跳跃了几下。在回营地的路上,那张焕发着金黄色柔和光泽的脸一直在脑海中映现着。

一个星期后,子春又遇见了马蓝一次。这回他陡增了不少的勇气,鼓起胆子特意向她致谢。两人年纪相仿,一下子便聊开了。他似乎有说不完的话,在开口的瞬间,又都缩了回去,她像是明白,侧着脸,微笑着鼓励他把心结打开。子春便怦然心动了,讲了些自己的心事。他的心事如陈年久积的阴云,在她面前彻底掏了个空。回营地的那天,他心情很愉悦,以为这就是爱情,因为他向一个令他心动的姑娘说了许多关于自己的最私密的心事,而且姑娘对他似乎也很热情,像老朋友一样亲密。他那之前的愧疚与罪恶感,在认识马蓝以后,奇迹般烟消云散了。可是每到放假前夕,他心里还是像猫挠似的难受,很想去找马蓝,又找不到合适的借口。总觉得有些荒唐,有些说不出口。那烂棉絮般的云懒懒散散地铺点在蓝色天穹,映照着广袤的黄褐色戈壁滩,仿佛时间是停滞不前的,如凝固一般。有段时间,他一个人孤零零站岗,看护着快要废弃的空仓库。里面的物资大多已转存,只留下一个偌大的空壳。有时有人来轮岗,有时夜里也是他守着。他只需看着别让附近的居民将牛羊牵进来把这当羊舍就行。这样的任务极其无聊，很多人受不了想方设法换岗了，只有子春继续留了下来。而且是主动请求的，不知何时，他已经爱上了这种孤独。岗哨设在仓库东北角的最高处一间小房间里，里面有行军床，吃住都在这间不足五平方米的小房间里。每天透过岗哨的玻璃窗，他看见马蓝慢悠悠地赶着自家的羊群去牧场，赶在天黑之前，她便又慢悠悠地将它们赶回来。他就在她的不远处，一抬眼便能望得见。但是子春从没和她说过。有次她似乎很好奇，抬头望了望，他赶紧侧过身，也不晓得她看清了没有。他很享受这种感觉。她的一举一动全收在他的眼底，一览无余。那时他觉得自己是上帝。

上帝那天傍晚便看到了一幕无法容忍甚至是怒火中烧的事。他看见一个戴着瓜皮小帽的男子一路跟着马蓝，像是在纠缠。马蓝狠狠挥了挥手，将缠上来的手用力地甩掉。那只手很快就黏上来了。马蓝回头顺手给了那人一耳光，那人似乎也很愤怒，马上回应了一个。不仅是回应，而且顺势抱住了她，将她压在地上……

子春几乎想都没多想，一股热血直往脑门儿冲。他飞快地从岗哨上跳了下来，一个百米冲刺冲到那人身后，一把抓着那人的衣襟，提起来便是一记勾拳。打完才认出是那个络腮胡。还没来得及多想，络腮胡愤怒地瞪了这位不速之客一眼，呼地一拳向子春打了过来。两人扭打在地上，一时打得难解难分。站在一旁的马蓝看得目瞪口呆，连连呼喊别打了，别再打了！两个人哪肯听她的劝，一时拳脚相加，脸上都开了花。子春没想到络腮胡那么壮实，要不是在部队练过拳脚，根本就不是他对手。打到最后，两人气喘吁吁地分开，跌坐在地上，你瞪我，我瞪你，大口大口地喘粗气。

最后还是轮岗的战友将他们拉开了。

这事在部队引起了很大的轰动，因为他打了马蓝的未婚夫。

子春亦是沮丧得要命，他甚至懒得为自己开脱。外头有人传，说是为了争风吃醋。他也不辩解，情绪低落到了极点。连队后来特意去做工作，让子春道歉。子春倔强，硬是不答应。领导有些光火，说打人还有理了吗？子春说，我以为他是要强奸她，才动的手。领导便说，人家俩是一对，在一起打情骂俏碍着你什么了？上次据说还给你修过车呢！你这是什么态度！

我打的就是他！他抿了抿嘴，当然不敢这样讲。

那时刻，不管是络腮胡，就是连长，子春也是要打的。打完后，他觉得很伤心，感觉马蓝伤害了他似的。子春还是去给络腮胡道了歉，那边倒是大方接受了。说是一场误会，出发点还是好的，不会有任何的追究，只是没再见到马蓝了。她故意躲着他似的，一直到他退伍，也没见到她。子春的心感到万分的煎熬，心事像放飞的风筝，被人拽着跑掉了。他为此事挨了一个记过处分，情绪更是日渐低落下去，做事情也吊儿郎当起来。

小楼最后一次上牯岭，老铁已经有些不行了。几位石门上来的老人和子春大伯轮流照顾他，怕他一个疏忽就走了。老铁微微睁开眼皮，瞧见是他，面色泛出一丝微笑说，好久没见你上来啦。小楼将信交给他说，是你徒弟子春的信。

大伯便拆了信，先看了。脸色越来越差，又不便发作，只能强忍着，对躺着的老铁说，子春说，他快复员了，快要回来——看您了……

老铁躺在床上，听完默然了良久，只见那两行泪珠分别从眼角挤了出来，往脸颊滑落而去，是再也收不回来了。

当夜，老铁病情突然加重，意识已经有些模糊。一会儿清醒一会儿又沉沉睡去，已不再进食。大伯赶紧打发人下去通知众人。子夜时分，老铁突然感觉精神又复原了些，并央求坐起来。众人忙将他扶起来，靠在床上。老铁费力从床垫下掏出一个包来，那包用布一层层封着，里面是一沓信和两千余元钱。"这些都是给子春留着的，还有内传口功……我要等着他回来，传授给他……"他指着那四只大木箱子。大伯忍不住也老泪横流起来。

老铁去世的那晚，月大如盆，辉光满地，正是十五。老铁是道士，必须得送曹。在石门，生前是师公、道士的，死后送六曹六院。子春没有回来，他已到了同样遥远的广州。那么，老铁最后一封信他自然也是收不到了。一般道士死了，法事都是由自己的徒弟来主持。实在没有办法，才请外人。他的三个徒弟，大徒弟被儿子接到城里去了，二徒弟在广东打工，都联系不上。大伯才想起，在石门，似乎已经找不到年轻的道士了。打听了一整天,才得知沙江那边尚有道士,年纪也高,七十有余了,不知还能不能请得动。那师父听说老铁过世了,不管家人劝告,执意要来。当夜大伯领着众人提着铜锣去井边请水。念道:"东方青帝涌水龙王,南方赤帝涌水龙王,西方白帝涌水龙王,北方黑帝涌水龙王,中央皇帝涌水龙王,五湖四海龙王,十洲三岛仙哲,曰聪曰明神仙,乃文乃武真宰,水府得道刘三、杨四将军,水母娘娘,谪伸祈请,下赴井泉,鉴领香烛,求请愿赐一酌之水,净身沐浴。"烧完香烛,提水回去,沐浴全身,更上寿衣,安棺入堂。

忙完这些,天已大亮。小庙已经洒扫干净,祭坛摆好,其上首悬九御之金容,两旁列四京之玉像,圣像牌位摆放得整齐,桌上依次摆放着斋供、果品、净酒、净茶、灯盏等物,老师父开始念"金关化身天尊",两边锣鼓法器齐鸣,敲锣打鼓,唢呐相伴,小庙从未如此热闹过。小楼本不打算参加这场丧事的,后来心里又有些过意不去。他想就当是最后一次给老铁送信好了。只可惜这场热闹的法事,昔日的主角现今躺在堂屋的棺木里再也听不见了。听不见的,还有他的小徒弟子春。那时子春正在繁华的广州商场,站在门口干起了保安工作。

两年后,小楼辞职也加入了浩浩荡荡的南下广州打工的浪潮,后来见到了从未谋过面的子春。和相片上清清瘦瘦的形象出入很大,大得小楼没法儿将眼前的子春和想象中联系在一块儿来。子春粗了几圈,一副肥头大耳的样子,腰身的赘肉彻底毁了他在小楼记忆中的好形象。广州的天气闷热无比,即便穿着白色大号衬衫的子春也没能遮住身上那些多余的部分。小楼不知该和他聊些什么,只能往老铁身上说。问他为什么师父去世时不回来,子春耸了耸肩膀说,看不见我工作忙嘛,请假就会被辞退。小楼说:"回去当道士也蛮好的啊?""都什么年代了?"子春说完笑了笑,那本来细小的眼睛快给肥肉吞没了。小楼问他师父给他留下的那几大箱子衣钵还要不要?子春依旧笑了笑说:"都不干这行了,还留着干什么!你要吗?你要送给你好了。"

　　小楼以后再也没见过子春,他陆续耳闻了一些关于子春的消息。据说他生了一个女儿,又胖了不少,老婆后来闹着和他离婚……只是再也没听过他要回来当道士的消息。

飞利浦牌剃须刀

一

这个银色的飞利浦牌剃须刀静静地摆放在洗漱台上，有时也放在抽屉里。它是哥哥的"御用品"，谁也不能动它。每回小加忍不住偷偷摸它一把时，比摸女人屁股还慌张。哥哥这方面有洁癖，容不得别人动他的东西。他和女朋友小柳虽在外边租房住，但经常回家吃饭，偶尔也在这边睡觉，当然，那肯定是和小柳闹翻的时候。第二天清晨，他会站在镜子前刮胡子，它们赶在他怒火中烧时冒出来，任由剃须刀宰割命运。即便隔着一堵墙，也能听见洗手间传来的蜜蜂般的呻吟，那种声音听了让人心里酥麻。哥哥曾撞见过一次父亲偷用他的剃须刀，他尴尬地朝哥哥笑了笑，装模作样地朝镜子端详了几眼，快快地放下了剃须刀。也许父亲还用过许多次……谁知道呢，这个男人总是有些鬼鬼祟祟的，所以哥哥冷着脸，出门的时候，啪的一声用力甩上防盗门，严格来讲，这已经算是警告了。小加总担心有朝一日他们会打起来，哥哥不止一次怀疑父亲偷用他的剃须刀。"要是那个老家伙还敢用我的剃须刀……"下半句小加看见哥哥的喉结鼓动了一下，狠狠地咽了一口水，然后响亮地扭了扭脖子,骨骼爆裂,狰狞作响。这个图书公司发行员每回刮完胡须,习惯性用手摩挲光洁的下巴,目光中透着一丝自恋的光泽。他的胡子疯狂而茂盛,用不了一个夜晚,嘴巴便遭包围。小加还没见过谁的胡子像哥哥这样,再积攒几下,他都可去演本·拉登了。

早上的时候,他照例在洗手间刮完脸,然后开始向小加发最后通牒:"你还睡,不上课了吗?!"赶在他掀被子前,小加窸窣地开始穿衣起床。哥哥哼着周杰伦的歌,在客厅换好鞋子,从墙上摘下头盔戴上,指着墙壁上一张萨达姆的戎装像说道:

"小加,美国佬就快收拾萨达姆啦!"

这张萨达姆的头像不知哪弄来的,母亲曾指责过几回,说贴一个大胡子外国佬在墙上怪丑的。后来也没撕下来,便一直贴在墙上了。小加很久后才晓得这人叫萨达姆,而且来头不小,敢叫板美国,和他们轰轰烈烈地干了一场海湾战争,举世震惊。

小加后来便有些喜欢萨达姆了。

院子里的几树樱花开得正欢。街上的悬铃木、香樟、栾树仿佛一夜之间冒出了新叶,绿意阑珊的春天统治了整个世界,空气中飘溢着一股春天独特的气息,生机勃勃,充满了朝气。小加通常对此不屑一顾。小加对春天的厌恶,是被小学一篇《春天来了》的课文败坏的。"春天来了,小燕子从南方飞回来了。春天来了，梨花、杏花、桃花都开了……"那天老师罚小加将这篇课文抄写到第一百遍的时候，小加发誓再也不喜欢春天了。

再说，春天到处都是流行性感冒，伴随着没完没了的雨水，至少在小加的记忆中，每个春天都是漫长的雨季，窗户的玻璃上总是挂满了雨滴。这些黏附在玻璃上的雨滴会在上面留下丑陋的斑点，直到春天结束为止。

今天教室外边又是一个阴雨绵绵的雨水天。早上下得细，中午稠密，而下午则稀稀拉拉，像农夫在播种。小加想起有年雨天，父亲骑自行车带他去南门口买棉花糖的情景。那个硕大无朋的棉花糖在春风中飘曳，他的小嘴似乎永远也吞噬不了它。小加的父亲那时还年轻，他有力的双腿蹬踏着自行车稳健地从潮湿的小巷口一路往家骑。小加看到很多人朝父亲打招呼。那时小加觉得很幸福。

这天地理课上，小加对着一幅世界地图浮想联翩。此刻，那个大部分地处热带沙漠气候的伊拉克也会下雨吗？萨达姆又在干什么呢？小加只知道伊拉克地处西亚，一个和他八辈子打不着关系的国家，而萨达姆则是伊拉克的总统，是一把手。

"可恶的美国佬！"早上的时候，哥哥还有些义愤填膺地说道。

"你不是一直很喜欢美国喜欢 NBA 吗？"小加说。

哥哥一时找不着反驳的理由，关好门咚咚咚下楼上班去了。

事实上，这个大学毕业没多久的典型"无产阶级的月光族"，不仅喜欢美国，喜欢凯迪拉克、耐克球鞋、莱昂纳多·迪卡普里奥等好莱坞明星和黑人爵士乐、肯德基，即便是口头禅，也常是FUCK，尽管他的外语水平和小加算是平起平坐的水准。"9·11"事件那天，他满怀忧郁地望着浓烟滚滚的纽约，深陷在沙发中默默地抽着烟。直到得知五角大楼没被撞毁的消息时，这位发行员霍地站起来，弯腰将过滤嘴用力地摁灭在烟灰缸中，然后骂了一句超级黄的脏话。

小加不知道他为什么会这么恨美国。那年的事他很快忘记。小加想要忘记的事，即便是五角大楼炸飞了，也会照旧忘得一干二净。套用大胖子刘星的话"关我屁事"！这句话是小加班大胖子刘星的口头禅。"9·11"事件那年，唯一令小加印象深刻的一件事，是大胖子刘星和小土豆之间爆发的一场战争。

刘大胖子身高马大，大号的耐克牌运动服套在身上也是紧绷绷的，看着那身肉，小加有些发晕。刘大胖子勾起手指对他说"过来！"小加没敢做半个字的违抗。刘大胖子不仅仅欺负小加，同样处于"第三世界人民"的还有李俊。李俊长得像个小土豆，平时大家都叫他小土豆。小加见到他都采取无视的态度，所以刘大胖子欺负小土豆时，小加心里有些憋闷，觉得与小土豆同处一个阶层，自己多少掉身份，至少他没小土豆那么矮。小土豆虽矮，却格外敦实，胳膊上的腱子肉如虾背般隆起。可惜此人老实巴交，沉默寡言，从不主动和人说话。刘大胖子和他说话的时候，都要提前狠狠砸他一拳，待他喊疼了，才发话："孙子，给我买包烟去！"小土豆每回恼怒地扭过头，在大胖子的淫威下迅速落败，最后没有不照办的。这让小加心生鄙夷，尽管刘大胖子的铁拳砸在自己身上时，他也只得乖乖就范。

真正让小加愤怒的，是他觉得小土豆应该反抗一回。哪怕咕哝一声也行，再勇敢点儿，趁其不备，给刘大胖子头上来一下，那就更激动人心了。可是小土豆每回都让他失望。小土豆挨了拳头后，先前还抗议几下，到最后越挨打越缩，耷拉着脑袋，眼睛死死地盯着地面，以至于刘大胖子连打他的兴趣都没了。这失望并不是一次性带来的，像跳楼自杀的人，每往上爬一层，悲壮感便显得更强烈一些。在小加的心中，小土豆就是一个尿包。和这样一个尿包受同一个人欺负，让小加很有些没面子。他多么渴望小土豆能够勇敢站起来，学他一样，受欺负的时候和刘大胖子干起来，尽管他最后被刘大胖子狠狠给揍了一顿，吃尽了苦头，可是在精神上，至少在小土豆面前，小加已经是以胜利者自居了。显然小土豆辜负了小加的期望，仅有的一次，那次在走廊上，伏在栏杆上沉思的小土豆背上被突如其来的拳头砸得弯下了腰。刘大胖子正打算为自己冒失的拳头怪笑时，只见小土豆慢慢躬起身来，龇牙咧嘴地倒抽着冷气，噙着泪珠的眼眶，满是愤怒的火花在飞。这是小加第一次看到小土豆的愤怒，他像一只被惹急了的豹子，发出最后的通牒与警告。就在小加以为两人要大干一场的时候,小土豆眼中的火花竟然渐渐自行熄灭了。他古怪地朝刘大胖子望了一眼,转身走进了教室。小加坚信,这不是刘大胖子的胁迫,是小土豆自己选择了妥协与退缩:他自己打败了自己。他明明可以像豹子一样飞跃着扑向刘大胖子,先踢他的裤裆,然后用手肘凶狠地击他的头,膝盖顶他的肚子,再用脚狠狠地踩他的背……这些电影里的连贯动作当然没能在小土豆身上上演,他一言不发地缩了回去。他就是一个尿包!小加的蔑视不是没有道理的。

二

家里漏水的事是下午才发现的。小区的门卫说,水都漏到一楼来了。也就是说,从小加家开始往下数,透过两层天花板,渗透到了一楼。听到这个消息,小加头皮一阵发凉。赶回家时,父亲杜怀民正赤着脚穿着大裤衩站在客厅的水里,一趟趟用洗脸盆往马桶倒水。小加看了看,水漫过了茶几,将上面的报纸、西瓜子都冲走了。见他回来了,杜怀民叉着腰,将洗脸盆狠狠砸在茶几上,脸色灰绿得可怕,"怎么回事,这是怎么回事,我走时还好好的,你来给我解释解释!"小加慌忙卷起裤脚,一言不发地加入了抗涝战争。他的大脑一片空白,记得走的时候,洗漱台的龙头分明是关了的,即便是没关紧,也不至于这样。他走进洗漱间和厨房都查看了一遍,才发现水管爆裂了。现在已关了总闸,爆裂处也被一块毛巾紧紧地绑住了,但可断定是水管闯的祸,小加想象憋慌了的水从缝隙中迸裂出来的情景。他走出来说,是水管爆裂了啊。杜怀民正在生闷气,暴跳如雷地瞪眼说:"我还不知道是水管——为什么会爆裂?我走时可是好好的呀!"小加不敢再接话,赶紧一趟一趟地忙着将房间里的水倒进马桶。"水管老化又不是一天两天了,你又不是不知道,也不叫人来维修维修!"哗啦啦倒水时,小加心中埋怨道。

两人忙活了大半天,都累得够呛。家中一片狼藉,地板倒是和之前相比干净多了。以前的地板也很干净,那是小加的母亲还在时。只是母亲现在端坐在神龛上,不再发表意见了。父亲一根接一根地抽烟,大背头的发型全乱了,像江湖中失魂落魄时的游侠。他依旧严肃,却失去了往昔的威严。可小加依旧忌惮他。他已经不是那个给他买棉花糖的父亲了。三月末的天气还有些凉意,穿着凉拖鞋干活儿时没有感觉到冷,停下来时却领略到了脚心传来的冷。小加什么也不想动,他坐在那儿,甚至懒得眨下眼。他感觉墙上的母亲一直在望着他,目光中带着垂怜和疼爱。那种目光让他很难受。

母亲患乳腺癌住院化疗的那段日子,小加天天提着鸡汤往医院跑。他学校刚好挨着医院,看完母亲紧接着又去上课。母亲静静地躺在病床上,很少说话,偶尔睁开眼睛。她悄悄收集掉下来的头发,用透明的小塑料袋装着,压在枕头底下。"我快不行了。"她含混不清地一遍遍念叨。"不会有事的,妈妈。"他学着大人的样子安慰她,转头流着泪。有一回他无意间撞见母亲意味深长地把玩着塑料袋里的头发,见他来了,赶紧又把头发藏了起来。她不止一次逼问小加:"儿子你告诉我,家里的房子是不是卖掉了?"小加赶紧说没有。"我的病是治不好了,告诉你父亲,别让他再浪费钱了。"说完长叹了一声气,躺在床上开始闭目凝思。这神情,让小加一辈子也忘不了,仿佛看透了人世间的种种善恶,又带着临走前的不甘。

  小加不知道母亲如果再晚走些日子,家里唯一的那套小房子还能否保得住。房地产中介已经来催过好几回了,买房的人也来看过几次,有回差点儿就谈成了。要不是洗手间的朝向正对着主卧的门,人家可能早就交钱了。那段日子正是父亲左右为难的时候,医院催得急,房子如果卖了,下一步该怎么走,一切都是未知数。那天当门铃声响起的那一刻,父亲从沙发上神经质一般弹了起来,小声急促地说了声:"来了!"那一瞬间,小加捕捉到父亲痛苦的眼神,像被什么灼伤了一下。他阴着脸拉开门,门外站着一对中年夫妇,他微微哈着腰,满脸堆着笑将客人迎了进来。笑声有些发飘,总感觉有失诚意。他们像是内行人,一圈下来,挑三拣四地说着房子的一大堆毛病。如果不是他们说起,在这儿生活了十几年,他还真没观察过房子存在这么多的缺陷。这些缺陷像一道道隐蔽的伤疤,让这对夫妇毫不留情地揭开了。小加窝在沙发里看电视,他越来越觉得自己是只愤怒的小刺猬。父亲依旧满脸堆笑:"您看地段是很不错的,这地段,这个价格已经很难买到房啦!要不是我爱人病了，没办法了，不然不可能卖的……"这声音到底给小加听见了。电视上正在放新闻，伊拉克局势紧急，美国正在科威特大量陈兵，有大干一场的架势，阳光下的人们身着长袍，优哉游哉地沐浴在中东和煦的阳光下，仿佛一切与自己无关。小加突然觉得很难过。

中年夫妇看了大半天房子，说了一通房子的毛病后，还是走了。关上门时，他看到父亲长舒了一口气，像刚参加完长跑，有些虚脱，坐在沙发上木然地望着电视抽闷烟。客厅的电视正在放着萨达姆的新闻，那个配着长剑长得像个古代武士的男人，威风凛凛，这个世界上似乎没有任何事情能难倒他。

"家里只有这么个小房子，卖了住哪儿？"他问。

父亲奇怪而局促不安地望了他一眼，狠狠地吸了一口烟。那答案化作一团冉冉上升的白烟，在沉默中散开而去。

母亲走的那天夜里，身边一个人也没察觉。吸氧的面罩诡异地脱离在枕边。护士面带难色地说，她很安静地离开了。父亲面无表情地倚着门，看着护士们在忙进忙出。母亲安静躺在病床上，她悄无声息地离开了，吝啬得连声招呼都没打。母亲的发丝，小加没告诉任何人。他将它夹在旧书里，想她的时候，就拿出来看看。

三

哥哥下班回家时，管道工已经维修好了水管。哥哥错愕地扫视了一圈房间说:"家里怎么这么干净?""咱家漏水啦!"小加一脸郁闷地说。一时间父子仨坐在沙发上都不说话。晚饭吃得有些沉重,哥儿俩小心翼翼地扒着饭。父亲心事重重地放下筷子说:"刚刚我下去了一趟,楼下敲门没人,一楼的老陈家里面也漏了水,漏湿了人家的被窝和地板,要不是老陈是单位同事,这事就没完了。老陈是个好人,什么也没说,他爱人唠叨了几句,但也没说要赔偿……"

"不就漏湿了被子嘛,换洗一下不就得了。"哥哥心直口快地说道。

"那是老陈家,要是换了别的人家你瞧瞧!前些日子刚听说过一类似的情况,一户人家的水闸坏了,刚好赶上国庆都出去玩去了,两天后回家一看,都成汪洋大海了。这楼下刚好住着一对纠缠不清的老夫妇,国庆休假回来一看家里,头就大了。不光赔了钱,而且惹上了大麻烦。这老夫妇隔两天就上楼来敲门,今天说家墙壁漏水发霉了,电视不响地板开缝了,书本打湿了,明天又说风湿腰痛神经衰弱了,后天又说打官司得了这房子不想再住了……没完没了,反复纠缠不清,折磨得上面那户人家人都要发疯了,干脆将房子卖掉搬走了之。"

停了停,父亲满怀忧虑地望了他们一眼:"还不知咱楼下住的谁呢……我去物业那儿打听到了楼下业主的电话,可是拨过去全停机了。我去老陈家也看了,淹得不轻,二楼更不用说了,要是碰上那难缠的,只能听天由命了。"晚饭后,父亲又去楼下敲了会儿门,二楼还是没人应。他怏怏地回到家,"还是没人。"他锁着眉头说。电视里中央电视台的特派记者正用机枪式的语速做伊拉克局势解说。电视下方的新闻标题告示世界的各地正在动荡不安中。杜怀民厌恶地皱着眉,大口地喝着浓茶。一旁的小加开始打喷嚏,一连打了一长串。杜怀民摸了摸他的额头,有些发烫,"估计是着凉感冒了。"于是给了他五十元钱说,"拿去让医生开点儿药,别让感冒加重了!"小加接过钱,他看到玻璃茶几上之前的污点全没了,以前堆放的旧报纸也一扫而光,桌面上干净得让他感到陌生。出门时,望见父亲半个后脑勺儿埋在沙发里,一缕青烟正徐徐上升。那个男人像中了风似的,和茶几一样陌生。

四

小加并没去看医生。他在街上漫无边际地游荡。春天的雨夜洋溢着花草的气息,斑驳的路灯映照着黲黑的柏油路面,车轮呼啸着拖泥带水碾过,继而又陷入沉寂。他仰头看了一眼天空,已经很久没看到星星了,连月亮也被乌云遮掩了。他想远在中东的萨达姆此刻正在做什么,伊拉克天黑了吗?他依稀记起几年前,在一条颓败的小街,看到一只苍老的骆驼,身上的毛差不多掉光了,跪在一棵栾树下,温驯地望着小加。那是一双混浊的大眼,仿佛里面噙满了泪水。电线杆旁边站着一个戴瓜皮小帽子的西北人,凶巴巴的眼光警惕地瞪视着周围。小加不知道这只瘦骨嶙峋的老骆驼行走了多久才来到他们这儿。西北人骑走它时，它扭头又望了他一眼，对视的瞬间，小加心中万分感伤地想：它可能再也回不到它的沙漠之乡了。它将死在遥远的南方，用不着再跋山涉水，而那个鹰钩鼻的西北人说不定哪天就会将它牵往屠宰场。

从那刻起，他喜欢上了骆驼，它温驯，富有忍耐力，爱屋及乌，他也喜欢上了爱穿长袍骑骆驼的中东人。很多年前，电视上经常播放阿拉法特的新闻，那是位爱穿白色长袍，留着络腮胡子的男人，目光慈祥而坚毅，具有骆驼身上的品质。后来在一张二战时期的照片中，小加惊喜地发现，埃塞俄比亚人民就是骑着骆驼端着长枪雄赳赳气昂昂奔赴前线的。

他走进一家黑网吧，破天荒地认真看起了时政新闻。各大媒体都在铺天盖地进行着伊拉克的最新报道。战争似乎已经到了一触即发的紧要关头。一些热血沸腾的伊拉克青年开始走向街头，抗议美国政府的主权干涉。更多的伊拉克人持观望或中立的态度。萨达姆身着戎装，腰间悬挂着长剑，正给官兵鼓气。他的胡子浓密无比，透出偶像的威严。"啊！萨达姆！这个浑身焕发着无限光辉的中东男人！"小加心中急促地喊道。他不知道为什么要支持他，并热血沸腾地渴望战争打起来。有一团火，在他心中熊熊地燃烧着，他期待着战争的打响。他的偶像太需要一场战争的洗礼了！

他在网上搜了许多萨达姆的资料与肖像，贴在个人网页上，带着崇高的敬意仔细地欣赏。身边的同学喜欢的是S. H. E

或周杰伦，他们幼稚而肤浅，他对他们有了更多的鄙夷和傲慢。小加仿佛寻找到了某种力量，他背后站着的是萨达姆，那个无所不能的大胡子男人！那是心中茫茫黑夜中的一盏明灯，给予他希望与寄托，而伊拉克必将战胜美国，萨达姆会成为他心中永恒的精神领袖，像中东人们敬仰的耶路撒冷与穆罕默德一样。

客厅的主灯是关着的。父亲依旧枯坐在沙发里抽烟，电视也没开。小加轻轻推开门，想轻声绕过沙发回自己房去，沙发上传来声音说："买了药吗？"小加赶紧说买了。只看见黑暗中发红的烟头扑哧一声闪亮了一下，"早点儿睡吧！""楼下回来了吗？""还没动静呢。"父亲从沙发上立起来，身子往前倾了倾，黑暗中传来腰椎扭动的响声。他将烟灰弹掉说："晚上又去敲了门，里面还是没人。问了门卫老张，也说不大清楚这里头住的谁。"他将打开灯说，"难道下面压根儿没住人？你平时见过下面有人住吗？"

"好像有个……有一回我碰见过一个女的，应该有人。"小加努力地捕捉模糊不清的记忆。印象中是有个三十来岁的少妇从门里出来过，颇有几分姿色。

夜里，整个世界沉陷了一般，进入了一种奇怪的嗡嗡声中。

小加躺在床上开始干咳。嗓子眼儿像是叶片上的茸毛，挠得嗓子痒痒的，又咳不出来。窗户外面春雷滚滚，电闪雷鸣，像正在进行一场鏖战。啊,萨达姆!你此时在干什么呢?

五

战争是上午打起来的。当时正好课间休息,上午的阳光懒洋洋地透过厚厚的云层,焕发出毛边纸般的色泽。小加当时就站在小土豆的旁侧,他后面的刘大胖子突然扑了上来,用手钩住小土豆的脖子,笑嘻嘻地说:"孙子,中午给爷买包烟去。"小土豆被勒得满脸通红。他憋着一股气,圆睁着眼,紧紧地咬着牙关,想扭转身挣脱刘大胖子。刘大胖子见他有些不听话,钩着他的脖子往前拖了几步。小土豆的脚努力想挺住,无奈被对方抓住了要害,一时动弹不得。

刘大胖子整人的路子老套而乏味,最终的结果无疑是向他妥协。女生们遇到这事都会远远避开。只有赵雅思她没有回避。她冷冷地盯着刘大胖子,对他充满了蔑视。穿着一身淡蓝色裙子的赵雅思一改往日的文静,严肃地站在刘大胖子的跟前儿说:"凭什么老欺负人家!不就仗着你力气大点儿吗?"

可以想象一下刘大胖子当时愕然的表情。他像是不敢相信这是真的。他哈哈大笑起来,"小土豆啊你妈的艳福不浅啊你!"赵雅思白皙的脸蛋阵阵发红。她斜睨了刘大胖子一眼,碎步跑了。赵雅思是公认的校花,小加没想到她会站出来替小土豆说话。他怅然若失地望着那洁白的背影一点点地消失。刘大胖子也扫兴地松了手,小土豆挣脱后,双手用力地甩了甩,整个人像装上了弹簧，他冷冷地指着刘大胖子的鼻子说："你给我小心点儿！"刘大胖子还未回过神来，小土豆就快步走掉了。刘大胖子在背后大声喊："你妈的什么意思啊？"他跑上去往他肩膀推了一把，被小土豆用力甩掉了。刘大胖子一把拽住小土豆说："你他妈的反了你！"小土豆猛地转过身，又用手指着刘大胖子的鼻子说："你要再敢碰我，我杀了你全家！"那双平日里黯然无光的死鱼眼，此刻化作了尖利的锋芒。刘大胖子愣了一下，眼前的变化让他有些措手不及。他只喃喃地回应了一句："你等着。"他松开了手。小土豆耸了耸肩膀，大步流星地走了。他像是谁也不怕。就在上课铃响起的那刻，不知谁发出了一声惊呼：

"美国和伊拉克干起来啦！"

上午的课小加一句也没听进去。下课铃一响他就往网吧里冲。果然干上了，他激动地点击着鼠标。从战地传来的最新战况新闻图片激动人心，猛烈的炮火覆盖了整个巴格达城区。"斩首"与"震慑"，多么恐怖的代号，小加捉鼠标的手心一直冒着汗。此刻巴格达上空警笛声不断，火光闪烁，轰炸机呼啸而至，伴随着炸弹巨大的轰响。他坚信他还活着。他此刻正抽出腰间的长剑，指挥着自己的部下向美军开炮。真正的战斗打响了，啊，萨达姆！

小加靠在椅子上，做了个长长的深呼吸。耳机里传来杰克逊的《地球之歌》，迈克尔独特的嗓音像银针一般富有穿透力。他两眼发呆,坐在电脑旁边,任时光自由流逝,想象着有一天他也能像个男人,背上枪,在硝烟弥漫的战火中杀敌。

六

二楼一直都没人开门。杜怀民敲了半响,透过猫眼往里看,只看见一个小得可怜的自己,像个变形金刚缩在里边。一天过完时,他满脑疑虑,心中的那块石头变得愈发沉重起来。这是20世纪80年代的老房子,单位分的职工宿舍,地板采用的预制板结构,防水性能很差,平时在客厅里泡脚,稍微弄出点儿水,都会通过缝隙漏到楼下去。就更别说家里水漫金山了,他想想就觉得可怕,底下还不知淹成怎样了呢?

他动了心思,想认真将家里清理一遍。结果越收拾心越烦,家看上去更败落。以前洁白的墙壁,现在已经老旧不堪。身边的同事都有两套房。到了他这个年龄,拥有两套房是正常不过的,但是杜怀民没有。当同事们坐在办公室下午无事,兴致勃勃谈论起房价时,他一个人伏在角落的沙发上悄悄地翻看着报纸,翻阅的动作尽量缩小幅度,生怕引起同事们的关注。他装作一副漠不关心的样子,对房子的事情缄口不语。"有房子住就行了,干吗要让自己那么累。"有次他是这么向同事们说的。"老杜是个享受主义者,比我们都潇洒,我们都是房奴。"同事们自我解嘲地说道。事实上,杜怀民懂他们心里想的什么。他自己做梦也想买个房子。一是给自己挣点儿面子,二是大儿子杜渊已经暗示过好几次了：谈的女朋友小柳，结婚没有新房不嫁。儿子和小柳乃至她的家人，就这个问题，分歧很大。每回儿子晚上说要回家睡，他就知道两人又吵架了。

在给不给儿子买房子的问题上，杜怀民是有过深思的。杜渊的要求也不过分，结婚买房是天经地义的事情。问题是他现在手头的钱还不够首付。妻子虽然没做那个天价的手术，但也让他伤筋动骨了一回。而且给大儿子买了，那小儿子呢？小儿子以后结婚就不给他买了吗？买了房，他等于提前给自己透支了。他曾私下和小加商量过给杜渊买房的事，问他将来如果没钱给他买房，会不会怨他。小加大度地挠了挠后脑勺儿说，买呗，迟早都是要换房住的，我们这破房子，再过几年估计卖都卖不出去了。他没料想到小加这么大度，像是没经过大脑思考似的，完全没有顾及自己以后的打算。到底还是未成年，对今后的事，看得不远。他再没说起买房子的事，但是这事一直装在他心里，成了心结。每回杜渊在家里谈起女朋友小柳的事时，杜怀民都一副不冷不热的样子。"只有娶回家的，才算是媳妇。"他私下对儿子说。小柳也来过家几次，农村出来的大学生，认准了一心要留在这座城市，因此每回来，都将家收拾得井井有条，像是自己家一样。这样的时刻，坐在沙发上默不作声抽烟的杜怀民才真正感觉到了威胁。她是做给他看的，这个女人像是铁了心要跟杜渊好，要来当这家女主人的。

他不喜欢咋咋呼呼的女人。杜怀民心中理想的媳妇是温柔贤惠，没什么性子的，最好还是城里娃，家庭简单，没七姑八姨的羁绊。这个小柳风风火火，辣味十足，颇有些反客为主，倒让他感到不适。他知道她想要什么。她的想法就是杜渊的想法，在小柳还没来家之前，杜渊就委婉地提出来了。"这几天又去看了一套房，户型都还蛮好，只是我们首付还不够，尚缺个十一二万……"之前他要听到这样的话，一定很焦虑，后来倒也平静了。他只是说："先等等吧，兴许会降呢。"这样的次数多了，他也渐渐从儿子眼里看出了一丝蔑视，他觉得自己越来越不像是个父亲，尊严尽失。

每次从小区的房地产中介走过时，他都会在广告墙上停留一小会儿。之前他看中的几套二手房，稍一犹豫，过几天再想看时，早已被人买了。他想不明白怎么会有那么多有钱人冒出来？感觉时代是一年比一年不同，穷人越来越多，富人也越来越多，这个世界至少发生了某种可怕的变化。杜怀民拉开窗帘往小区里面看去，树依旧是以前的树，叶子绿了又黄，悄然轮回，只是不知道瞬间又会变出什么样子。

电视新闻报道伊拉克又快打仗了。年轻的时候，他关心世界局势，关心国家，关心和自己无关的天下事，此刻，即便是这城市马上消失，他也懒得动了，大不了大家一块儿死。

晚饭时，杜怀民一言不发地盯视着电视，他心里想的依旧是楼下的事。昨天被水泡过的报刊，纸张已经变得蓬松，起了褶皱。下午老陈又上来了一趟，对他说二楼的水还连绵往下滴，搞得他家现在还不得安生。杜怀民只得一遍又一遍地道歉。老陈问："底下的人还没回来吗？"杜怀民摇了摇头。老陈说："楼上分明有人住的，前几天还听见有动静呢。"杜怀民无奈地说："我差不多隔一个小时就去敲一次门，但是都没人。"

老陈说："那现在怎么办，二楼估计淹得够呛。"杜怀民的心顿时像给针刺了一下。他迟疑地说："总不能撬开人家的门吧……"老陈说："那当然不能！"

老陈走后，杜怀民又拨打了楼下业主的电话，传来的依旧是冰冷的机器回复。他颤抖着手将电话挂掉，隐隐有一种不祥的预感。这年是他的本命年，算命的瞎子一年前曾对他说过，春天时要注意点儿。当时他问算命的要注意点儿什么。但是算命先生再也不肯说。他晓得是要加钱才肯透露的，忍了没再问。眼下他似乎感觉到了厄运来临前的预兆了，像顶在脑门儿的一把枪，逼得他仓皇后退，却无路可走。

晚饭后，他去小区四处打探二楼的业主。结果众说纷纭，几经周折，也没确定下到底谁在那儿住。业主叫周全，电话一直停机。同住二楼的对面那户说："周全以前住这儿，现在早搬走了。"杜怀民又打听周全的联系方式，对面那户话里有话地说："我哪晓得他搬哪儿了，人家买了大房子，哪还会来跟咱这破楼房的人联系！"接着又说，"对面住的似乎是个女人，但不知是一对还是她一个，反正每回很晚才回来，至今还未打照面呢。现在的小年轻啊，不像咱了，以前咱身边住的邻居都还偶尔走动，现在这帮年轻人一进门就与世隔绝，像是老死不相往来。"

他只得返回家,大儿子杜渊已回租房,剩在家里的小加正聚精会神地盯着电视看。杜怀民说:"从早到晚就知道看电视!"小加说:"今天不一样,美国佬在打伊拉克呢,世界又打仗了!"杜怀民没好气地说:"世界每天都在打仗呢,这和你有什么屁关系!"小加回过头认真地反驳道:"为什么没有关系,现在就是一个地球村,环环相扣,相互制衡,怎么会和我们没有关系?伊拉克要是不卖石油了,全球的油价都会上涨。"杜怀民冷笑说:"你哪来的汽车,还谈什么油价!"儿子嘴硬顶了一句说:"出租车你总是会打的吧!"

两人坐在沙发上看战争的最新进展,CNN留守小组撤离伊拉克新闻大楼;德国敦促联合国在伊拉克战争问题上继续发挥作用;白宫周边聚集上千反战民众,抗议华盛顿对伊拉克动武。巴格达上空战火密布,画面一直在不停地晃动……

深夜,小加早已睡了。杜怀民侧躺在床上,听挂在客厅的钟嘀嗒嘀嗒地走着,像什么东西被折断似的。他一直没睡着,这声音折磨得他心慌。每当失眠的时候,他最怕的就是听见时钟走动的声响。每一分每一秒,不紧不慢地消磨着他的生命,稠密的夜,他察觉自己的生命随着指针在不断减少。像漏水的龙头,一滴一滴,不紧不慢,听着人心慌,这个储水池迟早得漏光,到最后两手空空,变成一具干巴巴的尸体。此刻,午夜静得如皈依坐禅的老僧。他没有睡着,一直闭着眼,正处于一种蒙眬的臆想状态。凌晨四点钟的时候,他突然听见楼梯间传来一阵脚步声，高跟鞋蹬在台阶踩出清脆的节奏声。继而听见窸窣掏钥匙的声响，锁孔发出一声轻微的脆响，他楼下的门被打开了。

杜怀民心里陡然一紧，黑暗中他绷紧着神经，屏息凝思地盯着天花板，他在等待，等待，如客厅墙上钟的指针一步一步地颤抖着走向一圈的终点。黑暗中不知过去了多久，模糊地听了几句楼下的声音，再后来又重归寂静。凌晨，万物正处于复苏的前夕，小区静得可怕。他确认再也不会有什么声音后，才怅然地长出一口气。微暗的晨光一点儿一点儿透过厚厚的窗帘，天已快亮了。

七

杜怀民睁开眼时，已经早上八点了，儿子早已去学校。他竟然不知道儿子什么时候起床的，连洗漱声他都没听见，像是死人一样。以往只要房间里稍有一点儿响动，他都会立刻醒来。快要迟到了的杜怀民急匆匆地洗漱一番，抓起公文包刚跨出门，就遇到女人了。

女人差点儿和他碰了个面对面，他猜不准她是刚上来，还是一直站在楼梯口，专等着他开门的。女人三十上下的样子，长着一双媚眼，鹅蛋脸，白皙而丰润，穿着竖条纹的衬衫配黑色打底裤，身材很惹眼。女人娴熟地吐了一个烟圈先问："你家漏水了？"杜怀民脸一红，忙嗯了一声。女的倚着门框，双目四顾,将杜怀民家上下扫量一番,目光最后落在了墙上的那幅遗像上。

"我那下面淹得不轻,害得我昨晚回来没法儿睡——"

杜怀民一边道歉,一边给她倒了水说:"你先进来坐吧,实在不好意思。"

那女人身材极好,丰乳肥臀,丰满的屁股一扭一扭慢慢地走了进来,小心翼翼挨着半边沙发坐了,试探着问:"你家就你一人?"杜怀民转身将门虚掩上说:"我还有两个儿子,不过他们不住这儿。这是我老伴儿,过世了。"女人抬头瞅了他一眼,轻轻哦了一声。杜怀民听她的口音,大概是四川那边的。女人说:"你家没关水龙头吗?"他赶紧解释说水龙头爆裂了,说了一大通请求谅解的话。女人站起来说:"你还是下去看看吧,昨夜我回家才发觉,东西都湿透了……"杜怀民就跟随她下了楼。家里异常简陋,几件旧家具一看就是十多年前已经被淘汰了的,现在只能在出租房里看得到身影了。杜怀民问:"这是你的房还是租的?"女人说是租的。地板上还残留着积水,干了的地方布满了脚印,横七竖八。"你瞧,我家的被子、床单、鞋子全打湿了……这不害人嘛!"杜怀民窘迫地忙着道歉,心里却略微宽了一下。

女人坤包里的手机响了,铃声很大,她瞟了一眼杜怀民,他便自觉地挪了一步。电话里传来一个大嗓门儿男人断断续续的连珠炮:"阿琴,今晚八点茉莉花酒店8037房,是老客户,服务好一点儿啊!人家都记得你呢!"女人嗯了几声,又瞟了他一眼，啪的一声合上手机。

"你也看到了，都这个样子了，你看着办吧！"

"你在哪儿上班呢？"

女人迟疑地望了他一眼，有些不耐烦地说："和这个有关系吗？"那目光，不经意间夹杂着一丝回避。他心里盘算着该怎样她才满意。女人似乎察觉了他的心思，开始咄咄逼人起来，"你好好瞧瞧，这春天雨水绵绵的，被子都漏湿了，你要赔被子的钱都不少于——"这个如熟透了的水蜜桃般的女人，借着受害者的身份，语调有些盛气凌人，显然不是软柿子。

望着她的目光，他的语气突然软了下来，"真是对不起，对不起，下次再也不会这样了。"她的手机不合时宜再次响起时，他如获救似的出了一口气。她警觉地斜睨了一眼，走到窗边才接听，"哪里？晚上我有客人了……我不知道那九龙国际在哪儿！……什么？那叫阿娇代我过去不就行了……我都说了不晓得那地方……嗯……"她恼怒地合上手机，抬头继续逼视着他。他突然变了一种口吻说道："你说的是九龙国际宾馆吗？我倒晓得在哪儿——"

"晓得又怎样？"她冷笑着说。

"你要去那儿？"

"好了！"她不耐烦地打断他的话。

"你是南充的人？"女人惊异地看了他一眼，红着脸连连摇头说："我哪是南充人，你肯定搞错了嘛！"她现在的声音倒是一点儿四川口音也没带。

他瞥见沙发旁边的角落里摆放着一双大号的拖鞋。心想那双鞋子的主人怎么不露面。

"你一个人住吗?"

"哎呀!"女人终于按捺不住了,她拉下脸柳眉倒竖指着杜怀民说,"你到底给个说法嘛!扯那么多干吗?"杜怀民紧盯着她的脸,此刻他感觉内心倒是出奇地平静,至少他知道她要些什么了。那俊俏的脸被他盯得一点儿一点儿地发红。他的心跳也不由自主地跟着加速,这天生的尤物,怎么会落魄至此……竟又如此咄咄逼人,令人有些气愤。他主动说:"都怪我粗心大意,现在弄成这样……"下面那句强忍住没说,他本想说个数目,但是却不知该给多少、怎么给好。那女人的眼光躲在窗帘的褶皱里,从侧身看,更令人怦然心动。"要不这样,"女人抬起头望着他,"这房子是我租的,我也不为难你,你给一千,总不为过吧?你看被子床单沙发都漏湿了,这些东西漏湿很麻烦的!"她快刀斩乱麻的态度表明这已是她的最后底线。

"一千?"杜怀民显得难为情地说,"少点儿好吗,我也不是故意要这样的,八百好吗?"

"八百?"她抬了抬眼皮,女人眼中露出一丝鄙夷,"好吧,八百就八百,我很忙,不和你计较这点儿钱!"

这鄙夷的眼神将杜怀民的心堵得紧紧地,有些喘不过气来。那女人弯腰拾起地面上的充电器时,杜怀民刚好瞥见了衬衫开口处那朵牡丹刺青。它那么突兀醒目,在女人雪白高耸的胸部充当着她的利器。妻子去世后，杜怀民只在那种女人身上见过这种文身。

"要钱得下午六点钟了，我得赶紧上班去了。"杜怀民冷冷地说。

"现在给不行吗？"女人诧异地说。

"我得赶紧去上班了，我可是有正经单位的人，不是那种乱七八糟的人，迟到了不好。"杜怀民没想到自己竟会说出这种话，"六点钟你准时上来给你。"

"六点钟我哪有空啊，我白天才有时间！"女人纠结地说，"能不能中午给我？"

"今天中午我没时间，下午还有会议要安排。"他打量了一下她，顿了顿说，"明天中午倒可以，要不明天中午给，行不？"

女人想都没想就答应了。

他装作急忙要走，临走时要了女人的手机号码。"给个号码，明天中午电话联系你！"女人说："就住楼下，还要什么号码呢！"脸上挂着一丝警惕，杜怀民笑了笑说："给个总是要方便些嘛，这回漏水，要是能早点儿联系上你，也不至于弄成这样，是不？"女人站在那儿，一时找不到理由来拒绝，于是便告诉了他号码。

杜怀民说："你要是有空，多来我这儿坐坐，都是邻居，以后好有个照应。"女人应付地笑笑，算是送客。

八

电视里美军的攻势迅猛，大大超乎小加的预想。但萨达姆没被斩首，不仅没死，而且还发表了电视讲话。萨达姆在电视上号召说，这场战争侵犯了伊拉克人民的人权，所有的伊拉克人都要站起来保卫自己的祖国和家园。伊拉克的敌人终将被消灭，对伊拉克发动战争是一种可耻的罪行。

早上他走进洗手间洗漱，尴尬地瞪着镜子里的那张脸看。嘴唇上的绒毛柔软而密集，像一个个冒失鬼。每天早上他都惊慌失措地打量着它们，它们悄无声息地生长着——他有时坐在课桌前，无所事事时就照着小镜子，一根一根地拔掉它们，斩草除根一般，皮肤上透过一阵阵灼痛——不过几日，它们又会蓬勃地冒出来，像故意要报复他似的，更显浓密。

眼下小加已经不敢轻易招惹它们了。越拔越粗，毛囊越大，拔时也越痛。他轻轻地拨弄着自己的胡子，像一位君王安抚群臣，他感到统治带来的挫败感。洗漱台上的那只飞利浦牌剃须刀，只需给它充上几小时的电，就可以用上一个多月。充沛的电流发出的嗡嗡声让他想起电视上的割草机。三个刀锋头旋转剃须，用不了一会儿，镜子前便会出现一个下巴光洁的男人。他忍不住想放在下巴上试试，剃须刀发出的声音咄咄逼人，他手忙脚乱地摁了开关。他的绒毛细柔，和哥哥的粗黑坚硬的胡须截然不同。他听人说，不能过早刮胡子，否则会越长越粗，会变得像个老男人一样。

他害怕咄咄逼人的东西，就像刘大胖子那颐指气使的样子。

自从刘大胖子和小土豆彻底闹翻以后，两人见面均是剑拔弩张。刘大胖子急于挽回颜面，小土豆像是在赵雅思身上获得了无穷的能量，一下子变得天不怕地不怕，两人见面谁也不正眼瞧谁一眼。刘大胖子气得七窍生烟。

流言不知是谁开始传出的。刘大胖子和小土豆已经约好了时间和地点，要进行决斗了。这消息像汹涌波浪一样，滚滚而来。刘大胖子满不在乎地说："就凭他那小样儿，还敢和老子决斗！"而小土豆苦大仇深的样子，谁也不知他心里想什么。两人都一副让人捉摸不透的表情，谁也不肯站出来澄清，大伙认为他们就要决斗了：放学后在操场的小树林子里！有人还悄悄说看见小土豆书包里藏着一把小刀。大家都保守着秘密，生怕校方知道，急切地等待着傍晚时分决斗的上演。

两人都在较着劲。谁也不怕谁，谁也不肯向谁低头。下课的时候，小加开着玩笑问小土豆："今晚的决斗你准备得怎样了？"小土豆冷冷地哼了一声："你着急什么！"小加碰了一鼻子的灰。要是早几天，小加心里一定盼望着小土豆能干掉刘大胖子，狠狠地修理他一番。但是现在，他反而不这期盼了。他希望刘大胖子好好羞辱羞辱他，让他知道癞蛤蟆想吃天鹅肉是啥下场。

随着时间的临近,班上的气氛更显热烈。

"据说你待会儿就要揍他了?"他们悄悄地问。刘大胖子趾高气扬地拍拍胸脯说:"揍,妈的太嚣张了!"

然后又有问小土豆的,小土豆也激昂地回应道:"死胖子他欺人太甚了!"

下课铃一响,大家蜂拥而出,各自簇拥着支持的对象往楼下走去。小加看这两人倒是像给人绑架了,由不得他们不往前走。两人对视了一下,都有些犹豫,但身不由己。

小树林这会儿幽静至极,早春的雨水还未从树叶上干透,一滴一滴从流了下来。空气清洌,众人都骚动不安,分成两边,将小土豆和刘大胖子分别推到人前。

两人你瞅着我,我瞪着你,谁也不敢先动手。

空气里一阵骚动的气息。大伙对接下来的决斗充满了期待和幻想。但是两人谁也不肯先动拳头,倒是像一对被挟持而来的兄弟。

"打吧,僵持着干啥呢?"有人不满地说道。

"打他,胖子!"

"叫个屁!"刘大胖子扭头骂了一句,他的眼睛眯成一条缝,薄得像片树叶儿。

"不打有个啥意思……"大家对此都满怀失望。

两人就在人群里,绕着圈儿。虎视眈眈地望着对方,但都不肯率先动手,相互憋足了劲儿。

刘大胖子说:"你妈的以后还敢不敢在老子面前嚣张?"

小土豆说:"谁嚣张了,大家都明眼看着的!"

刘大胖子二话没说,推搡了他一把。小土豆也不甘示弱,回了一个。两人就扭打在了一起。大家都看得有些眼花缭乱,心血澎湃。小土豆一会儿被压在身下,一会儿又翻了上来。两人身上都沾满了泥巴,龇牙咧嘴地吐着粗气。

刘大胖子到底力气大,占了上风。他一把掐着小土豆的脖子,将他死死地压在身下,问:"还敢不敢和老子斗?"小土豆一阵挣扎,泥土被脚跟踢踏得到处都是。任凭他如何挣扎,就是翻不过身来。刘大胖子骑在他身上,得意地大笑起来。小土豆处于全面下风的时候,赵雅思不知从哪儿冒出来了,她使劲儿挤了进来,尖叫了一声:

"别打啦!"

就在刘大胖子愣住神儿的当口儿,小土豆像泥鳅一般从他胯下钻了出来,以迅雷不及掩耳之势从兜里掏出了一把吃饭的勺子来。那时,刘大胖子的注意力已经完全不在小土豆这边了。

小土豆用手紧紧地握着勺子,手臂激动地颤抖着。这把勺子惹得大家哈哈大笑起来。谁也没想到小土豆竟然藏了一把勺子。在众人的哄笑声中,小土豆很没面子。他看到赵雅思的目光停落在勺子上,匪夷所思望了他一眼。他低下头,脸涨得绯红,于是扔掉了勺子。

小加后来再次回味这件事时,坚定地认为,小土豆就是被赵雅思这一眼所打败的。他沮丧地扔掉了手中的勺子,顾不得望刘大胖子一眼，拨开人群就走了，从此气势一落千丈。

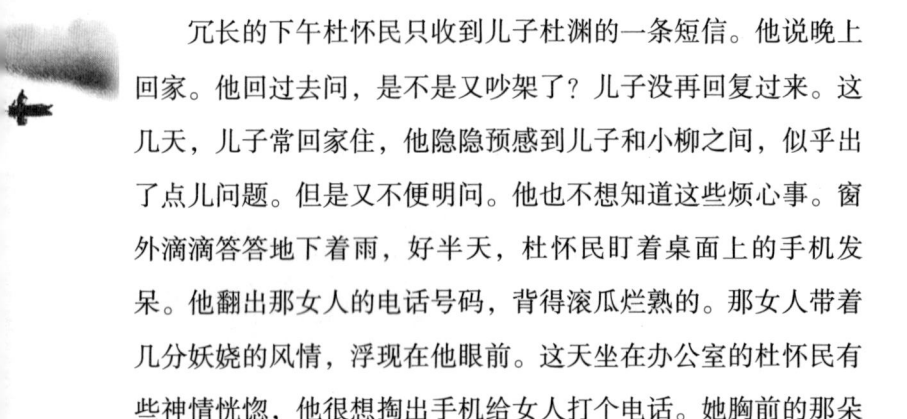

九

冗长的下午杜怀民只收到儿子杜渊的一条短信。他说晚上回家。他回过去问，是不是又吵架了？儿子没再回复过来。这几天，儿子常回家住，他隐隐预感到儿子和小柳之间，似乎出了点儿问题。但是又不便明问。他也不想知道这些烦心事。窗外滴滴答答地下着雨，好半天，杜怀民盯着桌面上的手机发呆。他翻出那女人的电话号码，背得滚瓜烂熟的。那女人带着几分妖娆的风情，浮现在他眼前。这天坐在办公室的杜怀民有些神情恍惚，他很想掏出手机给女人打个电话。她胸前的那朵刺青总在他眼前晃来晃去，甚是刺眼。

他琢磨着这八百元钱怎么给她。白菜八角一斤，豆腐一元钱四块，八百元，都够一家人两个月的生活费了。他想自己当时怎么就答应了，八百元毕竟不是个小数目，她只是一个租客，他越想越有些吃了亏的感觉。他觉得这八百就这么白白给她，有些太便宜她了。

他一人在家里吃的晚饭。小加有时回家吃晚饭，有时就在学校旁边的小餐馆里吃，中午，他是铁定不回家吃饭的。只有大儿子和小柳也回家时，他才会去菜市场多买一些菜，让晚饭尽量丰盛一些。楼下的女人似乎没回来，他凝神听了半响，也没听见楼下任何声响。九龙国际酒店，他凝神想了半响，后来才想起那儿有个温泉洗浴中心，离城区很远……那女人长得也的确是风韵十足，想起这些，他突然莫名的烦躁。洗完碗，杜怀民坐在沙发上胡乱看了一会儿电视，萨达姆指挥的伊拉克军队正被联军夹击得溃不成军，许多前方阵地的兵团已经向美军缴械投降。他关了电视，下楼去找门卫老张下棋。每天老张那儿都摆棋局，几个退休的老头牢牢占据着地盘，只有晚饭时分才有些许的空隙。杜怀民坐在槐树下，若有所思，从老张那儿走进走出的人，均一一落入他的眼里。春天的花粉飘落在棋盘上，他用手指弹了弹，下了一着臭棋。天色渐渐弥合，雨后的晚霞残照，映着小区的半边街道。他盯着全面处于下风的棋局，突然坏坏地望着老头笑了笑："我要赢了。"老头认真地端详良久，连连说："不可能，绝对不可能嘛。"杜怀民于是来了一个釜底抽薪，索性断了自己的后路，下了一着险棋。这着棋，如果对方没想到，绝地反击则能救他于水火之中。老头呆呆地观想半日，一时还真被镇住了。杜怀民不耐烦地催促了他几次，老头一番岿然不动的神态，像坐化了一般，杜怀民心里愈发冰凉。果然老头一拍光溜的后脑勺儿，嘿嘿笑起来，"你不是自寻死路嘛。"杜怀民丢掉手中的棋子认输，抽屁股走人。小区傍晚的街道，春意暗涌，正是黄槐盛开的时节。杜怀民用心地吸附着空气里的清香，一时心中涌出难以抑制的冲动。他快步走到小区的药店，要了一盒计生用品。他许久没用这东西了，结账面对收银的小姑娘时，竟有些不好意思。

他将盒子藏在床边的小柜子里，又担心小加乱翻发现，于是干脆撕开包装，压在被子底下。做完这些，他突然感到很荒谬。他又想，美国和伊拉克隔着那么远，井水不犯河水的，怎么也打上了？

近来他觉得自己越来越没劲儿了，有时爬楼梯，膝盖处便酥软无力，心跳有些加快。两三年前，从没这回事。那时杜怀民晚饭后，还偶尔出去打会儿乒乓球或羽毛球。现在他懒得动了，放下筷子有时连碗都懒得洗。看电视已成为他唯一的休闲娱乐活动。事实上，他盯着屏幕，大多数时间也是在走神儿发呆。电视里那些生龙活虎的小年轻，和他已基本不是同一个世界的人。他走完了人生的大半路程，剩下的这一截，连幻想的乐趣都没了。年轻时，杜怀民倒是一个积极乐观的人，以为命运掌控在自己手心，捏一下，它就乖了。他翻开手机里的通讯录，从开始翻到最后一个人，竟然没找到一个能发短信胡乱聊聊天的人。只有她，让他心动了一下。

他发了一条短信，问女人什么时候回来。这条短信，刚发时，他心里感觉是稳妥而恰当的，但是许久也不见女人回复。时间一点一滴地流逝，客厅钟表的指针让他感到心烦意乱。他躺在沙发上，闭着眼睛，也不知过了多久，裤兜里的手机振动起来，他一个哆嗦站了起来，女人说："明天。"简短的两个字，堵得他心慌。他不知该不该再继续下去，掂量许久，他又发了一条，"你做什么工作啊，怎么老夜里上班？"

这回，她再也没回复过来。有一阵儿，他老觉得裤兜里的手机在振动。让他感到热脸蹭到了冷屁股。很明显，对方没心思搭理他。他想继续再发，终于没敢摁确认键。如此纠结几番，他更感无聊，打开冰箱开了一瓶红星小二，就着酒鬼花生喝起闷酒来。那电视屏幕上正上演着香港警匪片，婀娜多姿的女子坐在黑老大的腿上，摇晃着腰肢，渐渐地拉开紧身皮衣，露出一朵妖艳的刺青……

"好女人都给糟蹋了！"

墙上的钟嘀嗒嘀嗒地走着，他思忖着儿子今晚怎么还不回来。他们不回来，家里就冷寂无声的。他抿着小酒，望着墙上的时钟，气渐渐地又上来了。有个东西堵得他心烦，他想站在窗口大声呐喊几声。

十

战局的失利给了他迎头一棒。小加坐在网吧靠椅上，有些万念俱灰。新闻正在铺天盖地地播报美军对巴格达合围之势已逐渐形成，他们胜利攻占了南部重镇乌姆盖斯尔，成功地在纳西里耶渡过了幼发拉底河。伊拉克军队的抵抗显得不堪一击，比他想象中要相去甚远。他无比失望地离开网吧，夜晚街上行人稀少。橘黄色的路灯下几个喝醉了的小青年正扶着路灯杆呕吐。酒气冲天，偶尔夹杂着几声骂娘与怒吼。他们大概和哥哥一般大小，像是上班的人。

他快步走过，匆匆回头一瞥，竟然真看见了哥哥杜渊。

小加快步走到跟前儿叫了声哥。他恍惚地摇了摇头，浑身的酒味,半眯着眼一直打着酒嗝。其余三位也都喝得东倒西歪,他们沿着马路沿一溜儿坐了下来抽烟,大声骂娘。不知谁最先开始唱,大家最后都一起齐唱起歌来。

冷寂的街,白天的喧嚣潮水般退去。他们歇斯底里的歌声透过春天的夜,传去老远。他们一遍又一遍不厌其烦地唱着,周边有个男人推开窗户骂骂咧咧地说,大半夜的喊啥喊呢,还让人睡不睡啊!

青年们扭着头站起来,拍拍屁股齐声朝窗户喊道,"你大爷!"从男的背后又探出一个女的脑袋,"谁这么缺德,大半夜的,明天还要上班呢!"几个人望着那窗户哈哈大笑,更加卖劲儿唱起来。那扇窗户砰的一声关闭了。他们都笑弯了腰。路边的行人胆战心惊地从他们身边走过。他们唱着唱着,有人开始号啕大哭起来,有人仰天长啸,大声骂娘。小加夹杂在其中倍觉尴尬,他不知他们怎么了。他从没看哥哥这么醉过,也从没想到他能干出这么疯狂的事来。白天的杜渊已经消失了,顷刻之间转变成了一副怒不可遏的面孔。

最后小加费了九牛二虎之力,才将他弄回家。

父亲仿佛专门在等他们,客厅的烟雾弥漫,弥散着一股浓烈的酒精味。茶几上的几个空酒瓶,烟灰缸插着满满的烟屁股,看得小加心里一阵阵发怵。"我打了一晚上电话。"小加从父亲的眼中看出了怨怒,只见他摇摇晃晃站起来,"今晚你们都干吗去了?"说得却很轻,让小加很是诧异费解。他忙解释说:"哥喝多了,在路上我刚好碰上……"

蜷缩在沙发里的杜渊这会儿酒也渐渐醒了。他用小加递来的热毛巾擦了擦脸,打了一个长长的酒嗝。一双血红的眼睛瞪了瞪小加说:"怎么还不去睡?"语气相当不耐烦。父亲的火气又一点点地被勾了起来,他腾地站起来指着杜渊说道:"你瞧瞧,你现在变成什么样子了,吊儿郎当的,没点儿上进心,你这样下去哪个姑娘敢要!"

哥哥借着酒劲儿同样不甘示弱,叉着腰吼道:"我怎么啦?她不跟我又能怎么啦?你有本事,给我套房啊,给我找份体面点儿的工作啊,你大半辈子的本事都去哪儿了,还有资格教训我?"

父亲站在那儿,脸被气得一会儿紫一会儿绿。"你是我儿子,我教训不得了?你有本事当年就该考上好点儿的大学啊,靠父母,你以为谁家的父母都是当官的,你就这个命,怨得了谁?"

哥哥气呼呼地坐在沙发上,双手拢着头发说:"我没他妈怨谁!我怨我自己行不行!"父亲的怒火一下子又蹿高了三分,他冲到儿子跟前儿一把拽着他头发吼道:"你嘴巴给我放干净点儿,我是你大爷!"

哥哥一巴掌将父亲推翻在茶几上。玻璃果盘应声而碎。两人推搡在了一起,互不相让。小加想将两人拉开,被父亲一把推开,"我就不信收拾不了这兔崽子了!"

两人从客厅推搡到卧房,又进了厨房。一路乒乒乓乓,家里成了音乐院。到底老了,杜渊手一松,杜怀民一个趔趄,差点儿栽倒,蹲在地上,气喘吁吁,大汗淋漓。小加走过来,冷冷地斜睨了哥哥一眼说:"你疯了!"

三人坐在客厅里,杜怀民大口喘气,杜渊默不作声地抽烟,小加小心翼翼地观察着他们的脸色。战场一片狼藉,果盘里的西瓜子撒了一地,报纸杂志扔得满屋都是。寂静的夜,墙上的指针嘀嗒嘀嗒地走着,它不管不顾,当刚才的事没发生过一样。母亲的微笑充满了嘲谑,伴随着这样的氛围,令小加感到无地自容。三人都不说话,上面依稀有人夜里起来的脚步声,继而听见拉尿的声响。终于,杜怀民忍不住哭了起来。他的泪止不住地往外涌,哽咽着,一把把地擦着泪。

尴尬的小加聆听着父亲的哭泣声,头脑里的血液一股股地往上冲,像要崩裂爆发出来,像喷泉一样。他不知自己此刻能干些什么,父亲弄得他不知所措。他望了哥哥一眼,杜渊依旧保持着刚才的那个坐姿,一动也没动,像个雕塑。他很想冲过去揍他一顿。

有几秒时间,他的大脑一片混沌。他看到墙壁上的萨达姆正缓缓地抽出腰间的佩剑,那傲慢的眼神与别致的胡须,一遍又一遍地从他眼前晃动。啊,萨达姆!

十一

夤夜,万籁俱寂。杜怀民躺在床上,没从刚才的那一幕回过神儿，他预感到迟早会有这么一天的到来，只是没料到会如此迅速，它过早地降临，让杜怀民有些缓不过气来。事实上，杜怀民心中的气早消掉了，在儿子一把将他推翻在茶几上的那刻起，他的气就没了。那一刻，杜怀民觉得自己真的老了。儿子是猝不及防地，毫无准备地，绝不留情地，一下子将他内心的堤岸击溃。他完成了一个中年人向老年人的过渡。

他侧躺着，怎么也睡不着。这时，他听见楼梯间隐约传来噔噔的脚步声。他侧耳聆听，心里猛地一沉，是女人回来了。接着听，似乎还有一个男的。

他将耳朵紧贴在床面，下面的响动在寂静的夜里显得格外的清晰。走动声、倒茶声、换鞋声、冲马桶声。两人似乎还闹了点儿小矛盾。女人似乎在说等老板娘结完这个月的工钱就走人。男人问为什么要走，女人尖着嗓子说道，那鬼地方哪是人待的，你们这些臭男人，哪晓得我们做女人的苦！楼下的声音一会儿高一会儿低，过了会儿，索性再也没有了。大概是关灯上床了。

两人许久都没说话。杜怀民以为他们睡了。突然听见女人厌恶地说，放手。过了一会儿，又说，拿开，今晚累死我了。语气却轻了许多。片刻便传来女人低沉的呻吟声。那声音缠绵缱绻，一时难舍难分，杜怀民听得面红耳赤。他后来干脆翻身下床，俯身在地板上，楼下的声音更清晰了，一声声如虫子般钻入他的耳朵，弄得他浑身火热，口干舌燥……直到楼下彻底没了声息，杜怀民才怏怏地躺回床去。他看了一下手机，差不多凌晨三点了，许久都没睡意，脑海中竟然想的都是楼下那女人的事。杜怀民打开床头灯，茫然地望着天花板，那些细小的缝隙，像张正在无限扩展的网，他仿佛看到楼下的女人穿着一袭性感的黑色睡衣，露出那朵妖媚的刺青，款款正朝自己走来。

中午快要下班的时候，杜怀民果然收到了女人的短信。她说，一点准时来拿钱。和他心里预料的一样。他不慌不忙，说半个小时后，你来家拿。他故意隔了一分钟才回过去。女的马上又发了一条来，问为什么不送下来。杜怀民没再回过去。

半个多小时后，女人便来了。女人穿双黑色高跟鞋，得体的短裙配上丝袜，很有几分柔媚。杜怀民只看了一眼，便不再多看。他关好门，去饮水机接了一杯水给女人，示意她坐。纸杯里的水一不小心，淌出不少，流在女人的手背上。杜怀民慌乱抽出纸巾擦，女人连忙说没关系。

"阿琴——"杜怀民盯着她的眼睛叫了一声。

"你刚叫我什么？你怎么知道我的名字？"女人愕然地凝视他。杜怀民站直身子，故意话里有话笑着说："我怎么会不知道？"女人不服气地说："知道就知道啦，那又怎么样！钱呢？钱已经准备好了吗？"

"你过来数一下，已经准备好了。"他转身进了卧房。女人迟疑地走到门口，往卧室探头环顾了一眼说："好乱啊，你女人死了，就没得个新的，替你收拾收拾啊？"杜怀民凑过来笑着说:"有你不就行了?"他一把将她拉了进去,女人像个刺猬一样缩成一团,大声喊道:"你要干什么你!你再碰我一下,我就叫了啊!"

杜怀民脸上依旧挂着招牌式的微笑,冷冷地说:"你装什么装呢?"女人脸色唰地变得苍白,喃喃地说:

"你想要干什么?"

"你说呢。"

十二

小加做梦也没想到,小土豆竟然和刘大胖子和好了,这是小加中午无意中发现的。在楼梯间,他看见两人有说有笑地走了上来,肩并着肩,一片火热的样子。小加侧身让他们的道,奇怪地望着这一高一矮的组合。这个世界比他想象中的复杂点儿,他摸了摸脑袋,依旧不敢相信这是真的。

课后,他捅了捅小土豆的腰间,"你怎么和刘大胖子这种人勾搭上了?"小土豆皱了皱眉头,厌烦地瞅了他一眼说:"管这么多闲事干啥呢?昨天我们打架的时候,你不是比谁都叫得欢吗?"小土豆的眼神充满了鄙夷。小加很想跳起来狠狠揍他一顿。他看着这个长得像土豆的家伙越来越不顺眼。

"别以为攀上了刘大胖子,你就了不起了!"他怏怏地说。

"你是在威胁我吗?"小土豆指着他的鼻子质问道,眼神带着玻璃球似的反光。仿佛一夜之间,小土豆已经不再是以前的小土豆。他陌生的气质感让小加体验到了他变化的可怕。

"你是个叛徒!"小加愤怒地说道。这句莫名其妙的话,小土豆一时难以理解。小加头也不回地走了。

春日的正午,他踩着自己的影子默默独行。街道上的人很少,即便这天是阳光明媚的春天。任凭他怎么加快速度,他总比影子慢半拍。小的时候,妈妈牵着他的手在正午的阳光下走时,他最大的乐趣莫过于追赶自己的影子了。那时的他,以为长大的那天,一定能踩到自己的影子。他逐渐放慢脚步,突然很想回家。中午家里没人,除了自己的影子,谁也不会感受到他的存在。他心里想的是伊拉克那些向美军投降的政府军。他为他们感到耻辱。难道不应该感到耻辱吗?从他某夜听见父母做爱的声音、第一次梦遗、母亲买菜时为了省两角钱与菜贩大声争执、哥哥和人打架头破血流、给赵雅思写情书被拒、永远住着破旧的房子、萨达姆军队的不堪一击……这些耻辱的细节,忽明忽暗,想起时,他脸红心跳,恨不得世界马上毁灭。

进小区门口时,门卫老张打着招呼说:"呦,小加今天中午怎么也回来了?!"小加没搭理他,快步走上楼梯,麻利地掏出钥匙插入锁孔,门哐当一下就开了。小加首先看见的是客厅里开着的电视,正在播放国际新闻:在猛烈的轰炸声中,戴着头盔全副武装的美军士兵坐在装备精良的装甲车上,正朝巴格达长驱直入。然后听见父亲的卧房里传来的阵阵响动声。卧室的门大大咧咧地开着,他满怀耻辱地看见一个女人,披头散发,一对白花花的大奶子毫无遮掩地裸露着,她怨恨的双眼直勾勾地瞪着墙角里的父亲；蜷缩在角落里同样赤裸的父亲，浑身颤抖着，那令人耻辱的目光哆哆嗦嗦地望着女人手中的菜刀。他轻轻将门拉上，走进洗手间。镜子里的脸颊挂着两行泪水——那是一张渐渐模糊的脸。

他摸了摸下巴，一把抓起剃须刀，摁下开关，嘴唇传来一阵嗡嗡的颤抖声。

石　　门

> 现在的时间与过去的时间
> 两者也许存在于未来之中，
> 而未来的时间却包含在过去里。
> 　　　　——艾略特《烧毁了的诺顿》

一

腊月的时候，牯岭小学早已放假，学校像被豺狼叼走心肺的躯壳，顿时变得空空荡荡起来。小学地处偏僻的牯岭上，这是所新中国成立前由罗氏祠堂旧址改造而成的小学。阴暗的祠堂现在变成了学校的礼堂。怀抱粗的立柱据说是从青山那边运过来的，经过几十年沧桑岁月，筑基已经被虫蛀咬空了。礼堂的青砖墙壁上，刷满土改时的标语，猩红色的字眼儿突兀地留在了青砖上，显得有些鬼气。土改的时候，这边有人被拉到祠堂里公审，毙了。据说都埋在了祠堂下面，用一张破席卷着草草地埋了。礼堂的阳光被前头的教室给挡住了，白日里，也透着一股凉风，黑漆漆的，阴魂不散的样子。有人曾说，礼堂里经常闹鬼。特别是雨夜，里面隐隐传出惨呼声。白天学生们经常去礼堂玩螺旋、弹玻璃珠，倒也不怕。

这天小学教师陈清起来得特别早。他简单地洗漱了一下，往火炉上烤了一个糍粑，当作早餐胡乱地吃了。寒假一放，学校怪清冷，寂寞得有些可怕。好在陈清年轻，加上刚失恋，心情颓然，倒也不怕外人说的那些鬼事。学校仅有的三位老师平时就不住校，学校一放假，都早回去过年了。小小的学校里，现在只剩下陈清一人。可有天陈清发现，学校旁边的那座低矮的小平房里也冒出了炊烟，走进一看，才发现敲钟人老李也没回。

陈清有些诧异，学校放假又不需要敲钟，怎么不回去过年呢？

老李正挨着火塘坐在那里打盹儿，半眯着眼说，你刚来不久吧？这就是我的家呀，我在这里已经过了十五个年了。他说着站了起来，拄着一根拐棍儿，提起一条瘸腿来让座，小陈老师过来烤火吧。小陈忙推辞道，你烤，我先回去弄点儿东西。

小陈不大愿意进这个低矮的黑屋，里面被烟熏得睁不开眼，而且有股刺鼻的酸臭味。小陈一下便联想到了那种气味，脸有些红，他感到有些厌恶。小陈之前听同事讲，这个老李平日神经兮兮的，怪得很，也不大和本地人往来。他是战争年代因伤退的伍，是个中越混血儿，不是石门人，但是却来这里了。

"他这边一个亲人也没有，十几年了，也没见他回过一次家，据说老家在边境。按理说，他是部队里立过功的，还高中毕业呢，干吗要来这鬼地方敲一辈子钟呢？"有天小陈听见两个同事下课的时候站在小学操场旁边的一排槐树下悄悄议论着老李。那时小陈刚来牯岭小学，失恋带来的没头没脑般的打击让他还有些喘不过气来。但是小陈很快也学着其他老师的样子，无意间远离着这个老李。

老李每节课负责敲两次钟。敲完钟，他猫着腰，提着那只小榔头，拖着瘸腿，马上钻进那间低矮的小黑屋中去了。

上午的时候，小陈一位学生的家长从下面提着一篮子糍粑上来，又拿了一块腊肉，非得让小陈拿着不可。这边地理位置偏僻，地势险恶，没哪个青年教师肯来这儿上课。小陈是破天荒的头一个。他来这里半年不到，吃的喝的，几乎都是学生家长送来的。家长都对他很友好，因为他是牯岭这里第一个操标准普通话的人，这让他们既新奇又敬畏。小陈想想失恋的事，心里对家长们更加过意不去。如果不是失恋一狠心，想去个偏僻的地方调整下心绪，或许他压根儿就不会选择来这穷山恶水的鬼地方。

学生家长嘘寒问暖了一番，最后悄悄对小陈说，那个人没对你怎么样吧？小陈对家长的口气吃了一惊，疑惑地摇了摇头。家长就放心了，又说了些闲话，小陈好不容易才打发她走掉。中午的时候，他熬了一小锅肉粥吃了，又看了会儿书，巴尔扎克的头像在他眼前晃来晃去，怎么看都看不进去，纸上的字在眼前不停地跳拉丁舞。小陈腾地站起来，推开窗，看到小黑屋的门是开着的，老李手里提着那只小榔头走到石门上悬挂着的破铜钟前，举起手，像是要敲钟。小陈刚想嚷他说，又不上课，敲什么钟？但是小陈硬生生地把话掐在了嘴中又缩了回去。老李并没有敲响钟，他只是将小榔头往钟上面轻轻地触了一下，反复几下，竟然没发出声音来。

小陈想，这老李怪毛病还不少呢，放假了，一个人都没有，敲什么钟呢？

老李"敲"完钟，又恢复了以往的神态，猫着腰进黑屋里去了。小陈看到老李进门的那一刹那，像是朝他这边的窗户望了眼。进门的时候，他的拐杖还碰着了门槛，差点儿让老李摔一跤。小陈盯着那条瘸腿，突然勾起兴趣来。他知道老李的这条腿是在战场上炸飞掉的。他喜欢军事，小时候便听从朝鲜战场回来的人讲打仗的故事入了迷。下午小陈闲得发慌，卧在冰冷的被窝里发闷。带来的几本书早已看完，牯岭还没通电，天一擦黑便得早早睡下。

傍晚打算做饭，小陈才想起，上午家长送东西来的时候，她并没有给老李一份。不仅没有，她甚至提都没提老李。小陈回想起前几回，其他家长给他送东西的时候，也没有在他面前说过老李。他们送完东西，甚至连那间黑屋子望都不望一眼，就撅起屁股走了。这样想的时候，小陈就觉得有些不好意思起来，上午的时候，他分明也看到老李看到她提东西来了的。

小陈吃完饭后，便提了一块腊肉，拎着一袋糍粑去了老李那儿。老李正驼背坐在灶膛前生火做饭。见他来了，显然吃了一惊。他慌忙站了起来。他的手比屋子里的光线还黑。小陈说，这点儿东西，都是学生家长提来的，我一个人吃不完，这些天常吃这腊肉，嗓子都冒烟了。于是递了过去。老李一副不知所措的样子，佝偻着腰，不安地瞧了瞧小陈，"这……这……使不得……"眼神的光芒分明扑朔迷离。小陈坚持了半天，终于把腊肉放在了案板上。老李不推了。

小陈扫视了下小黑屋，竟然没发现一点儿肉类。老李搓着手不自然地笑着说，我有吃的，我有……他揭开一个缸，小陈看到的都是米。他很快就把米缸盖了起来。小陈心里有些怜悯起来，说，这就要过年了，赶紧去集市上称点儿肉吧。

老李干笑了两声说，会……会的，我自己种菜，他打开小黑屋的后门，指着一圃菜园说，你瞧，都是我种的。小陈一瞧，里面种满了蒜苗和白菜。

小陈说，我帮你生火，你做你的饭去。老李说，这怎么使得！要不得的！小陈说，正好我也好烤火哩！

老李忙着去做菜，他肯定以为小陈也没吃饭的，把那块腊肉也切了一截来炒了。小陈心里晓得，但是他没说自己已吃过饭了。

菜做好了，果然老李请小陈一起吃。小陈说，你吃吧，我刚吃过了。老李就愣那里了，手中的筷子僵在空中半晌也没放下。小陈笑了笑，不骗你的，我们后生不客气的！真吃过了！

老李啊了一声，像是才反应过来。又说，那再吃点儿吧……小陈说，你吃吧，我真吃过了。说完他退回到火塘边烤火去了。老李只好一个人吃，他的神情有些难堪。小陈看到他分明拿了三副碗筷，以为他还在坚持。老李说，那副碗筷，是供人的。小陈看到老李低着头朝那副碗筷软绵绵地说了几声，像是身边还坐了一个人似的。小陈分明又没看到其他人。老李抬起头来，冲小陈笑了笑。小陈猜想，供着的那人肯定是老李的亡妻。坐了一会儿，天渐渐暗淡了下来，小黑屋里影影绰绰的，小陈越坐越凉，于是推说回去还有事，便离开小黑屋了。

月光如水，斜斜地吊在苦楝树上，操场显得格外清冷。

二

第二天小陈起了个大早，他赶早去下面的乡镇给家里发封电报，告知不回家过年了。外面打了一场冷霜，小陈踩着黄白色的霜土咯咯地走出了牯岭小学的操场。突然发现敲钟人老李早已起床了。他一个人孤零零地站在小学左侧的那道石门下面，双手缩在袖口里，像在思忖着什么。

石门的历史据说比那座罗氏祠堂还长，是清康熙时建造的，像个"人"字。石门进去，便是阴森森的礼堂。小陈朝老李打了声招呼，但是老李仿佛没听见似的，依旧呆呆地站在那里，寡言地面向着这道沉默之门。

四周雾气蒙蒙，寒冷的气流目空一切地横扫着这个冬日的清晨。

下午小陈发完电报回来，发现宿舍的窗台上有人放了一大把青菜。小陈把青菜拿进房子，心想这老李还真有点儿意思，一下便把昨天送的"礼"还了过来。

晚饭后，小陈决定去老李那儿坐坐。

小陈说，谢谢你的青菜。老李僵在那里，把手往衣服上使劲儿地擦了擦说，别客气哩，青菜那么多，一个人也吃不完的。说着便笑了起来。是那种憨厚的笑。颧骨耸得很高，黝黑的脸，一张典型的越南人的脸形。小陈心里踏实了起来，他坐在火塘边说，你今早起得很早。老李伸着手往火苗上烤了烤说，天一麻麻亮，我就睡不着了，这十五年来，都是这样……小陈想，早晨老李当真是没发觉他打招呼吗？

小陈笑笑说，人嘛，年纪大了睡眠就少了。老李也笑笑，说，黄土快埋到脖颈的人了，还贪什么睡呢！死了想不睡都不成。说完大声地咳嗽，往火塘里吐了一大口痰。小陈望着那口黄绿色的痰慢慢被灰侵蚀掉，心里咯噔了下，喉咙里也痒痒的。

都是烟害的，老李说，他掏出包"老司城"，抖出一根来，小陈便接了，他本不想抽的，但是莫名其妙地接了。

小陈指着老李那条瘸腿说，这是怎么回事呢？

老李狠抽了口烟，低下头，烟雾便统统喷在了拐杖上。地雷炸的。他说。

那时不知埋了多少颗地雷，他有些自嘲地说着，一颗地雷只炸断一条腿，我赚了啊。

小陈说，你不是本地人吧？老李说，和你一样的，老家离这里少说也有五百里呢，在中越的边境，我母亲是越南人。

怪不得你的口音有些像广西那边的。小陈说。

小陈又说，你应该立了功吧，为什么要来这里呢？

老李轻轻地叹了口气说，我喜欢这里，这里安静，我也不知道为什么，我就喜欢这样待着……在这个地方，谁也找不着我。老李有些不好意思地干笑了两声。

小陈说，听说你还是高中毕业呢？

老李更加不安起来，但眼神是踏实的，心安理得的。

你的妻子呢？小陈嗫嚅着问道。

她早死了……她是越南人，他的神色愈发黯淡下来。

不过她还在我身边……阿莲！他喊道。

小陈被最后一句话吓了一跳。小黑屋子没点煤油灯，黑魆魆的。火塘里的柴火也渐渐灭掉了。小陈说，老李你别吓我啊，我胆小。

老李叹了口气道，是真的，你莫怕，她是好人呢，不过再过一阵子她就要回去了。又朝黑洞洞的屋里喊了一声，阿莲，过来坐坐吧，冷着咧。小陈背后如股冷风吹来，脖颈处感到凉飕飕的。脸色顿时煞白起来，却不敢走半步。他央求了老李一眼，老李当作没看见一样，说，你不要害怕，她和我在这里已经十五年了，我从越南一回来，她也跟着我来了，家乡我待不下去了，都在说我……于是，我便来这里了……这里的人……嗯……都一样的……不过好在这里孤零一人，他们也说不着我……

石门

179

你知道我是怎么才得以退伍的吗？他望着小陈说。小陈更加不敢离开了，他努力地定了定心绪，也装作不害怕的样子说，不就是地雷吗……

老李嘿嘿笑了起来，突然站了起来，像是给人让座，然后又坐下，仿佛那人已经坐在他怀里了。他说，其实，那地雷，我是知道的，是我故意踩上的……

小陈说，你知道有地雷还踩上去?!老李说，不来点儿狠的，怎么能退伍呢！腿没了，他们就只能把我送回国啦。

小陈说，你是中国国籍？

老李点了点头，我有一半越南血统，又会说越语，于是装扮成越南人，穿着北越的战服参加了部队。他们最后还是知道了，也没追究我什么。小陈你莫怕，阿莲是好人，她不会吓你的……受伤后，我便回国了，她跟着我的气息走，于是我俩终于回来了……老李往火塘里添了把柴，火苗蹿上来，小屋里忽明忽暗。小陈好几次想抬腿走，发现脚像生了根一般，纹丝不动。小陈冷汗都下来了，也只能硬着头皮坐在那里继续听老李唠叨，后来竟然也入了迷。

三

那年的战事，说不出的惨烈。树木都被炸弹炸光了，触目惊心的焦土上趴满了死尸，有越共的，也有美国佬的，我们的也不少……当时我们负责守卫一个码头，那是一个交通要塞，打仗前，那是一个很繁华的集市……河流下游便是西贡，船只来往很频繁，我和阿莲就是在那里认识的……

那天，我和战友奉命去执行一项任务。那段时间经常下雨，那鬼天气，闷热得像个蒸笼，即便是下雨也热得要命。我们从河面巡游了一圈，刚踏上码头，我就看到她了。码头上的人川流不息，可是我一眼就看到她了……她站在楼上，戴着斗笠，穿着青色的裙子，脚跋白色凉鞋。她正在和人攀谈，但是一转头，就在那个瞬间，我们的四目相对，像是磁石般牢牢地互相吸引住了，她朝我浅浅地笑了一下。鬼使神差一般，我竟然上楼去找她。但是等我一上楼，她便不见了，像是空气般消失得无影无踪。我伏在栏杆上，看到浅黄色的河流从北往南缓缓地流着，过往的船只和战舰是那么频繁，就像时间一样，在我眼前不停地晃过。那一刻，我不知怎么了，心里有些说不清的伤感。

隆隆的炮声一阵阵地传来，那是加农炮的声音。每天都有战友从我身边消失。下楼我转身时，仿佛又看到了一个青色的影子在我眼前一晃而过，我仔细去搜寻时，又没了，但我相信她一定就在我身边。

第二天我又在码头执行任务，我便开始留神起来，但是我依旧没能看到她的影子。我想，她肯定在和我捉迷藏。但是谁知道呢？可能当时她压根儿就没看到我，或许她的微笑是朝我身边的某人的。这让我对此有些犹豫起来。这更像是一个梦啊！当我一个梦接着一个梦做下去的时候，某天夜里，她便在我的梦境中出现了！她笑着对我说，你干吗要找我呢？我说，我想你。

她说，你找不着我的，你以后别找我了。我说为什么？但是她已经不见了，我的梦境里只留下白茫茫的一片朦胧，我醒了，背心全是汗水。营房的通道里投射出淡黄色的灯光，我听见站岗的战友在通道里不停地走动。窗外冷冷的月光透射进来，野外的战事正在断断续续地进行着，我坐在床沿上，抽了几支烟，心里依旧没能平静下来。那些天，我的魂像是游走了，剩下一具干枯的躯体在那里麻木地行走着。我不知道我明天会怎样，我甚至在梦中看到另一个血淋淋的自己，他一言不发地瞪着我：你还活着干什么？

一个月后，战事吃紧，我所在的连队被换防。临走前的那一个夜里，我感觉到心里空空的，在码头旁逡巡了良久。那些天，连日的大雨，使得河面暴涨了不少，很多滞留的船只都停在了码头。天空中，一群群青色的鸟群不断从西边迁徙而来，落单的鸟在空中不停地哀嚎。就在那晚，我又看到她了。

她依旧穿着那条青色的裙子，白色凉鞋改换成淡青色的了。她站在楼角前，望着我，见我也注视她时，突然掩起嘴角轻轻地笑起来。我终于确定她知道我在看她了。我几个箭步冲了上去，她被我的举动吓了一跳，刚想闪进内室，被我一把拽住了。她有些紧张地盯着我。我说，我等你很久了。她摇了摇头，脸色有些恐慌，不说话。我说，我不是美国佬，干吗怕我呢？

她央求我道，你拽痛我了。我有些尴尬地向她解释。她抬起头来，也羞涩地望着我笑了一下。原来，她的一个弟弟上个星期刚死于美国佬的轰炸下，她的父母则早在一年前就死于战火了。她从南越往北逃到这里还不久。我们坐了下来，看得出来，她不安地提防着我。她没看我的眼睛，只盯着我的喉结。我问她的名字，她说叫阿莲，十九岁。她声音非常柔和，有些像大勒的口音。

我打量了下她的房间，终于知道她是做那行的。她有些脸红，向我解释。我扬了扬手，什么也没说。她叹了声气说，这战事，也不知何年何月结束……说着掩面低低地啜泣起来，说，等凑足了钱，我再也不做这行了。我不知道她说的是否是实话。她清纯的模样让我一下子有些喜欢起来，我的手不知什么时候伸出的，她倒在了我的怀里。她以为我也和那些大兵一样，但是我并没有碰她。她微微有些诧异。她的身上散发着一股淡淡的香气，像茉莉花香。走的时候，我把身上的钱全留给了她。她有些惊讶地望着我，眼眶里盈满了晶莹的泪珠。

你还会回来看我吗？她倚着栏杆问我。

如果我还没死，我会回来的！我又说，这个码头越共已经快守不住了，你最好赶紧离开。她点了点头，双眼环顾了下房内的摆设，其实她并不打算走。

几天后，果然如我所说，美国佬把码头给占领了。我们退到了离这儿百里远的地方继续驻防。那段时间，我的心情糟糕透了，在战场上也经常走神儿，要不是胸前挂着的像章保佑，流弹早就击穿我的胸膛了。我发现她已经在我心里住下,只要一闭上眼睛,她青色的身影便立刻在我眼前晃动。后来我买了个香囊,想她的时候,便闻一闻。茉莉花香让我心神不宁。

码头终究还是重新夺回来了。下半年,我们和南越以及美国佬为争夺码头展开了激烈的拉锯战,双方都死伤惨重。混浊的河面上常常浮着死尸。那一段时间,每个人的神经都高度紧张,紧绷得像弓弦。我的战友一个个离我而去,又有新的战友陆续填补进来,一个月不到,连长叫什么我都不知道了。码头夺下来后,我又去看了她。她非常激动地说,以为我再也不去了。我们都很激动。

你嫌弃我做这个吗?她问我。

我不知道如何回答她。在中国,做这行的会让人非常瞧不起,但是这里是越南,是战场。我一把抱住她,她像只小绵羊一样紧紧地缩在我的怀里。从现在开始,我再也不做了。她说,我恨透了那些美国大兵,简直都是畜生!她从我怀里挣脱出来,坐在一只竹椅上说,总有一天我会亲手杀死一名美国佬的。她从枕头下摸出一把手枪来,你瞧,我已经会使用这东西了。她向那盏台灯瞄了瞄说。

这样很危险的,我警告她说,你赶紧离开这个地方吧,手枪千万不要让美国佬看到。

她有些犹豫地说,那我去哪呢?全越南都处在战火中,去哪儿都不安全——要不我跟着你走,好吗?

我的心咯噔了下。犹豫了良久，我最后拒绝了她。我说，我的部队不会允许的，会遭到处分的。她没有说话，很快把话题转移了。我看得出来，她有些失望。

从今开始，我再也不让人碰我，我的身子为你守着。她轻轻地说。我没有说话，我相信她肯定是喜欢我的。她抬起头来望着我问，你不相信我吗？

我一把抱住她，第一次吻了她。她的嘴唇那么柔软，像朵绽放的玫瑰。她在我的身上留下了一股淡淡的香水味。那些日子，我几乎天天去。她说想给我生个孩子。

果然如她说的，从那以后，她再也不接客了。

不久，美国佬夜袭，把码头又给夺了回去。炮声排山倒海般尖啸着，从野外的战地呼啸而来，每个人都恐惧到了极点，死亡的气息在每个人心中萦绕。临走的时候，我对她说，阿莲，你要等着我，我们会很快回来的，等战争一结束，我就带你一起回中国，我们结婚。她靠在门口，一脸的忧伤和迷茫，啜泣不止。我将要下楼梯的时候，她叫住了我，跑过来把一块缅甸玉挂在我的脖子上。她说这是她家祖传下来的，能辟邪和带来好运。你一定要好好地活着回来，她握住我的手说。我点了点头。我一步一步地走下楼梯，心也跟随着一步步地沉入了深渊。活着，这两个字仿佛成了我对生命的最大期盼。那段时间，我已经不知道，人究竟是为了什么才活着。

没有想到的是，这一次竟然是我们之间的永别。

四

小黑屋愈发暗淡下去。他颓然地抬起头来,像是在哄着阿莲睡觉。她说要睡了,明晚再讲。小陈疑惑地望了他一眼,老李一脸的坚毅,不容二话。小陈只得回家,他的心里乱乱的,说不出是害怕还是怜悯和惋惜。他知道阿莲肯定会死,对于这个已经昭然的结果,他多少有些遗憾。走出门口的时候,老李在背后说道,你真的不用怕,阿莲是个好人,她不会害你的。小陈怔了下,步伐匆匆地走了。那晚,他整宿都没睡好。他不知道老李为何要和他讲这些。老李似乎有些迫不及待地想把这段往事叙述给他听。这让小陈微微有些诧异。昏暗的马灯静静地在他眼前燃烧,玻璃上面透着一滴滴水汽,门外有什么东西像是想进来,小陈仔细一听,又没了声响。

不知为什么,小陈一下子又想起分手的女友来。他的女友是他大学的同学,是城里工人家庭的独生女。他一直叫她可儿。小陈以为可儿这辈子都是属于他的人了,但是她领着他去她家的第一次,他们的爱情差不多就遭到扼杀了。晚饭桌上,没有经验的他被她的父亲劝了很多酒,不胜酒力的他很快就头晕目眩起来,硬着头皮坐在那里。她的父亲便说,小伙子,人也是讲命的,这命是上天早就给你注定了的,有人生下来便喝牛奶,而有人连稀粥都喝不上……

小陈头脑顿时猛然清醒了过来。他恳切地说,我是真的爱可儿的！

她父亲扑哧笑了声说，我知道你爱她，可她这孩子从小娇生惯养，和农村的娃不一般，你怕是服侍不了她的，这人哪，一切还是遵照命运的安排为好，你说是吧？

小陈从此再也没有去过她家。

这个世界有常人所说的平等吗？这样想着，他干脆披衣下床，打开了门。门外原来是一只地鼠在咬门，见到他，一溜烟地跑了。扑面而来的冷气流像把利剑，小陈不禁打了个寒战。他关上门，坐在那里发愣，抽了支烟，最后打开窗户，朝小黑屋望了眼，冷月下的小屋子黑黢黢的，像个巨大的草堆。鸡叫二遍的时候，小陈才迷迷糊糊地睡去。他做了很多的梦，五颜六色的都有，不知怎的，那晚他不停地梦见自己在石门下徘徊。他看到自己从石门进去，又转身出来，反复几次，他看到可儿就在白亮的操场上，向他招手，他努力地想迈出石门，但是终究未动分毫，石门背后黑洞洞的礼堂像伸出一双巨大的手，一把便将他拽了进去。他湮灭在黑暗的海洋中。

第二天早上，小陈很晚才起床。恍惚中他听到一阵细微的敲钟声，于是一个激灵爬了起来。他悄悄推开窗，发现老李拎着那只榔头，正在轻轻地敲着钟。小陈仔细听的时候，那钟又不响了。老李"敲"完钟，又回小黑屋了。小陈看了看表，正好是平时上早课的时间。

中午后,小陈决定出去走走。他的心闷得慌。走到操场的时候,发现小黑屋的门是关着的,老李不知去哪儿了。

四周一片寂静,操场旁边的槐树叶子早已落光。冬天的原野一片荒凉,肃杀得让人脚心顿生凉意。学校后边就是坟场,一排排的坟茔像小馒头一样隆起,里面埋着一个个暴死的、枪毙的、被人谋杀的、老死的生命。小陈脑海中突然冒出一个令人毛骨悚然的念头:这些死尸是否也在这片土地上如他这般思考过生死呢?他仿佛看到各种各样的人,纷纷立在操场上,呆立不动,目光缥缈,又像在做广播体操。

小陈这样想着的时候,又有些害怕起来。他像梦境中一样,走到了石门前,盯视着这道门。石门是花岗岩打制的,上面还有石匠刻的花纹。门槛足有半米宽。石门就像一个"人"字,突兀地立在那里,要想跨进去,都得从这个"人"字里通过。小陈坐在石门的槛上,他想着昨夜老李说的阿莲的模样,恍惚中,石门的石纹在他眼前不停地变幻,他仿佛看到一个年轻女人在石纹上映现了出来。他还看到自己的影子也映到了上面。小陈打了一个激灵,眼前的一切又没了。他看到老李从学校后边的坟场走了出来,吱呀一声推开了小黑屋的门。

小陈吃完晚饭,天还未黑,他就早早地敲开了老李的门。你把故事讲完吧。小陈有些迫切地说。老李埋着头坐在火塘边说,你不怕了吗?小陈说,我想听完。两人抽着烟,老李望了望小陈,轻轻地拍了拍他的肩膀说,你知道昨晚为什么我不讲了吗?

小陈摇了摇头。老李叹了声气说，我已是快要入土的人了，怕以后没机会说了，才和你讲这些的……可是有些事你听多了，并不是好事……

小陈诧异地说，不就是个故事吗？

老李就不说话了。顿了半晌，他说，阿莲真是好人，处处只为别人想。

于是继续昨晚的话讲了下去。

码头被美国佬夺去后，我们连续争夺了几个夜晚，都没能争回来，伤亡惨重。美国佬的轰炸厉害，我们很多战友都死了。后来上头大发雷霆，下死命令说一个星期内务必再夺回来。我所在的连队化装成难民，悄悄潜入码头的渔船里，伺机行动。我们在码头附近的河面上潜伏了两天，一直没能获得有利的时机。那天中午，我装扮成一个渔民，在码头的摊点上卖鱼，看到几个美国大兵醉醺醺地上了阿莲的那座楼。一个不好的预感在我脑海中一闪而过。我的心一直在不停地跳，一个不好的预兆随着楼上的争吵声很快就发生了。我听到砰的一声枪响，枪声正好是从阿莲的那间房子传出来的。不一会儿，一个腿上带伤的大兵骂骂咧咧地从楼上下来了，过了会儿，又有两个大兵从阿莲的房间中走出来。我的心一下子就坠入谷底了。旁边的战友不知我发生什么事了，一个劲儿地向我暗示着。我的手已经伸向箩筐里那堆死鱼的下面了，紧紧地抓着冲锋枪的扳机。但是我最终没有暴露出来，一直等到夜晚，上级终于下令开始突击。

当我冲到阿莲的房间的时候，和我预想中的结果几乎一模一样，这群畜生……我给阿莲穿好衣服，她已经冰冷了……她是被掐死的……

战事一结束，我把她埋了。亲手将自己喜欢的女人放入土坑中掩埋掉，这是多么悲哀的时刻，我甚至不知道以后能不能替她报这个仇，我看到她清秀的面容渐渐被一抔抔黄土掩盖。一个鲜活的生命转眼变成了一座坟茔，面对这个残酷的现实，我真的觉得独自苟活下去，是多么残忍的一件事。

那晚，阿莲又重新走入了我的梦中。她依旧穿着那件青色的裙子，却光着脚，浅浅地朝我笑。她说，她虽然死了，但是灵魂会一直陪在我的身边。她一个劲儿地安慰我，要我不要哭，说话的语气和现实中一模一样。

那些日子，我的心情糟透了。神情颓废，就像生了场大病般。事实上，我也很快一病不起，发起了高烧。最后只得告了假，躺在后方的野战医院里休息了好几天。就在那个时候，我开始逐渐厌恶起这场战争来。我不知道双方反复地争夺码头究竟有何意义，我甚至开始怀疑起北越一直歌颂的这场正义之战，是不是真的充满了崇高的价值。就是那几天，我心中冒出了一个可怕的念头，我想回家，我再也不想在这场可恶的战场上多待哪怕一刻钟了！

重新回到战场，我便开起了小差。每天早晨，我睁开眼睛的那一刻起，心里想的是如何度过这漫长而恐惧的一天。阿莲以前的那座楼几天后毁于美军的轰炸，它倒塌的那一瞬间，我仿佛又看到了一个青衣女子缓缓地向我飘来。当天夜里，我又梦见她了。阿莲在梦里告诉我，几天后，我将有血光之灾，让我处处小心谨慎。我笑着说，死了有什么不好的，那样我们就可以在一块儿了。她哭着封住我的嘴说，你不许死，你答应过我，带我回中国的。又说，你一定得好好活着，不管怎样的情况，活着才是唯一的出路。死亡是对上帝残忍的报复，你会后悔的。

我已经不记得她是如何走出我的梦境的，依稀地看到她临走的时候，在我的床头系了一根红绳。第二天清晨我醒来的时候，发现床头果真如梦里所见，上面系了一根红绳。我开始相信：阿莲真的没有离我而去，她依旧留在我的身边。

第二天，我神情恍惚，头痛得厉害。傍晚我所在的班在执行任务返回的路上遭到了美国佬的突击。他们将我们牢牢地包围在一个坟场里，我们只能躲在坟茔堆里，机枪的疯狂扫射让我们抬不起头来。我突然觉得这个地方是如此的熟悉，原来我竟然就在埋阿莲的那片坟场。敌人的炮火越来越猛烈，更不妙的是，我们和大部队无法取得联系，而南越的敌人也闻声赶来增援美国佬，他们渐渐把我们压在了一个小坟场里，包围圈越来越小。我抬起头，看到阿莲的坟茔就在相隔我几米远的右侧。

敌人开始用汽油弹，猛烈的火苗蹿起老高，我们的阵地陷入了一片火海中，我看到战友们身上着了火，纷纷站起来呼喊着突围。一梭子机枪子弹扫射过来，他们无一幸免，都倒下了。我心想完了，这下是彻底完了，我就要死在这里了。我想起阿莲给我托的梦，愈发伤心起来。我想不管怎样，死也得和阿莲死在一块儿，于是奋不顾身地匍匐，爬到了阿莲的坟上，紧紧地抱着坟茔，就像在抱着阿莲一样。说来也奇怪。几个美国大兵和南越兵士也很快就冲到了阿莲的坟堆旁。我听到几个南越士兵骂道，真的见鬼，明明看到他冲到这里的，怎么就不见了？！

他们在我周围走来走去，搜了个遍，有几个人的刺刀差点儿碰着了我，但是最终他们也没有发现我。天黑了，几个大兵说，他娘的八成是遇鬼了，明明看到他来这边了的！赶紧走吧。于是骂骂咧咧地都走了。

我知道一定是阿莲救了我。天上挂着稀稀拉拉的几颗星星时，我坐在阿莲的坟茔旁低声地哭了起来。我知道她一定听见我的心声了。我扒开她的坟，将她的骨灰偷偷包藏好随身带着。

回到营地不久，上级给我记了一次三等功。但是我已经麻木了，我满脑子想的是怎么样才能回中国。

后来阿莲托的梦渐渐少起来。她对我说，她最近遇到了一点儿麻烦。她看到父母了，父母要她跟他们走。阿莲在梦里哭得很伤心，说，以后怕是再也见不到你了。

又过了不久,她托梦来说,父亲已经做主,给她找到了一个男人,那个男人生前是个甘蔗商,父亲迫使她嫁给那男人。她每次来都是泪水涟涟的,伤心欲绝而走。

那段时间,我的脾气暴躁得像头狮子。有一天差点儿向一个战友开枪。我把我的梦告诉他,他一点儿都不相信,而且在其他战友面前当众嘲笑我。要不是战友的及时制止,我真想打死这家伙。

整整一个星期,她再也没有托梦给我。我以为她真的嫁人了,已经远离我而去。正当我伤心欲绝的那晚,她又重新回到了我的身边。她说,她悄悄地逃出来了,她没有答应那桩婚事。不过她担忧地说,父母肯定会找到我的,到时你就危险了。

我对她说,我不怕,死了更好,那我们见面倒方便了。她生气地说,你怎么能说这样的话呢!

我说,那以后我们怎么才能相见呢,总这样也不是一个办法。

她想了想,说,过些日子再说吧,现在肯定不行的,我的父母对这边的环境太熟悉了,他们随时都能找到我……我就说,要不我们赶紧回到中国去吧。她就不说话了,思忖了半晌,说,先不要急,一切都会好起来的……

我怎么能不急呢!第二天去执行任务的时候,我便留了个心眼儿。那天我的眼皮一直在跳。我知道,离我们见面不远了。

那个地雷我早就预感到了。它埋得那么隐秘，又像老朋友一样久违地朝我打着招呼。我一言不发地踏了上去，那一刻我的表情把战友们吓了一跳。我踩着不动，转过头朝他们笑着说，我踩着地雷了。

起先他们骂了我几声，以为我开玩笑，后来气氛一下便紧张起来，空气仿佛凝结了一般。他们大声地朝我喊要我别动，说是找排雷兵来帮我。可是在排雷兵未到之前，我已经迈开脚步了。轰的一声巨响，我被炸飞了。我醒来的时候，发现右腿已经没了。

我跟每个人说，是因为过度紧张才移动脚的。谁也不知道是我自己故意迈出去的。

那天夜里，阿莲又来了，她伏在我的身边哭得很伤心。你为什么要这样呢，你知道这样的代价有多大吗？

我笑了笑，心里坦率而舒服，像是所有的不快与积郁都一扫而空了。有的时候，生命又算得了什么呢？看看野战医院里每天都用卡车运出断臂残肢，它们曾经作为生命的一部分，而现在无一不是作为垃圾被埋进土坑中。我又在想，人的一辈子就这样子啊，死了也不就是一具废物！谁还会多年后惦记起一具死尸呢！这样想的时候，我觉得做人真的是件很可怜和可悲的事，远没有做鬼那么自由和舒服。

一个月后，我终于如愿以偿地回了中国。阿莲紧紧地跟随着我，来到了这片她从未涉足的陌生土地。

回到家中，我才知道，在我打仗的两年里，父母早已双双撒手离去。我来到父母的坟茔前，那里的枯草已经长得有人那么高了。跪在父母的坟头，一股从未有过的孤独感从心头流淌。我所有的亲人均已离我而去，从此在这个世界上，便只剩下我一个人孤单单地活着。人生就如一幕梦幻啊。活着活着，身边的人如流水般离我而去。后来我和阿莲举行了"婚礼"。村里的某些人看我是战场上回来的，起先也不敢吭声，后来渐渐地便有人开始说了，说我这是搞迷信，要受批评的。

那边的日子愈发难以待下去，后来我一狠心，一把火将家烧了个干净，便来到这举目无亲的地方了。十五年了，一晃就过来了。

五

老李仿佛很累了，他疲倦地睁开眼睛，悠悠地说，已经讲完了，阿莲交代了，年轻人不要老是活在自己的影子里。

小陈没有说话，他想，自己的影子又是什么呢？那晚，他又梦到石门了。他看到一个陌生的女子站在石门前，朝他打着手势让他过去。他便走了过去，但是石门前什么也没有，往里一看，便是黑黢黢的礼堂。他站在石门前踯躅良久，石门突然像把巨大的枷锁，扣在他的肩上，使他无法动弹。小陈马上就醒了，他听到窗外北风怒号，树枝被风刮得呼呼作响。他躺在床上不敢动，睡意全无。一个又一个欲念从他脑海穿过，他突然很想做爱，又很忧伤。他觉得自己已经死了。他很想发声大哭一场。

　　小陈想，阿莲真的变成鬼了吗？那老李现在应该过得很幸福才对，他干吗总是神色颓然，坐在石门前发呆呢？他为什么要对不熟悉的人说那些埋藏于内心的往事呢？这些问题让小陈想了一宿，也没能解开这把心锁。第二天早晨小陈起来得特别早，他悄悄推开窗户，发现小黑屋的门早就开了。于是他走下楼，看到老李坐在石门下发愣。他走到老李面前说，阿莲现在也在你身边了，你幸福吗？

　　老李没有说话，有一搭没一搭地抽着烟。突然老李剧烈地咳嗽起来。他的脸色蜡黄得可怕。小陈也跟着坐在门槛上，屁股一贴上冰冷的石块，顿时如针刺一般。

　　老李抽完一支烟，眯着眼睛哈了口气，说：

　　"这门也该倒了……我等了它十五年，可它依旧岿然不动。"老李指着石门说。

　　"为什么？"小陈有些纳闷儿地问。

　　老李的脸抽搐了一下，这细微的动作刚好被小陈瞥见了。老李便说："你这么年轻又有学识，干吗来这里呢？"他拉了拉衣领，很冷的样子。

　　小陈犹豫了一阵，终于把那段爱情和老李说了出来。老李拍了拍小陈的肩膀说："你不会在这儿待太久的。"小陈报之一笑，老李又说，"干吗非得在一棵树上吊死呢？"

　　两人坐在门槛上抽了几支烟，都沉默着。老李将烟屁股扔在石门的台阶上,伸脚使劲儿地踹起来,像变着花样折磨一具尸体。踩完后,朝石门里的祠堂深深地望了眼说,走吧!

中午的时候,小陈终于下定决心给分手后的女友写一封信。他把老李讲的阿莲的故事写到了信中。小陈并不是希望她能回心转意,但是一种意念促使他必须写这封信。信写得异常地慢,他仿佛觉得自己心中有许多话需要倾诉,但是下笔的时候,这些冲动又消失得无影无踪了。这封信写得很长,花了好久才正式写好。不知怎的,他觉得这更像是在给阿莲写信。

信写好的时候,年味已经很浓了,牯岭小学下面的村庄里,不断传来小孩子们燃放鞭炮的声响。小陈决定趁着还未过年,把信投寄出去。回来的路上,他的心沉甸甸的,又有些莫名的激动。路上碰到一个家长,家长非得接他到家中吃一顿饭。小陈推辞不过。家长嘘寒问暖的,还说过年想把小陈接到家中一块儿过。小陈慌忙谢绝了。他心中一直还在惦记着那封刚投寄出去的信。在信落入邮箱的一瞬间,他似乎听到了一阵心跳,像是有一个青色的人影从眼前一晃而过。

饭桌上,小陈便向家长打听起老李的情况来。

呸!什么老李,就是一个老流氓!家长对老李简直不屑一顾,这让小陈暗地里有些吃惊。

那个老李呀,原来我们也当他是个老好人!过年过节,我们怜悯他无亲无故,一个人不容易,都要去给他送点儿心意的,后来才知他是那样的人!

家长望了望小陈，悄声说道，陈老师，我看你是个好人，千万不要上他的当，他狡猾得很呢，老是装可怜样儿！我们也不知他是哪个地方来的，据说念过书，后来打仗，还瘸了腿，唉，可能也是因果报应吧！他来这里十几年了，我们这边的人也没亏待他，他……他……他却做出这样的事来……唉……前两年，宋婶怜悯他，也是这个时候，给他提了一篮子糍粑送过去，哪知这不要脸的却耍了宋婶的流氓！宋婶多大年纪的人啦？什么事没经历过！他竟然还伸手进去摸人家的奶头！陈老师你还年轻，没社会经验，你得少和他来往，这人，可不简单呢，别看他的鬼样子，都是装出来的，他在这里还搞了一个寡妇，两人在一起姘居了一段时间，好在后来那寡妇害风寒死了！

　　小陈听得头昏脑涨。他说，那老李说的那个阿莲，你们晓得吗？

　　什么阿莲阿娇的？！没听过，肯定也是他瞎编出来的鬼话！家长愤愤然地说道。

　　回去的路上，小陈想，老李和家长哪方说的才是真的呢？他想，老李似乎并没有和他说假话，他也用不着对他说假话，但是家长的那一席话又让他有些动摇起来。

　　刚走到牯岭小学的石拱桥上的时候，小陈看到老李提着那个小榔头又在敲钟。这次可是真敲了起来，老李没想到小陈这么快就回来了，慌忙停了手，转身回小黑屋里去了。

　　小陈看了看表，发现钟并不是上、下课时间敲的。他感觉学生家长说的话可能是真实的，于是有些生起老李的气来。

他决定到学校后边的坟场去看一看。老李经常待在那里，一去就是半天。

坟场里荒凉如烟，几只黑鸦见到他，哇哇地从荒草中慌乱地飞到前边的梓树上去了。

他终于从众多的荒坟堆中找到了"阿莲"的墓碑。坟头立了块木料墓碑，上面歪歪斜斜地写着"爱妻阿莲之墓"。小陈蹲在这座坟前，心里五味杂陈。最起码，老李所说的阿莲是真实的，他又想，那为什么老李还要如学生家长所说的那样，去和一寡妇姘居呢？

这点让小陈有些摸不着头脑。

他听到背后有一阵细微的脚步声传了过来，转头看时，老李早已站在他的背后了。老李的脸色依旧难看得可怕，他一言不发地望着小陈。

小陈站起来，说，我随便走走，便看到了。

老李冷冷地说，他们都和你讲了我不少坏话吧。

小陈挠了挠头皮，朝他笑了笑说，是说了一些……你在这里还和一寡妇……

老李抬了抬手，打断了他的话，面如死灰。他一言不发地离开了坟场，脚步声比钟表的分针还沉缓。

六

一连几天，小陈都没有看见老李的身影。他像是故意躲着他似的，小黑屋的门一直紧闭着。夜里，小陈坐在昏暗的油灯下想，难道老李果真在骗自己吗？他一点一滴地回忆着老李的话，又想起学生家长的话，老李的形象便在他脑海中渐渐低矮了下去。

第二天清晨，小陈蒙眬中听到小黑屋的门吱呀一声开了。他又听到了一阵细微的敲钟声，钟声像是带有节奏似的，又仿佛在倾诉。小陈披着衣站在窗户前，看到老李敲完钟，抱着头，神色颓然地坐在石门上。

晚饭后，老李来到小陈宿舍。

几天未见，老李像是老掉了十岁，原本斑白的头发，全白了。小陈心里咯噔了下，有些怜惜地望着他，嘴里却说不上话来。他不知道说什么好。老李缓缓地拖着腿，坐在小陈的床沿上，说，他们说的，都是真的。

小陈依旧不知说什么好，他转身装作去给老李倒水，其实水瓶早已经空了。

老李说，有些话，说出来就舒坦了。再不说，以后就没得机会说了。小陈望了他一眼，老李凄然一笑说，有些事情，想一想，就通了；可有些事呢，一辈子也想不通啊。

老李说着，突然从口袋里掏出一个食盐袋子来，里面装着一大沓零钞。你拿着吧，但愿这点儿压岁钱，你不要嫌弃。

小陈被老李这一突然的举动弄得有些手足无措，他本来便是口拙之人，这下愈发慌乱。老李将钱放在小陈的手心里，紧紧地握着他说，你是个好小伙儿，等走出了那道门槛后，肯定会开朗起来的，你要相信我，我看人很准，这钱，你一定得拿着，就算我一点儿心意，成吗？

小陈小心将钱收下。他这些天原本心中要说的话，这下消失得无影无踪了。

老李叹了口气，继续说道，我知道他们会怎么说我，其实也没什么意义了……不管怎样，我还有阿莲呢……

说起阿莲，老李有些激动。他说，我没事，你坐着，我今晚只想和你说说话，我已经很久没有和人说过话了，我只想找个人和我说说话。可我又不知道该去找谁。我天天敲着这口破钟，听惯了钟声，一天不敲就感觉死了一样。老李很不自然地望了望小陈，拿烟的手有些微微发抖。人有时还是战胜不了孤独，于是我就找了那个寡妇……我有些坚持不住了，我真该死……但寡妇也很快死去。后来，我又尝试了不同的女人，最后是那个宋婶……结果弄得不可收拾。

那阿莲呢？你心里没她了吗？小陈有些心凉地问道。

老李悲凉地望着远方的夜空，良久才说，你相信这个世界上真的有鬼恋吗？

小陈迷茫一阵，也没能回答上来。

像你这般年纪的时候，我也相信爱情。可是现在，我越来越有些混乱了……我不确定我死后能否见得到她。你把我给你讲的故事，忘了吧……或许她根本就不存在，说完哽咽起来。

我已是肺癌晚期，什么都已看淡了。小陈听得心乱如麻，呆呆地坐在那里，不知说什么好。

老李站起来说，跟我来吧。小陈跟随着他走到了月色下的坟场。老李一言不发地抓起一块石头在阿莲的坟茔上刨起来。小陈看得目瞪口呆，他不知道老李为什么要这样做。土堆刨平，里面空空如也。

"假的？"

"是的。"老李轻轻地说。

"骨灰去哪儿了？"

"回来的路上就被没收了，后来再也没找到。"

"那你为什么要这样？"小陈指着空坟说。

老李丢掉石块，两手不知往哪儿摆放好。

"有的时候，人也需要自我欺骗一下的。"

"那阿莲也是假的吗？"

老李颓然地叹了口气，没有接他的话，而是转身走了。他像是生了一场大病，非常疲倦。转身的时候，对小陈说，你陪我去敲一次钟好吗？

小陈想去搀扶他，被老李拒绝了。他走得那么坚定，虽然拖着一条瘸腿。一轮寒月像把柴刀正斜斜地挂在树梢上，操场像撒了满满的一盆白银。牯岭小学四周万籁俱寂，他们的脚步声在雪地上显得格外刺耳。石门静静地沐浴在惨白的月光下，透过这道黑洞洞的门，那口破钟悄悄地挂在石门上面，显得格外诡秘。

老李从口袋里掏出榔头来，沉重而缓慢的钟声便从石门里传了出来，一阵阵地叩击着小陈的耳膜，他突然感到心一阵一阵地狂跳着，像是要跳出来一般。

老李敲完钟，将榔头轻轻地搁在门槛上。榔头从门槛上掉了下来，滚在老李的脚边。钟依旧在上面晃荡，传出嗡嗡的响声。老李再也没看榔头一眼。

这声音听起来，就和去年的一样。老李大声地咳嗽了几声说道。他掏出一根烟递给小陈，两人坐在石门的槛上默默地抽完烟。老李说，回去睡觉吧，天冷。顿了顿又说，明天就过年啦，一年又到头了……

小陈很想问问老李的病情。他的心如一堆乱麻，空荡荡的，里面像是什么都没有了。他站起来对老李说，你也早点儿回去睡吧，新年马上就到了……老李点了点头，我再坐会儿，待会儿就回去睡。

小陈回到宿舍的时候，他看到老李的烟头依旧在黑暗中一亮一暗的。第二天早晨，他被新年的鞭炮声惊醒了，窗外，天空飘满了鹅毛般的白雪，纷纷扬扬，不紧不慢地飘落着，将万物覆盖，世界洁白如初。老李歪着脖子依旧靠在石门旁，孤零零的，像是睡熟了的孩子，石门远处是白茫茫的一片。

可悲的第一人称

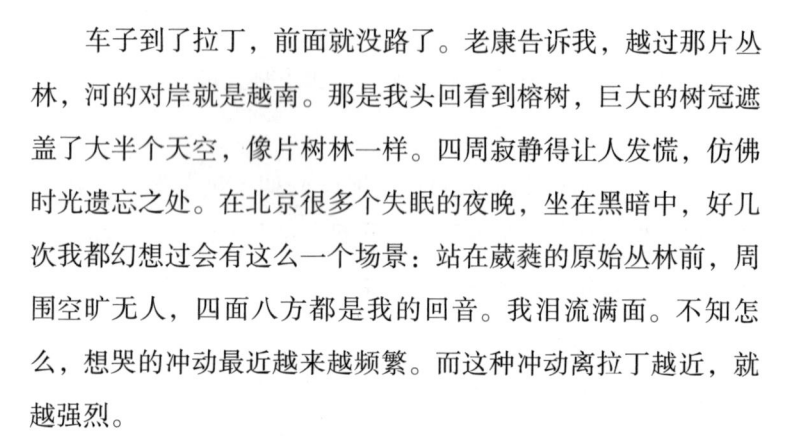

一

车子到了拉丁,前面就没路了。老康告诉我,越过那片丛林,河的对岸就是越南。那是我头回看到榕树,巨大的树冠遮盖了大半个天空,像片树林一样。四周寂静得让人发慌,仿佛时光遗忘之处。在北京很多个失眠的夜晚,坐在黑暗中,好几次我都幻想过会有这么一个场景:站在葳蕤的原始丛林前,周围空旷无人,四面八方都是我的回音。我泪流满面。不知怎么,想哭的冲动最近越来越频繁。而这种冲动离拉丁越近,就越强烈。

那天刚下完雨,阳光刺透密林,给草地铺满了碎片般的光斑。我踩着这些光斑,独自一人沿着林间小道朝深处走着。光折射在我的脚上,我走哪儿,它就跟哪儿,怎么也没法儿摆脱它们。我默默走了许久,抽完了烟盒中剩下的几支烟。空气湿润,林子里只有我的呼吸声,比失眠的夜还要静。这就是拉丁,终于没人知道我在这儿了。

回来的时候,天色渐晚,老康建议在拉丁留宿一晚,等明天一早再出发。我们就住老康家。院子里的母鸡咯咯地叫唤着，我知道她们在干什么了。一位过早衰老的女人正在宰杀母鸡，旁边站着一个浑身脏兮兮的小孩儿，帮忙扯着鸡脚。小孩儿羞涩地偷偷打量着我。老康女人将鸡头用鸡翅反剪着，吩咐小孩儿将盛血的碗端进厨房。她将手中血淋淋的菜刀麻利地往鸡身上揩拭了两把，扑通一声，鸡已被丢进柴房。鸡还在动，两只脚不停地蹬踏着，有一刹那，我的心猛烈地颤抖了几下。

小孩儿高兴得像过节似的，在院子里滚着铁环，被他娘呵斥着去烧火去了。老康在煺鸡毛，只有我坐在院儿里的黄槐下，像什么也插不上手的闲汉。拉丁小得像个拳头，从街的这头走到那头，三五十步就搞定了。我几乎没看到什么青壮年，几个牙齿掉光瘪着嘴巴的老人眼神里充满了好奇，纷纷瞥向我。他们一定嗅到了我身上带来的陌生人气息。

唯一的小卖铺在拐角处，我去买了盒烟。老板是个老女人，吸着旱烟，她用拉丁方言问我哪里过来的。我回答说从北京，她的嘴巴半天也没合拢。天很快黑了，白天的光在拉丁全面退却，稀稀落落的几个窗口开始亮起了灯。我听见山上的黑鸦叫唤得一声比一声凄厉，就在旁边高大的梓树上，像是不欢迎我这位不速之客。老康咒了几句，黑鸦就不叫了。老康就说村里谁谁怕是要落气咯！女人骂他是屁眼口。这话把我给惹笑了。

在这里，我吸引着他们的好奇心。我不想成为一个另类，离开北京的时候，我扔掉了那双高筒马丁靴，将留了几年的长发剪了，剃了个板寸头。镜子里是一张依然年轻和帅气的脸，轮廓分明，常有人说我长得像黄晓明，甚至比他更有韵味。然而除了这张好看的脸，我能拿得出手的东西不多。雾霾越来越严重的那会儿，我甚至想过要戒烟。特别是每天早上刷牙咽炎发作而干呕的时候，吸烟让我感到恶心和罪恶感。我甚至也戒了酒，有一个月，我曾滴酒不沾。我尽量让自己看上去像个有修养的文明人。这一切，都是李蕾离开之后的事了。在微信朋友圈，我尽量让自己看上去充满阳光和正能量。做义工的场景、每周一次的有氧运动以及变着花样的厨艺……这些生活被我一一晒了上去。我断定李蕾会看到。即便是她不看，她身边的朋友也会转告她。我只想告诉她，离开她之后，我过得很好。

　　回来的时候，晚饭已经弄好了。老康正打发儿子喊我回来吃饭。见到我，小孩儿立刻转过身，蹦蹦跳跳地跑开了。钨丝灯很暗，不超过十五瓦的功率，灯壁被烟熏得乌黑。老康问我喝不喝酒，还没等我做出回应，他提高分贝说，男人嘛喝点儿嘛，示意他女人去倒酒。五步蛇泡在玻璃酒坛里，足有小孩儿手臂粗。我定睛瞅了一眼，便不敢再看。我问老康，林子里有蛇没有，老康哧哧地笑了笑，说怕蛇？怕蛇你可别去了。只一下我心里就没底了。蛇肉好吃呢，怕它个卵，只有蛇怕人，没人怕蛇的。老康也不懂敬酒的规矩，自己端起碗独自喝了一大口朝我说道。我不想被这个人看尿，就说不怕。女人大概早就知道我要去那里了，眼神中难免露出一丝不可理喻的神色，有些不自然。好几次我看见她似乎想问了，但是又担心我听不懂她的方言。我猜想她内心里会想些什么，大概是我脑子进水，或读书读傻了之类云云。

晚饭后，我回复了最后一条短信。是小鸟发给我的，她给我打了五十多个电话，未接后又发了足足有二十条短信，都是问我在哪里。这个女孩子有些偏执狂。要拒绝一个人，最好是别给他任何的希望。我给她回了一条短信，我在拉丁，再也不会回北京了，再见。我想让她早点儿死心。我们只是同一条绳上的蚂蚱，彼此都给不了对方希望。她马上问我拉丁在哪儿？我拔掉手机电池，把手机卡扔进了火塘，将手机送给了老康。老康一旁目瞪口呆地望着我，唯唯诺诺一番，有些不好接这个烫手山芋。我说你拿着，我用不着，送你的。他接了。想想裤兜里再也不用装那玩意儿了，我心里感到一阵轻松。从前一个电话就能左右我的情绪，左右我的计划，一天到晚，我必须都开着机，证明着自己的存在和存在的价值。要是几天下来没收到一条短信和电话，我就会心慌，感觉自己遭到了全世界的抛弃。眼下我不再考虑这些。是我抛弃了全世界。那晚我头回没认床，早早睡下，睡得很沉，中途也没醒来。

第二天起了个大早，老康牵了匹老马，领我去了昨晚的小卖铺，我买到了一些生活必需品，包括香烟和蜡烛以及一双高筒雨靴。那个老女人听说我一个人要进山住，嘴巴张得比昨晚更圆。我已经开始习惯这些。当初老康听到我的计划时，嘴巴张得比她还圆。老康是我远方的表叔，这些年他以为我在北京发了大财，没料想有天竟然要来这里，惊讶得半天没合拢嘴。

　　进山的小路被一场大雾锁着。老康在前头带路，手里拿着木棍挥打着路边草茎上的雾水。雾水沾着草籽，我的牛仔裤很快也湿了。空旷的山谷偶尔传来几声鸟的怪叫声，声音大得吓人。接下来的夜里，我将独自面临这些。我不应该感到害怕。多亏了老康，我才知道靠越南这边的原始森林里有这座简陋的房子。我当时在电话里也只是和老康随便聊聊，我说我想找个无人的地方独自待待，山里头最好。他问我要待多久，我说三五个月或一年两年，没个定数。我问他有没有好的地方推荐，越安静越好。他问我寺院行不，我说寺院倒是安静，但是我不想见人。老康在电话那头儿有些焦头烂额，说等他想想。挂完电话的第二天，他来电说倒还真有个地方符合你的要求，但那是在原始森林里……我一下就来了兴致，连说好。

　　从拉丁到那儿，要穿过六十多里的原始丛林。一路上沿着河谷走，进了喀斯特地貌区，山峰峻拔，典型的石英砂岩峰林峡谷地理特征。走了二十多里，路过一座木头搭建的桥。那桥身已经有些年月，踩上去摇摇晃晃的，而脚底下水流湍急，走在上面有些心悸。马站在岸边不肯过河，老康费了一番心思，才牵过来，我看到马腿在打战。

　　"就怕山洪，每回一涨水桥就冲掉了，一两个月都过不去。"老康像是在告诫我。过河后，开始正式进山。早些年开垦的小径，都被荒草掩盖，不用力分辨，很难再找得到方向。若迷失在茫茫林海中，最悲观的想法，是成为一个野人。

早些年，有人在里面种植过药材，盖了茅屋，种植失败后，此后再无人来管理。没人住的房子都有些脾气，墙缝长满了青草，墙头还立着一丛蓬蒿，长势喜人。好在还没倒塌，托老康的福，前些日子他晓得我要来，提前叫了几个人替我修葺了一下，新加盖了厚厚的一层茅草和杉树皮，用石头压着。窗户是用塑料封住的，留了几道小口透气。我一眼就瞥见了那张只剩三只脚的床，床上铺了一层厚厚的茅草。那只已经不知去向的床脚，眼下正被几块垒起的红砖替代。屋子里弥散着一股霉味，墙上贴的几张已经发潮的报纸已经字迹模糊，一看时间是十年前的。我将包放在床上，心想这才是我真正的栖身之所。

我们一番忙碌，将物品从马上卸下来，房间一下子就显得逼仄起来，堆满锅碗瓢盆和棉被，到处都是碍手碍脚的东西。我说得有张桌子，还要一把椅子。老康愣了下，说下回给你带，面露难色地补了一句，我家也只有吃饭的桌子……他答应每隔半个月给我送一些生活必需品和吃的过来。我说好每趟给他一百元辛苦费，其他买的东西另算。他假意推辞了一番，露出一排被烟熏得发黄的牙，最后将钱装进了兜里。临走前，他留下一把砍香蕉用的劈刀，说防身用，刀被他磨得锋利。他提醒我房梁上有几斤煤油，装在一个金龙鱼油瓶里。又说晚上最好生一堆篝火，以防夜里有野兽过来惊扰。要是真来了野兽怎么办？我问他。下次我给带杆鸟铳来吧。他说。

他牵着马走了，马脖子下的铃铛响了一路，消失在林野中。他临走的眼神就像一个早已猜到结局的赌徒,胜券在握地朝我微微一笑。我知道他们在等着我几天后狼狈不堪败退回北京。有水,有食物,有火,我想足够了。我不想回去。

二

我花了半天工夫,锯倒了一棵水青冈。我看上了它的年轮,足有洗脸盆那么大。我又花了两个多小时,尽量将它打磨得更平滑些。将纸张铺展开来,树桩顿时成了书桌;而将饭菜端上来,瞬间又变成了饭桌。我随便锯了几段树身,充当凳子。斧头劈进木纹,木屑四溅,林间散发出一股木纤维的清香,这种感觉真好。一会儿天热了起来,我脱掉上衣,赤着胳膊,汗流浃背地劈了一会儿柴,将它们置于阳光中暴晒。林间寂静如水,只听见斧头的咆哮声,仿佛每一声都砍进了大山。劈累了,我坐在树桩上休息一会儿,抽根烟,发力大喊一声,声音像落入了无尽的虚空之中,过了很久,山谷那边才传来回音。是我的声音。眼下,我成了这片原始丛林中真正的主人。茂盛的亚热带植物让我心情愉悦。它们有的喜阴,有的向阳,而我决定这些动植物的生死。我沿着那条被荒草掩盖的小径,围着房子四周查看了一番。它的左侧有一条山涧,不到一箭之地,便是一个深潭。潭水绿得发蓝。那天我赤条条地在水潭里畅游了一番。回来的时候,我看到了那块被开垦的地。足有百来亩,长满了个把人高的蓬蒿,成了麻雀的嬉戏地。我的脚步声惊到了它们，麻雀儿飞跃而起，铺天盖地，天空像被撒了把砾石。真是块好地，我望着这块宽阔得惊人的荒地发了一阵子的呆，心想当年那些人大概就是在这块地上种植药材失败的。

头几个夜晚有些难忘。天黑前，我准备了大量的枯木，烧起一团熊熊的篝火。噼啪作响的火星高高跃起，直奔夜空而去。在这儿能看见璀璨浩瀚的星河。在北京这些年，我已经记不得星星的样子了。我贪婪地仰望着夜空，浩瀚的星河像命运的图纹，一下子像回到了小时候。那时我常高抬着头走路，我走，月亮也跟着走，我故意停下脚步，它立马停滞不前。那时我常担心自己长不大，现在想起来，长不大多好。晚饭用地瓜解决。一边烤火，一边随手往火堆中扔几个地瓜，不一会儿就煨熟了。地瓜是从老康家带过来的，在他家那是喂猪的，我说给我几个地瓜吃时，女人不加掩饰地笑了。地瓜很香。夜空中的星星让我仿佛回到了旅程中西藏境内的怒江边上。那是我和李蕾在一起为数不多的几次旅行。也是这样繁星密布的夜空，怒江在脚底下奔涌，像上帝的咆哮，令人胆寒心怯。李蕾抱着我，将脸贴在我胸前。我分明感觉到了她在微微地颤抖。那一刻我像个爷们儿，紧紧地搂住她，我觉得应该保护她一辈子。

我记得和李蕾分手那天，我们最后做了一次爱。那是在新租到的房间，在西二旗那块儿，那天刚搬进去，一切都还是陌生的。我们曾经花了大半个月时间天天下班就逛58同城，给房屋中介打电话，最后才租到的那里。现在想起来还记忆犹新，房间有个书柜，配了写字台，第一次来我就喜欢上了。我花了大半天的工夫来收拾,将房间的每个角落都清理了一遍,仿佛要将前任租客的所有气息统统驱除掉。在席梦思下面,我翻出一张令我永生难忘的纸条和两个尚未使用已过期的避孕套。纸条上只写着一句话:"再堕一次胎,我就自杀。"她始终冷眼站在一旁,看着我忙这忙那,手里拿着烟,一根接一根地抽着。我讨厌女人抽烟。我讨厌接吻时闻到女人的烟味。她像在专心等我干完活计,然后将烟蒂捻灭在易拉罐里说:"小娄,我们做爱吧。"

床铺上是新铺的蓝色条纹被单。那是她有天逛西单看特价买的。她心血来潮,一次买了三个四件套。我们小心翼翼地躺着,谁也没有说话。进入的时候,她咬着嘴唇,眉头拧了一下。她始终闭着眼,这么多年了,她一直拒绝做出某些改变,这种表情曾经让我愤怒过。很多次,我感觉身下躺着的不是李蕾,而是李蕾的尸体。她一直拒绝我窥视她下体的好奇心。有几次,我感觉像在强奸她,但是最后关头,她依然没能让我得逞。白天做爱我们还是头一回。我们闭上眼,尽量不去看对方的脸。我感到内心深处某些虚伪的东西,在白天里被赤条条地暴露了出来。她依然一声不吭。完事的时候,我的手不小心触碰到了她的下巴,发现她在流泪。我不想再说什么。一切都是多余的。房间的角落里除了那个巨大的拉杆箱,还有她的耐克包。她将一切都已经收拾停当,随时做好撤出我生活的准备。

"你不准备说点儿什么吗?"

临走的时候,我送她去车站,我说。

"还有什么好说的吗?"她冷冷地瞥着我的脸说。我一下子感觉到不自在起来,意识到自己说了句废话。"我终于要离开这座讨厌的城市了!"她装出一副得以解脱的样子又补了一句。

我陪她过了安检,一直送她上了卧铺。行李安置妥当,她耷拉着头,坐在铺位上,目光直直地盯着窗外。我说拥抱一下吧,她站起来,动作僵硬地回应了我的请求。所有人都朝我们看。火车将启动的时候,我和她道了声再见,她依然冷冷地瞥着我,像是看清了我的本质。火车徐徐启动了,我下了车,望着她的影子渐渐远离我而去。那一刻我意识到,我们再也不会见面了。

有那么几天,我感到了一种彻底的解脱。那些日子,我天天盼着天黑,像个昼伏夜出的幽灵,在路边的烤串摊前,喝到烂醉,似乎在庆祝单身得解放。我有为数不多的几个朋友。和我一样,他们从南方来,是资深北漂,熟悉这座城市的每寸肌理。他们说起这座城市,如数家珍,他们甚至知道这座城市平均每晚将有一百五十五人出生,九十九人死亡,而这些生命大多开始或结束于这座城市医院的九万四千七百三十五个床位上。我觉得他们熟悉北京,比自己家乡还要熟。酒精带来的短暂麻醉让我感到无比的充实和虚空。我们在深夜坐在马路牙子上,干号着汪峰的《北京,北京》和崔健的《一无所有》,一路踉跄着各自回"家",回到空无一人的房间。李蕾一定是将我内心里的某个东西带走了,几天过后,这种空缺感愈发强烈,我开始感到了难过。

三

一个星期后,老康果然没有食言,给我带了米和蔬菜,还顺便带了杆鸟铳来。有了鸟铳,我心里顿时踏实了不少。夜里常听得见野兽的怪叫,有时在山林,有时感觉已经逼近屋前了。有天清晨起床撒尿时,发现一团黑黑的东西从我眼前忽地一闪而过,钻进了林子,吓得我一哆嗦,差点儿尿一身。林子里成天响彻着遮天蔽日的鸟叫声,密集的啁啾声一大清早就把人闹醒。老康浑身湿漉漉的,他说外边下了两天的雨,河水差点儿漫过独木桥了,问这边下没。我说下了点儿,不过很快就停了。下雨天,我就猫在屋里烤火,将火塘烧得旺旺的,围着火看书。劈柴偶尔炸响一下,火星连串跃起,直冲屋顶去了。我享受着这难得的平静。看书,烤火,打盹,一天的时间可以无限漫长,直到我想结束的时候,闭上眼往被窝一钻为止。再也没谁来打扰我了。我可以安心地做自己想做的事情。那些依附于身已久的陋习与怪癖,在新的环境中仿佛得到了彻底的涤荡。我甚至再没有失眠过。在梦中,我总是在奔跑,奔向陌生的山谷、河流和麦田。梦中的天空湛蓝如洗。那些曾经屡屡光顾我梦境的阴霾、追杀与犯罪的场景,再也未曾出现。我甚至一次也没梦见过广告公司、难缠的客户、垃圾短信和彻夜排队的楼盘开售活动。那些令人生厌的东西终于可以从我脑海中清场了。每天我按时醒来，精神饱满，饱受折磨的失眠症终于消失了。天气晴朗的时候，我甚至重拾了多年前的习惯，开始记日记。有天晚上，我梦见自己重写了那本丢失了的手稿，成为一个作家。我梦见自己坐在西单图书大厦，大批的读者包围着我，我应接不暇地一个个开始签售。我是当过一阵子的文青，"非典"时期，我没在学校，而是躲在怀柔的一个乡村，借住在友人的一间小房子里，昏天暗地地写了一个多月，完成了四十多万字的青春文学的手稿。现在想来，依然觉得有些疯狂。那部不知所云，纯粹出于青春荷尔蒙冲动的长篇差点儿要了我的命。我咳嗽，发高烧，以为感染了"非典"。友人那阵子出国了，留我一人终日足不出户，买了几大箱方便面和香烟。没有人知道我感冒的事。我想象自己是一个和死神赛跑的人，想象自己是向医生询问还能活多长时间好继续完成《人间喜剧》的巴尔扎克。我像要向那本书献身一样，每天一张开眼，就沉浸在小说的情节之中，快乐并痛苦地燃烧着。那时我有成名的欲望，想象这部作品问世之际，一举成名的盛况。稿件快要完成的时候，一天中午我去村里小卖部买香烟，剧烈的咳嗽声吓着了女店主。我一离身，她就报了警。那时我刚泡好方便面，嘭嘭的敲门声便响了。我看到几位"全副武装"的医护人员站在门口。一量体温，他们直接当我是"非典"病人，送进了医院。

说来就是那时认识小乌的。

我在医院里被观察了一个礼拜，直到退了烧，方从"非典"的恐惧阴影中挣脱出来。小乌是医院护士，她观察了我一个礼拜。她问我，是不是某校农学系的。我错愕地点了点头。她"全副武装"，透过镜片，我看见她似乎微笑了一下，像是印证了刚才她大胆的猜测。

　　稍熟络点儿后，她告诉我，原来她曾经去过我们学校，一起搞过一次联谊活动。

　　"我知道你写东西，写得不错，在你们校报上曾拜读过你的大作！"即便戴着厚实的消毒口罩，我也能察觉到她的笑容。

　　"幸会幸会！"我有些尴尬地应承道。

　　"可没想到在这里见到你这个大帅哥了！"她收住了笑容，换了一副正儿八经的模样继续说道，"幸好不是'非典'，我们院已经死了八个了，上星期还死了个护士。"

　　"怎么称呼你？"

　　"叫我小乌吧。"她说。

　　一个礼拜后，我的烧退了，查明是虚惊一场，可以出院了。我记得那天回来的路上，心里总是隐隐地感到不安，像是有什么事要发生。一进门，我就知道是什么事了。放在桌上的手稿不翼而飞了。我找遍了房间的角落，也没发现手稿的影子，哪怕一片纸也没留下。我不知道是谁拿走了那沓稿纸。晚上，我虚弱不堪地躺在床上，一口一口地往嘴里灌着红星小二。酒从嘴角溢出来，混合着眼泪，我颓然地感到整个人生都他妈的完了。四十多万字的稿纸，摆在案头有些唬人。我甚至连书名都没来得及定。我真想杀了那个偷手稿的人。我发了疯似的，四处打听和寻找。村子里的人都用异样的眼光看着我，觉得我一定是脑子出问题了。那段时间，我消瘦得厉害，我常想镜子里那个蓬头垢面，胡子拉碴，形销骨立，一米八的个头儿瘦得只剩五十六公斤的人还是我吗？

因为失散的手稿，我不得不重返医院，设法找到小鸟。除了那天来到我房间的几位护士，我再也想不起谁能动我的手稿。她见到我，有些惊喜。我只好把缘由向她说清楚。

"这部手稿对我很重要……"我咬了咬下唇，望着她说道。

她二话没说，开始四处帮我打听。她竟然寻到了那天来我房间里的医护人员。

"能帮你问到的人，都问了，都说没有……"她的语速慢了下来，仿佛担心这个结果我一时半会儿受不了，"我猜人家也不会拿，人家那会儿当你是'非典'病人呢，这手稿人家敬而远之都来不及！"她说的倒也是实话。排除了医护人员，最后一条线索也断掉了。这个打击让我万念俱灰，成天游荡于郊野，不知道下一步该怎么走。时值毕业季节，大家都开始陆续办理离校手续，忙着找工作和道别。只有我像个局外人似的，似乎一切都与我没啥关系。

她安慰我，说兴许是有人拿去看，看完就会还回来的。这个美好的期待在七月份的时候，随着毕业季的结束而彻底破灭。我不得不接受手稿丢失的事实。它再也不会出现在我的面前，仿佛压根儿就不存在一样。

毕业后，身边的同学偶尔发来短信，或在QQ群里彼此交流新工作的感受。那个时候，我通常保持沉默。我等来第一份工作的时候，秋天已经来了。和他们都不一样，我进了广告公司，当了一名广告策划。我再也没有写一个字，甚至羞于向别人提及自己曾经是一个文学青年。唯有小鸟，我们偶尔还保持联系。每回都是她主动约我。我们吃过几次饭。她是河北邯郸人，身高目测一米五八，略显秀气，说不上好看，但也不讨厌。下岗工人家庭，父母无固定收入，摆了个早餐点，家里还有一个上学的弟弟，小鸟目前在这家医院当一名护士。我对她的了解仅限于此。其实已经足够了。

我们一起爬过一回长城，在京城待了四年多，竟然还给黑导游骗了，说是爬上长城得好几个小时，于是坐了所谓的缆车上的长城，结果还没十分钟就上去了。是秋天，风和日丽，带着秋天独有的凉爽，树叶已经泛红。我们站在箭垛前，一起遥望远处的崇山峻岭。有一会儿，我们都停止了交谈。我能听见她微微的喘息声。她的肩头有意无意地往我这边靠了靠，仿佛带着某种暗示。我的手下意识地搂住了她。小鸟仰起头，脸颊有些红，和当时的氛围显得很贴切。我若不亲她一口，显得有些虚伪了。我当时就是这么想的。我只想亲她一下，再没别的企图。她的嘴唇很柔软，接下来是舌尖的部分，她在回应着我，蛇一样缠绕着我，我想退出，她紧紧抱住我脸颊绯红地唤了我一声:"小娄……"

当时我做了什么呢?我有些尴尬地掏出烟,迎风点了。烟熏得我睁不开眼。我感到她的手朝我伸了过来,两手紧扣……然后松开。我们像是什么事也没发生过,接下来,聊起了某某明星最新出的八卦新闻,最后一起下了山,天快要黑了,我们搭末班车回了城。当时我刚搬出学校,与人合租了一个两居室,在北三环附近,她说住得远,我没问具体远到哪儿,我们在地铁站分的手。地铁呼啸而去,一切都像梦一样。

一天深夜,我被电话吵醒了。电话里传来小鸟的哭声。

她说喝了酒,就在我楼下。已经是夜里十一点多钟了。北京的秋天寒意逾深,从被窝里爬起来,我冷得打了个寒噤。实话说,这个电话让我有几分恼怒。自从一起爬了长城后,我有意回避某种即将成为可能的现实。至少我极少主动与她联系。她蹲在白杨树下,瑟瑟发抖着,手机屏幕的荧光正好映照着她的脸。我走向前,老远就闻到了一股酒味。

"这是怎么回事了?"我一把扶她起来,她一个趔趄,扑到我怀里呜呜地哭泣起来。"她们欺负我……""谁欺负你了?"我说。"室友,她带男友进来……说好彼此都不带异性进来的……"她像受了极大的委屈,没再说话,抽泣声更大了些。哭声在夜空有些刺耳。我只好把她先领进屋再说。

事实上,她已经醉了。她一头栽倒在床,连鞋子都没脱就睡了,像摊泥一样。我打了热水给她洗了脸,她迷迷糊糊地应了声,蒙头继续大睡。半夜的时候,她突然醒来,说很难受。

我给她倒了杯水,她一把搂住了我……那是第一回有女人躺进我的被窝,以至于第二天早上洗漱的时候,室友带着男人们心照不宣的眼神朝我不怀好意地笑了笑。

四

这杆鸟铳成了我最忠实的伙伴。每天我背着它,往林子里梭巡一番。有了它,我底气足了许多。每次深夜传来的野兽声,我就下意识地抓紧它。已经进入雨季,房子上盖的茅草已经不足以遮挡暴雨的冲洗,天晴后,我又加盖了两次。我在山那边的清涧里发现了鱼,尺把长一条,运气好的时候花上一个上午的时间,就能钓上来一条。那种鱼天生不爱诱饵,运气糟糕的时候,我连续三天都一无所获。一场雨过后,云雾从苍翠的丛林氤氲而起,给山谷笼上一层白纱。空气中满是氧离子的味道,深深地呼吸几口,整个心肺都像清洗过一遍。我大喊一声,它就跟着回应一声,仿佛整个山林都是我的。这种感觉真好,世外桃源一样。没事的时候,我就端着鸟铳往密林里钻,运气好能打到野鸡。将野鸡煺毛,剖开清洗干净,用野芋头叶裹起来,刨个土坑埋起来,上面燃起一堆篝火,一边烤火一边煨鸡,一会儿鸡熟了,从土里冒出一股浓郁的香味儿……就差点儿酒了。

我甚至打起了那块无人看管的地的主意来。这真是一块好地。这么肥沃的土地,插根筷子也能长出芽来,闲弃在这儿,真让人心疼。

老康再来，我就向他打听了这块地。

"上次是几个广东人承包的，在这试种，种了些天麻和三七，头两年长势很好，快要收获的时候，没想害了场奇怪的大病，全都烂地里了。"

"没打药吗？"

"打了，但刚好碰上连月的大雨，打也白打，最后都没效果。"

"我猜这地有问题，之前也有人尝试过种党参，结果也是一无所获。"

"那现在这地归谁管呢？"

"名义上是村里的，不过这地方谁来啊，那么远，给人都没人肯要。"

老康走后，我有点儿动心了。反正闲着也是闲着，还不如种点儿什么。每天我在这块地里忙活一会儿，将地里的蓬蒿砍掉，蓬蒿是很好的肥料，几场雨下来，它就腐烂发酵，变成了肥沃的养分。

这真是块好地，种什么收什么。我种了几茏胡萝卜，长势意外地好。当我吃上自己种的蔬菜水果时，甚至对老康的告诫嗤之以鼻了。这儿根本没什么虫害，蔬菜水果没有天然的敌手，压根儿不需要洒农药化肥。想想自己曾经吃下的那些带有农药残余成分的东西，顿时觉得这才是真正的人间食粮。

春雨霏霏的时候，我有了一种将这片土地重新种上药材的念头。这念头很强烈。我自信不比那些广东佬差。说不定他们只是些大老粗，不懂得科学种植。我的自信来源于我大学里学的农学专业。大学四年，虽然吊儿郎当，但是最基本的理论还是懂的。我和老康说了自己的想法。他呆滞了几秒钟，像看一个陌生人一样看着我说："你可想清楚，这可不是闹着玩的，虽说现在药材行情看涨，一直供不应求，但这可是高风险投资，而且一项投资就得二十来万啊！"

我是认真考虑过才这么说的。二十万，可不是想拿出就拿得出的，好比身上的肉，全拿出来，我整个人都给掏空了。它是我在北京这几年下来的全部，曾经它也带给我一丝希望。那是在楼市还没这么疯狂之前。我问过老康，那些广东佬每天都住这儿吗？老康目光中带着疑惑，摇了摇头。"我和他们不同，我天天就住这儿，我懂它们，我天天侍弄着它们呢！"我仿佛找到了底气。

为了表示自己不是在不务正业，我开始正儿八经筹划起这件事来。为此我特意出了趟山，和村里签了租借这块地的合同。他们像捡了大便宜似的，为这块荒地再次找到主人而感到高兴，我只花了不多的钱就签了合约。接下来我进了趟城，去买了种子和化肥，以及相关的书籍。那几天，大概是老康透露了消息，我的家人也得知我去了拉丁的消息。他们想方设法劝我早点儿出来，甚至扬言要来把我找回去，劝我不要在这儿不务正业。我自然没法儿向他们解释，我来这里，是因为我抑郁的缘故。我只能托老康转告他们，我来拉丁，是奔着药材来的。我在这里有梦想、有目标，并不是来虚度年华和逃避岁月。

家人将信将疑，没再来骚扰我。

我在拉丁雇了二三十个老汉，帮我进去挖地和薅草。浩浩荡荡的一群人，扛着锄头箩筐进了山，像是去干一件新鲜事。几天后，偌大的地里沟壑纵横，都种上了天麻和三七，蔚为壮观。他们干完活儿，我让老康给他们结了工钱。老汉们对我充满了好奇，眼神中夹杂着玩味和几许不解。干完活儿，我打发他们都出去了。

山里又回归之初的寂静，所不同的是，现在陪伴我的不仅仅是画眉、山涧和白雾，还有这百来亩的药材。像赌博一样，我将所有的赌注都押在这上面，期待它们冒出新芽，开出梦想之花，结出希望的果实。

我开始感觉到了心态的变化。刚进山那阵，我只想将内心里那些乌七八糟的东西赶紧释放出去，洗涤得越干净越好。而现在，仿佛一颗空空荡荡的心，开始了某种期待与守望。这个举动很疯狂，几乎没有退路。

五

一连几天，我都在做同样的一个梦。我抱着一个婴儿，从医院的走廊出来，孩子已经死了。我不知道自己是去安葬他还是要把他带回家里。我的身后总是响彻着女人撕心裂肺的哭声。在梦中,我一刻也没回头,硬着心肠,一直让自己消失于车流熙攘的大街。

醒来的时候,我感到烦躁不安。已经记不清李蕾是多少次出现在我梦中了,和她一起出现的,还有两个被我们"杀害"的婴儿。确切地说,是我们的两个孩子。

流掉第一个孩子的时候,我们站在崇文门车水马龙的街头发过誓,发誓要在这座城市扎根下来,再也不让这种悲剧在我们身上重现。这个誓言几乎没含金量。一年尚未到尾,我不得不再次接受这个令人沮丧的答案。那是一个灰蒙蒙的冬日,小得像个咸蛋黄的太阳勉强挤出雾霾,露出了一抹惨淡的红。天桥那头儿就是同仁医院。我们排了整整两天队,不过是去做一个简单的人流手术。这是我第二次陪同一个女人去挂人流的号了。这种感觉让我感到几分羞惭。第一次还历历在目,是在一家偏僻的私人医院做的,也是在冬天。我们转了几趟公交,才找到那家毫不起眼的三层小楼。那次人流给李蕾心里留下了永恒的阴影。坐诊的是一位头发雪白长了副慈祥脸的老妇人,架着金丝眼镜,嘴角始终挂着职业性的微笑。她诱导性地问了她好几个私密的问题。我在不远处的走廊尽头,打开窗户抽烟。医院很安静,李蕾压低了声线,我还是听见了。她的回答让我感到几分惭恧。我狠狠地将烟蒂摁灭在窗台上,使劲儿一弹,弹出丈八远,正好插在一团残雪上。我就是那时看见那只白鸽的。它蹲在烟蒂的旁边，翅膀好像受了伤，正瑟瑟发抖着。我们的目光相遇的那一刻，它似乎想着要逃，扑棱扑棱，却只挪动了几尺远。它绝望地处于我的目视之下，索性耷拉着头，面对着脚下的一堆脏雪，像已臣服于自己的命运。我朝周边看了看，没别的鸽子了。四周全是灰扑扑的建筑，连树木也是灰扑扑的，了无生气，映衬在阴霾的苍穹下，让人倍感压抑。我一根接着一根地抽烟，直抽到嘴巴发麻。手术室传来女人的哭声，门开了，最先走出来的是护士，随后我看见了李蕾。她的长发低垂了下来，贴着脸颊，脸色苍白得可怕。她一手扶着门框，一手提着裤子，裤头尚未系好，差点儿要滑落下来，露出半瓣雪白的屁股。我脸一热，赶紧向前一步，挽住了她。她趔趄了一下，差点儿滑倒，像根软塌塌的面条倒在我怀里。

后来失眠的很多个深夜，我脑海中都会不由自主地浮现出那天的场景。她软绵绵地朝我扑了过来，如同找到了一个依靠。而我无力接住她，摊上了一个大麻烦似的，只想甩手走开，逃离这个令人厌憎的地方，一个人走得越远越好。

我还记得李蕾第一次抽烟时的样子。那天晚上，我们看了场电影，很晚了，我们依然在等末班车。是很冷的冬天，站一会儿，脚都冻僵了。她说要不打车回家吧。我没作声，在一旁抽着烟。末班车等了许久也没来，我们只好打车回了家。因为那忍着寒冷白等的十几分钟，她回来就发了火。

"不就为节省那十几元钱吗，有这个必要吗？"

她仿佛点燃了我。

"就是了，怎么的？"我的火气腾地冒了上来。

"那也没用，跟着你，反正这辈子甭想买房子，你就一辈子租房住的命！"

那一刻，我们都停止了争执。空气仿佛凝滞，这句话像抛出的矛，狠狠地刺中了我，也连带着伤到了她自己。她意识到这句话的分量，却不知怎么收尾好，索性一把抓着桌上的烟盒，掏出一根点上了，重重地吸了一口，片刻我就看到了每个头回抽烟的人必然经历的狼狈相，她剧烈地咳嗽着，眼泪都咳出来了，弯着腰，将头深深地埋在怀里。不一会儿，我听见了她嘤嘤的啜泣声，夹着烟的手在微微地颤抖着。我走过去，接了她的烟，捻灭在烟灰缸，她扑在我怀里，向我道歉说刚才不是故意的。

她这么说，倒真让我难过了起来。

我给不了她什么。甚至是租间像样的单间，都要精打细算半天。在崇文门那阵子，算得上是我们最为颓败的时期。我们挤在逼仄的隔断间里，摆了一张床后，连张桌子都塞不进了。隔壁是对情侣，说什么都逃不过我们的耳朵。大到他们争吵拌嘴，小到他们吃饭接吻和爱爱。这些声音很长一段时间让李蕾感到难为情。晚上的时候，她不得不戴上耳机。我相信，隔壁也一样听到了相同的声音。有天晚上，他们为了回不回老家发展的问题，大吵了一架，甚至动了手。一记响亮的耳光宣告女人的凄厉的哭号来临。他们闹了大半宿，女人的哭声愈发弱了下去，天快亮的时候，我听见隔壁传来的女人的呻吟声，那种再熟悉不过的声音还是让我感到心跳加速。这种方式我也曾经尝试过。和李蕾吵翻后，我们默不作声，两具互怀敌意的躯体，碰撞在一起，直到发出和解的声音。好几次，我们都心照不宣地选择了这种方式重归于好。

完事后，李蕾通常沉默地坐在床上，一言不发，从桌上的烟盒里抖出一根烟点燃。我一步一步地看着她吸烟的动作从笨拙到熟练。她已经无师自通，能张嘴就吐出一个个浑圆的烟圈来，连珠炮似的。这不足五平方米的隔断间里，被她一个接一个的烟圈所占据着。她面无表情地盯着我，或者墙壁，一根接一根地抽着烟。那真是一段暗无天日的时光，想想就令人颓丧。看不到任何希望。

六

这些药材长势良好，比我想象的要好得多。它们从没害过病，大大出乎我意料。我时刻观察着它们，每天薅草，定时追肥，时刻留意虫害。外边的药材行情一路看涨，据说每个月一个价。甚至已经有外地的收购商得知了我种植药材的消息，提前就打了招呼。一切都顺利得出乎人意料。连老康都换了表情，有些艳羡起我当初做的这个决定来。每天我都要围着我的地转上一大圈，累了就坐下来吸根烟。我的头发越来越长，我只得找根绳子将它们束起来。有天我在水面上看见了自己的模样，邋遢的头发，乱糟糟的胡子，如此糟糕的形象竟属于我，如果不是定睛看，我以为那一定是别人。那个我如此陌生，带着一股子脱离文明社会的野蛮味，仿佛已经早已告别人间烟火。

就是那天起，我暗自下了决心，不干出点儿名堂，绝不出山。

我为重新燃起的梦想隐隐地激动着。老长一段时间以来，梦想这个奢华的话题令我感到无比厌憎。就像我憎恨那套虚伪的社会法则一样。

有天夜里，我梦见自己咸鱼翻身，药材丰收，卖了一百万，大赚了一笔。我几乎是笑着醒来的。屋外正下着大雨，电闪雷鸣，透过窗户，我看到一道道强烈的闪电像上帝执鞭，愤怒地抽打着天空。我将被子裹得紧紧地，梦里的喜悦顿时荡然无存。那个晚上我再也没合眼，内心反而充满了焦虑，这么大的雨，将我心中那团刚刚复燃的火浇了个透心凉。

我的地会不会遭殃？天刚蒙蒙亮，我就跳下床，冲往我的地。还好，尽管有些损失，但总体来讲，算是逃过一劫。

大多数时间，我是无事可干的。带来的书早已读完。刚来的时候，我还每天认真写篇日记。随着时间的推移，能写的东西越来越少。每天的日记渐渐变短，到后来，一个字都不想写。翻来覆去都是一些重复的东西：起床，吃饭，干活儿，睡觉……看着都有些厌烦。在城市的时候，每天都有做不完的事，忙得像个陀螺，想让自己慢一点儿，歇一歇，都是奢侈的梦想。可没想到，真的歇下来了，又有些莫名的恐慌与空虚。唯有这块地是我的意义所在。它让我坚持了下来。

我开始怀念那些忙碌的日子，怀念城市的喧嚣与灯火。当我开始思念这些喧哗之物时，其实已经被孤独折磨得奄奄一息了。孤独，成了我大多数时间无法打发的主题。空无一人的山野，大喊一声，唯有回声忠实地呼应着我。有天我在房子外边看见了一只蜗牛。它潜伏在阴暗的灌木丛中。我如获至宝地将它带回了家，装在玻璃瓶里。和那些清风、明月、松涛不同，它是活物。我滔滔不绝地和它说了一上午话。蜗牛的触角在透明玻璃瓶里碰来碰去，显得有些不耐烦起来。那是我说过最多的一次话，我已经很久没说过话了，一下子成了话痨。两天后，它就一动不动死了。死亡，是它唯一可以反抗我的方式。接下来我只能喃喃自语了，在山涧、在林野、在地里、在树上，我开始变得絮絮叨叨，嘴里净重复些废话。

无聊透顶的时候，我去捉树蛙，用荆刺儿将它们开膛破肚，处以凌迟；有天我碰见两条蛇在交配，捡了块石头，将它们砸成了肉泥。它们死后的身子依然紧紧地缠绕在一起。我变得越来越烦躁不安，体内像安装了一个引爆器，随时都会爆炸。我会面向一片虚空，无缘无故地发出怒吼，或大声地呼喊自己的名字。咆哮是我最常用的发泄方式。

有几次，我竟然梦见了小乌。

我的第一次给了小乌，她不是。这也是后来我心里对她有些芥蒂的原因。虽然那晚她喝醉了，但并不妨碍她下意识地做出本能的反应。我的第一次笨手笨脚，以慌乱而告终。然而第一次的经历永生难忘。这位看上去瘦弱的女孩儿身上迸发着一股令人吃惊的力道，像蛇似的紧紧地缠了上来。在梦中，我又体会到了这股力量，她让我着迷，如痴如醉……有时想着小鸟的身体，有时则是李蕾，反复回味着她们俩的不同。我甚至幻想着她们俩一起出现在我面前的场景。这种念头越强烈，对孤独的体验就越深。我梦想她们马上来，然后极尽疯狂地干那件事。每晚我都被这种念头折磨着，直到东方发白也难以安眠。在黑暗中，我不厌其烦地数着绵羊，带着极度疲惫，才能睡上一会儿。而白天，则萎靡不振，像丢了魂似的。

七

我的药材是唯一能给我慰藉的。我看着它们一天天地成长，尽管过程那么漫长。但当梦想一点儿一点儿地往所希望的方向发展时，我心里便充满了光。它们在支撑着我这具疲惫之躯。

最后的一年，我靠着这种信念一路勉强支撑着。

这一年，我差点儿丢了命。

那是发生在六月份的事。雨足足下了两个星期，基本没有停歇过。那么大的雨下了这么长时间，我还是头回见。以至于我的房子的一角面临倒塌的危险。天空像撕裂开无数道口子，大雨倾盆而下。这样的天气就连从屋里走到我的地都是很大的麻烦，就更不用指望老康在这样的天气里给我送粮食来了。更不凑巧的是，我的粮食在雨季开始前就已经差不多告罄，按约定，他早就该来了。现在雨下得那么大，想来也来不了了。

那是我第一次体验弹尽粮绝的窘境。大雨把我的蔬菜冲得七零八落，那包铁砂和硝也受了潮，鸟铳顿时变成一个废物。大雨天，我唯一可做的就是生堆篝火，坐在那儿干挨饿。那时我还对老康多少抱有一点儿幻想，我想每天尽量少吃点儿，尽量不做什么运动，就这么干等着他来解救我。但直到我吃光了屋里能吃的一切，老康也没来。雨倒是弱了下来，但依旧断断续续，没有停歇的意思。我必须面临一个严酷的事实，家里已经颗粒无存了。能吃的东西都已经落肚。不能这样坐以待毙，接下来我只能冒雨进入丛林，去赌运气弄些吃的。

最先到手的是那些丛林里的野芭蕉。我将它们割回来，勉强撑了几日。野芭蕉很快吃完了，接下来不得不重新寻找新的充饥之物。运气好的时候，可以逮到几只树蛙和蜗牛。用树枝串起来，架在火上烤，极香。我想我是饿坏了。饿得实在受不了的时候，我甚至吃过田鼠。铁夹子是广东佬他们留下来的，锈迹斑斑，现在重新派上用场。我将夹子埋在田鼠们常出没的地方，用树蛙做诱饵，然后开始了守株待兔般的等待。时间无限漫长，一分钟都拖沓得足够让人崩溃过去再活过来。吃一只田鼠，可以扛两天，这个等待还是划算的。田鼠很聪明，只要挨过夹，同类再也不会在此区域活动。每次只能打一枪换一个地方，后来纯粹就是碰运气了。可好运气离我越来越远，坏兆头倒是接踵而至。

雨水一直没有断。我最担心的是那座独木桥,我想起老康曾经的忧虑,说如果遇到山洪,独木桥十有八九会被冲毁。没有桥,老康即便有来解救我的心也没法子。他不可能挑着东西飞过来。我不敢想象接下来的事,它只会击垮我的信心和毅力。

头回吃野木薯,把我给整惨了。

发现野木薯的时候,我高兴了好几天。我找了好半天才发现它们。我冒着雨,兴冲冲地挖了一筐回来,煮了一大锅,结果吃完,晚上就不行了。

我不知道木薯食用前必须清水浸泡几天,必须将它的氰苷溶解干净才能吃。那天晚上我上吐下泻,浑身像着了火似的,那团火在体内焚烧,我听见一个声音在体内不停地呼喊:

"结束吧,结束就解脱了!"

我醒来的时候,雨已经停了,窗外有阳光倾泻进来。我虚弱得连动下指头都困难。唯一确定我还活着的,是茅草顶上的那只肥硕的蜘蛛。它一直在不停地织网。看到它忙碌的样子,我知道我死不了了。我静静地躺着,山涧那边轰然作响的瀑布响了一天又一夜。只在雨水充沛的季节,它才发出这么大的响声。这一天一夜,我都在迷糊状态下,醒来又昏过去。等我彻底醒来时,那只蜘蛛已经不知去向,我看见头顶上方挂着一只巨大的蜘蛛网。它已完工,只需守株待兔了。

老康依然没有来。我拖着虚弱不堪的身子下了床。我的脚一沾地,极度的饥饿感迅速而来,一个趔趄,我又歪倒在地。

八

在最后的几天里,我就吃锅里剩下的木薯。横竖都是死,还不如当个饱死鬼,我当时就是抱着这样的心态的——结果反而没事了。锅里的木薯不知被施了什么魔法,突然没毒了。后来我才知道,木薯浸泡了几天,毒性已经消解。每天我就靠着这几小口,躺在床上,等待着死神的光临。

我没能等来死神,却等来了小乌。老康来的时候,距离雨季开始已有一个月之遥。他身后跟着的还有小乌。那时我虚弱得连吃惊的表情都没有了。我抬了抬眼皮,看见已经剪了长发的小乌,她看上去那么陌生,然后我就听见了小乌的哭声。她抱着我哭了起来。

小乌怎么来了?她怎么找到这里的?我的脑子乱成一团,那时我还处在极度虚弱中,意识依然游离于身体之外。老康解释说外面下了近一个月的雨,独木桥给冲走了,所以等了这么久才来。我静静地躺在床上,看着他一脸苦相,笨拙地解释和道歉。

她的到来,给我带来了阳光和快乐。那是我人生中最快乐的一段时间。从最低谷冲上了云端。最快乐的事情莫过于意外的惊喜。她在我最孤独的时段,来告慰我枯寂的心灵。很久不见，她的厨艺大有长进。在她的细心调理下，我的身体逐渐康复起来，再也没有什么比怀抱一个女人更幸福的事了。我迷醉于女人身上散发出来的芬芳，变得贪婪和毫无节制地索取。我像要把丢失在丛林中的时光从她身上弥补回来。我甚至有些后悔来到此地，在这杳无人烟的地方荒废光阴。我内心对她充满了感激，只有她才是真正爱我的，在我最需要的时刻出现。我带她去看我的地。她惊得一愣一愣："没想到你成土豪了！"那几天，我带她走遍了周边的丛林。这儿对她来说，无疑充满了新鲜感和刺激感。有那么几天，她天天要我带着她出去转悠。听我给她分享这儿的各种新奇事，深夜造访的野兽和丛林深处的怪叫声，把她吓得一愣一愣，钻进我的怀里尖叫。

"你不怕它们吗？"她愕然地问道。

"难道你没发现我才是真正的丛林之王吗？"我带着夸耀的语气说道。

"我可没发现，我来的时候，你已经饿得只剩半条命了。"她戏谑道。

她告诉我，她已经从医院离职，受了施洗，每个礼拜六都会去教堂和其他信徒一起做礼拜，参加他们的集体活动。

"唯有主的恩典是无私和博爱的。"她换了种虔诚的语调，她这么说的时候，我觉得就像面对一个陌生人。

"那你现在做什么？"

"做房地产置业顾问。"

她告诉我，自从我离开以后，房价已经疯了。她说出的那个价格，让我感到某种庆幸和解脱。

"知道我怎么找到这儿的吗？"她神秘地扬了扬眉头说。

"我也想知道。"

"全中国有几十个地方都叫这个名字，只有这儿，符合你的个性，我赌你在这儿，感谢主，果然没错！"说到这儿，她有些得意起来，"你这副造型，都可以直接去演《启示录》了，回北京肯定是把他们雷死啊！"她建议我把长及胸襟的胡子剃了，那样会更帅些，我没答应。

我想象着有朝一日出去的尴尬场景了。他们一定会把我当外星人或猩猩来围观。想当初我一意孤行，那么坚定，打好主意再也不会回这个该死的世界。小鸟的到来，扰乱了我的计划。她告诉我国安的最新战绩，新增的地铁线和太阳宫附近新开设的台湾咖啡馆。最后她皱着眉，给我清洗了一大堆臭气冲天的衣服，那些衣服已经大半年没有洗过了，长满了霉斑。

丛林的新鲜感没多久她就腻了。开始抱怨起没电，每天晚上只得早早睡下。也上不了网，发不了微博，登不了微信，没法儿在朋友圈分享我这原始人的生活经历。当然也没有洗澡间和厕所，从北京一下子回到原始人的生活水平。对于她的抱怨和不适应，我一点儿也不吃惊。

小鸟一共陪了我一个月。她问我走不走。我迟疑了一会儿，说：

"这还有我的地，那是我的这几年的心血。"

"这能卖多少钱？"

"一两百万吧！"

她有些吃惊，眼光闪亮了一下。

那个数字一出口，把我自己也吓着了。我还从没有想过能卖这么多的钱。

小乌临走前的那晚上，我陷入了疯狂之中。像是将身上的最后一点儿力气要在她身上消耗完。我想着她早点儿走，我将早点儿重新回到熟悉的孤寂环境当中，我已经习惯了这儿的一切，甚至对外界充满了恐惧。然而我又对这个女人充满了不舍。我乞怜于她的爱，没有她，我又将独自置身于这孤独无边的黑暗里，一人忍饥挨饿，甚至这个世界再也不会有人关心我的生死。我不过是一滴掉入大海的水滴，功不成名不就，死不足惜。这么想的时候，我又害怕她的离去。

九

送小乌走的那天，我的心异常空落。焦躁的情绪显露无遗。片刻的欢愉过后，意味着永恒的孤寂。她告诉我，她忘不了我。"我会等你回来，我爱你，小娄。"听到这话的时候，我的心猛然怔了一下。就像听到孟姜女对丈夫说出的承诺。然后我看到她眼角溢出的泪水，扑簌扑簌地掉。我一路送她到了拉丁，临别的时候，她试图再次劝我：

"跟我回吧，小娄！"

我扬了扬手，制止了她继续说下去。

我说你赶紧走吧,不然就来不及赶路了。几个山里的汉子和女人远远地盯着我看,我的模样把他们都吓住了。他们从来没见过头发胡子这么长的人,简直跟野人一样。有人背着我朝我指指点点,像围观一个怪物,将我评头论足一番,然后下了结论,此人肯定是个疯子,要不就是逃犯。

我几乎是逃回了那片丛林。外面那个世界是如此陌生,和我格格不入,分外隔膜与生疏,唯有回到丛林,才能让这颗慌乱的心彻底安定下来。

我的药材依旧长势良好,到年底就可以收获了。这也是我唯一的寄托。听老康打听,这几年药材的价格都在水涨船高,节节攀升,根本就不愁买家。我想象着卖完药材的场景,钱包鼓胀,仿佛又回到刚来北京那年,整个世界都不在话下。

有那么一段时间,我想是值得回味的。

那是和李蕾恋爱的第一年。她刚从一家广告公司跳槽,去了一家大型外企,当文案策划,工资翻了一番。那是我们最愉快、乐观的时光。好几回在崇文门的街边小巷口吃麻辣烫的时候,我们都聊起过房子的问题。那时我们齐了心,攒了股劲儿,雄心勃勃,想努力几年,弄个小房子的首付,哪怕是买在通州那边也行。记得加在一起的存款接近二十万的那天,晚饭后我们一起挽着手去广场散步,浑身都洋溢着幸福感,好像已经有了房一样。当时我就是这么觉得的。我还从来没见过这么多钱呢。我们每天都拼命地加班,接外活儿,只想多存点儿,好接近首付的底线。

正当我们信心满满的时候,李蕾却意外怀孕了。

那正是房价疯涨的时候,一天一个价,涨速快得让人瞠目结舌,晕头转向。好不容易我们精疲力竭无限接近首付的时候,房价一脚油门,一夜之间又变得遥不可及起来。那段时间,我已经不敢再去房产中介,深深的挫败感如山一般压了过来。孩子是个累赘。在这个问题上,我们几乎没有争执,默默做了选择,毕竟他在最不该来的时候来了。

看见那个卖鸽子的人,是回家的路上。就在医院对面,一条简陋的胡同口。一个戴着雷锋帽穿着笨重棉服的男人,叼着烟,熟练地燂毛、解剖,剪刀使得比医生的手术刀还熟练。地上满是燂去的羽毛和鸽血。关在笼子里的鸽子眼中放出渴望被垂怜之光,它们可能已经意识到自己即将面临的命运。我顿时想起医院平台上的那只受伤的鸽子。它似乎想着要逃,扑棱扑棱,却再也飞不起来。那几尺的距离,是它最接近天空的高度。

那真是难忘的一天。我们彼此都不说话,生怕一言不合,就点燃了火药桶。上天桥的时候,一位常年在这附近乞讨的老翁坐在台阶上眯着眼打盹,脚旁放着一个洋瓷碗,里面放着寥寥无几的钢镚。李蕾走到老乞丐前,她蹲了下来,从坤包里抽出一百元放在老乞丐的洋瓷碗里。我没看错,是一张崭新的百元大钞。我以为她疯了。她什么话也没说,站直身来快步上了天桥。留下目瞪口呆的老乞丐和诧异的行人。

我每次想起李蕾的时候,心里都会痛一下。这不仅仅是因为我们一起有过两个孩子,更重要的是,我们曾经一起心怀过同样的梦想,一起为之奋斗过。每当想起那段经历,我的心都会不由自主地颤抖,然后就是无边无际的哀愁与伤感。我们曾无限接近于那个梦,却眼睁睁地看见它一步一步地远离而去,一切破碎,一切成灰。

十

我的失眠症不知何时又悄然回来了。这叫人绝望。曾几何时,我以为战胜了这个恶魔。特别是在这丛林的前两三年,它消退得无影无踪。每晚我都很快入眠,在这儿,没有任何东西能干扰到我。

然而失眠和焦虑在这个冬季频繁地光顾。老康告诉我,今年的冬天似乎和往年有些不大一样。

"冷,这儿从来都没这么冷过。"他是穿着笨拙的羽绒服进来的。

我倒也不怕,再冷能冷过北京?我准备了足够过冬的劈柴,将房屋加了一层茅草,又缝补好漏风的窗纸,老康也带来了充足的粮食。我担心的,是我的这些药材。老康说,年前就可以叫人来收购了。但药材贩子最远只到拉丁。我叫他到时多叫些帮工来,帮忙挖出来,运到拉丁去。老康满口答应了,说要得。刚好过年,外出打工的年轻人也都回来了,劳动力是不成问题的。

听他这么说，我踏实了不少。

现在最困扰我的，是失眠。彻夜无眠。一会儿想着小鸟，一会儿想着李蕾，一会儿又担心起药材无人来收怎么办。好在白天精神萎靡也没有关系，反正大冬天的没什么事，坐在火堆旁打盹，掰着手指头算日子，挖药材的时间一天天地逼近了。那几天我吃不好，睡不香，仿佛有什么事要发生。其间老康又进来了一次，问他帮工的情况怎样了，他说大部分得年底才回来。

"会有什么事呢，放十二个心吧，都包我身上，等那群后生回来，吆喝一嗓子，随便就是几十个，一两天准给你弄完。"

老康走的那天，天气晴好。第二天便变天了，下起了毛毛细雨，此后天气越来越坏，老天就没再开过眼，每天都是湿冷寒潮的鬼天气。我隐隐约约有些担心起来，察觉有些不妙。离过年还有一个礼拜的时候，天气更糟糕了些。这时老康来了。

他身后跟着七八个老汉，比他还老。

"你不晓得吧，南方冰雪灾害呢，听说百年难遇，现在高速公路、火车都封了，一步也走不了啦，后生们堵车上都两三天了，还没吃没喝的！你讲老天害人不害人？"

这结结实实给了我一棍子。我可没想到情况是这样子的。带来的老汉倒也不多废话，埋头就干起活儿来，晓得这天气的厉害。这些娇嫩的药材，这样的天气里，挨不了几天就会冻烂，腐化掉，变成一堆肥料。坏运气始终在我身旁徘徊，腊八这天,上午竟然下起了冰雹。即便是这些老汉们,也很多年没见过冰雹了。更要命的是,下午时分,一场蓄势待发的大雪,飘飘扬扬地落了下来。真是一场大雪,即便在北京,也是罕见。鹅毛大的雪从午后就没停止过,一直下了整夜。半夜的时候,被大雪压垮的树枝噼里啪啦地响到天明,放爆竹似的。第二天大家哆嗦着起来时,发现整个世界被白雪厚厚地覆盖,已经分不清哪儿是哪儿了。那一刻,我体会到了什么叫功败垂成,我离成功曾那么近……我只差点儿没当着人哭出来。这就是我的命。

雪依然在下着,经朔风一吹,变了硬雪,滴水成冰,到处都挂着长长的冰凌。那些老汉们个个惶然起来,活这么久,他们极少有人见过雪,更何况这么大的雪了。他们已经顾不得挖药材赚那份工钱了,还不赶紧撤,大雪封山,估计能不能回家过年都成了问题。

他们叫我一起撤,我拒绝了。

我死也要死在这里,死在我的地里。这儿是我最后的阵地,是我的战场。我了无牵挂,坦坦荡荡。那些财富、信仰、爱情以及尊严,在这场百年难遇的大雪面前,贱得像个婊子。

十一

小鸟再没回来,然而我将必须回到她身边。一个月后,冰雪开始融化。老康找到我,当时我正坐在一棵树上。他问我在干吗,我说在钓鱼,你说话小点儿声。他惊愕地望了我一眼说地里哪来的鱼?

"你下来我有话要跟你说。"

"什么话,我今天还没钓到一条鱼呢!"

"你要当爹了!"

"母亲是谁?"

"小乌,你那位小乌给我打电话让我告诉你的!"

我扑通一声,直接从树上滚了下来。

"她说回去后才发现怀孕了,她说她是基督徒,不能去流产,要给你生个娃!你还是赶紧回北京吧,待在这儿不是个事……"

我像看一个怪物一样瞪着他,然后爆出一长串浪笑来。我的样子像是吓到了他,他说你没事吧?我没空理他,在我的地里一路狂奔起来,像匹野马,长长的笑声统统给抛在了身后。我走进我的地里,像走进自己的家园,在雪地上撒着野。然后扑通一声躺倒在自家的大床上。那张床大得无边无际,整个一片洁白无瑕的世界。我腾地坐起来,抓了一把雪,大声吼了起来,整个丛林都在回应着我。我闭上眼睛,世界就排除在黑暗之外。我假装我已经死了。我默数着来自黑暗中的声音,一下、两下、三下……直到心跳越来越快,快到要从里面逃出来。

天高皇帝远

一

河对岸，就是外省。对岸条件要好些，茅溪很多人家，都把女儿嫁那边。这叫跨省婚姻，其实并不远，比去趟县城还要近。那边山没这儿险峻，地势也没这高，茅溪当年还吃不饱饭的时候，嫁去对岸的女儿最多。当年茅溪被讥为穷山恶水出刁民的地方。地理位置偏僻，深山老林，连块平整点儿的地都难寻。茅溪人要盖房，都找不到合适的屋场，只能依山建，半边露在悬崖边，得垒石块才能余出台阶。晒苞谷、黄豆，需要晒坪，就成了麻烦事。茅溪自然就没稻田，是县里少数没有田地的村。外村苞谷都拿来喂牲畜，茅溪这边当成主粮。伴着红薯，茅溪人一年大部分时间，就吃这些杂粮。用苞谷磨粉，做粥，叫玉米糊糊；酿酒，叫苞谷酒，喝多了烧心。茅溪人只有逢年过节，才吃点儿米。米要从二十多里外山下的集镇买。茅溪人眼红山底下那些有田的，特别是稻子金黄的时候。有时山下人也和茅溪人做点儿交易，山里人采的药材，摘的粽叶，用麻袋扛下来，兑换成新春的米，又扛上去。

刘小京这天从乡里去岸坪，路上正好碰见黄莲村主任六六。黄莲是茅溪最穷最偏僻的村,如鸡冠,靠最西北,只几十户人家,至今没通公路。六六手里提着一只蛇皮袋,正从山上下来。见了刘小京,远远打了声招呼,叫了声刘乡长。刘小京指了指他手中的袋子问,几斤?六六掂了掂说,两斤多点儿。问他要不要。刘小京摆摆手说,你不晓得嘛我怕蛇哩!六六就笑。袋子里蜷缩着一条五步蛇。问他这月逮几条了,六六回答说七条。这边说什么都是"逮",逮烟、逮饭、逮酒、逮人……一个字几百种用法。六六逮蛇是茅溪屈指可数的。一座山,他纵横着走几道,这山便再无蛇的藏身之处。蛇有蛇路,鼠有鼠道,循着它的路寻,才不会当无头苍蝇。秋收过后,蛇要准备冬眠,蛇肉最鲜美。刘小京问,是不是去找王麻子的。六六点头。刘小京说,顺道,我也去趟岸坪。岸坪的王麻子专做蛇生意,他将各种蛇收集起来,送往县城。县城又有人专往广东送。广东人最爱吃蛇。天上龙肉,地上蛇肉。王麻子将这句窜改过来,常挂嘴边。

茅溪多蛇,且五步蛇为主。这蛇毒得狠,咬上一口,不及时救治,要夺人命。早些年,有人进深山砍柴,手指不慎被咬了一口,喊天天不应,叫地地不灵,无奈只得用柴刀将咬伤的手指砍掉,裹了草药,方保回一条命。六六从没被蛇咬过。他靠捉蛇,能把一年的农药化肥钱挣回来。

前天老蔡家的狗黑子被蛇咬了,嘴巴肿得瓢大,眼看活不成了,你猜后来怎么着?六六坐在刘小京的摩托车座后问。刘小京扭了扭头,听他继续讲。今天听老蔡讲,他家黑子已经消肿了，跟没事似的。我就和老蔡说，你这两天要是跟着你家黑子，它去哪儿，你跟着去哪儿，你就发大财了！刘小京又扭了扭头。狗被毒蛇咬了，它自己会进山寻药。狗鼻子最灵了，它晓得哪种药能救它。这种药，人是不可能找得到的。你讲老蔡是不是错失了个发财的好机会？刘小京哈哈一笑。

入秋后，苞谷和黄豆已经上了梁。要晾个把月，才彻底晾干水分。苞谷干了好碾，以前靠手工，半天工夫，手就酸了。一年前，集市上有专门碾玉米粒的机子卖，比手工要快得多。茅溪人把晒干的玉米粒儿和大豆放进粮仓，上了锁，一年的口粮都靠这个了。到了岸坪，六六在老樟树下了摩托。王麻子家就在樟树下。六六问，什么时候上黄莲去？刘小京说，过两天。过两天，他要负责黄莲这边的民意调查问卷的打分，附带征收农村医疗合作保险的费用。六六就说，等你上来，到时来家逮酒。刘小京说好。

刘小京在岸坪忙了一下午，到天麻麻黑才赶回乡里。岸坪属于茅溪管辖，老八这两年学着柏溪那边的，也养了娃娃鱼。乡里希望能借鉴柏溪的经验，出个致富的典型，于是就让老八出头。岸坪这边养娃娃鱼的自然环境不比柏溪那边差。刘小京小时候，常在放学路上的山涧小溪里逮到。以前没人稀罕这货。夜里，娃娃鱼会学婴儿哭。碰上走夜路没经验的，以为碰上鬼，吓得汗毛倒竖。也不知何时起，这东西竟珍贵起来。外地人听说这边多，出高价钱来收购，一两百元钱一斤。大家一窝蜂似的，纷纷去摸。几年下来，娃娃鱼就真稀罕了，涨到了一千多一斤。大的似已绝迹,连小鱼苗也罕见了。再过几年,再有经验的人也逮不着一条,以为绝了种,上了岁数的人连连叹气。

没料想,柏溪那边竟有人学会了人工养殖。借着山涧的暗河,往里面打了个几百米深的洞进去,变成一个巨大的娃娃鱼养殖基地。是广东人过来投的资。也是那边的人过来搞的培训,教的技术。养大了,再卖到广东。整个产业链业已形成,几年下来,小具规模,省市领导、各路媒体来了好几批。老板据说投了一个亿多,几年下来就翻了翻,盈利可观。都是远销外地高档酒店。附近几个乡有些眼红,都来取经。茅溪乡也去参观学习过,回来当天党委书记韩建设就召集班子开了会,说他们那儿可以弄,咱茅溪各方面条件不比他们差。溶洞都有现成的,我们放着这般条件不弄,道理上说不过去。当场就拍了板,作为茅溪的重点工作来抓,要刘小京负责此事。

刘小京那天见了老八,老八忙得连撒尿的工夫都没有,裤兜里的手机响个不停。有钱人讲究排场,请人吃饭,很多奔着这道菜去的,老八的生意不红火也难。普通人是吃不起这么贵的东西的,行情好的时候,这玩意儿高达一千多一斤,一顿饭,没个几万下不来。听老八这么一讲,刘小京暗自里也咋舌。他一年的工资估计还吃不起人家一桌饭。想着这些,心里有些感叹。他也吃过,没想象中的好。那顿饭是老八做的东,在县里最高档的海豪酒店,请厨师专门做的。刘小京是作陪的。作陪的还有他的上头韩书记。老八真正请的人是张县长。

老八那天带了条六七斤重的去,吩咐厨师做了几种味道,有清炖、有红烧,弄了一桌子。可能县里厨师没做过这道菜,刘小京望着上万的材料,吃了几小块,再也咽不下去。老八很热情,刘小京就有些窘迫,望着碗里的,吃又吃不下,浪费又有些可惜。他偷偷瞥了眼张县长,张县长笑吟吟地端着酒杯,与坐在旁边的老八频繁地碰着杯,碗里的鱼块几乎没工夫动,猜不出他的心思。

回去后,刘小京就想,这么难吃的东西,大城市的人怎么就当成宝了。不仅难吃,还死贵。他觉得搞这个,还不如搞旅游业。茅溪是澧河的发源地,空气新鲜,风光险峻,溪水清澈见底,隔着一两米深,也能看得见鹅卵石上的花纹,水捧起来就能直接喝。城里人什么不缺,就稀罕好水好空气。然而即便从县里到这里,都得花三四个小时,就甭说省里市里了。都说无限风光在险峰,但是能真正领略到好风光的人,也就是这些年不断冒出来的驴友了,他们不满足于圈起来的风景,热衷探险和发现新大陆。但即便是这样,知道这儿的驴友也不多。前年刘小京见过一对从省城来的年轻夫妇,背着登山包和帐篷睡袋,向他打探去黄莲怎么走。刘小京就觉得惊异,问他们怎么知道黄莲这个地方的。年轻夫妇回复说,在一个驴友论坛听人推荐的,听说这儿风光好,趁还没有开发破坏,过来玩玩。刘小京上网查了查,黄莲在驴友圈的口碑很不错,网上有好几条有关黄莲的攻略路线。

当年路尚未修通,走路靠双腿,从乡里去趟县城打个转身，得两天。两年前乡里才硬化连接县城和外省的省道。路通畅后，茅溪到县城就快多了。乡干部们大多数人家都安置在县城。周五下午回县城，周日下午赶来茅溪。刘小京也不例外。韩书记让刘小京去柏溪取经，也是有想法的。刘小京还是副乡长，他女朋友小齐已经是柏溪的党委书记了。两人正在处对象，每个周末都是一块儿回的县城。比起外人来，刘小京有天时地利人和的优势。柏溪交通便利，离县城近，比茅溪富裕，经济好出一大截。刘小京有时心里有些小疙瘩，觉得待在茅溪，也不晓得何时才有出头之日。

茅溪乡的街道一眼可以看到头，这边大点儿声说话，那边就能听到。那天傍晚才回乡里，老梁家的米粉铺子还未关，刘小京就将摩托车停靠在铺子前，喊了声老梁。老梁探出个头来，问逮饭没？刘小京熄了火，拔出摩托车钥匙，说还没，进厨房点了个腊肉干锅，要了瓶啤酒，坐下慢慢喝。墙角挂着一台脏兮兮的彩电，CCTV-5正在回放NBA的比赛，詹姆斯正在战斧式地劈扣。老梁递了根烟过来，问这么晚还没吃？刘小京回说去岸坪了。听说茅溪要搞娃娃鱼了？刘小京说是的。老梁说，搞这个的如今都发财了。刘小京抬起头笑笑，说你要入一股不？老梁摆摆手，我这个死脑壳哪挣得到那灵泛钱？却问谁有这本事弄这个，刘小京说，朱来发。老梁摸摸下巴沉吟一番说，他啊……

朱来发年轻时名声不佳，家里穷得没米下锅，偏又好吃懒做，喜欢干些偷鸡摸狗的勾当，让人不齿。有次偷到六六门上来了，被六六扭住，狠狠羞辱了一顿。从此远走他乡，好多年没个音信。直到几年前才回，不知怎的，就发了，剪了个寸头，手机换成了iPhone4，穿着讲究，皮鞋发光，见了人远远地打招呼，掏出芙蓉王散，满脸堆笑，像变了个人。问这么多年去哪儿发财了，语焉不详，只说在外面做点儿小生意，混口饭吃。回家马上就把老家那摇摇欲坠的旧房推了，盖了个五层的砖房，里里外外收拾得利索，"过火"那天叫大家去喝酒，回来的人说，家里搞得客气不过，城里该有的，来发家都有。都说来发发了大财，喜酒钱一分没收，还每人都打发一包黄芙蓉烟。这话传到六六耳中，心里有些不舒服。他说，来发那钱不知怎么来的？就他这品性，狗改不了吃屎哩！别人听了，笑而不语。

正吃着饭，刘小京听见乡政府的喇叭响起。播着的是本地的民歌。前阵儿，韩书记去市里开会，回来号召大家表演节目，要去市里参加民歌节的舞蹈比赛。听说在市里得了头名的，就有机会在省城大剧院亮相，参加全省的民歌大赛。这阵子，每天晚饭后，乡政府年轻点儿的干事和附近善于跳舞的大妈都被号召起来，在院子里要排练上个把钟头的舞。负责教舞的是茅溪中学的体育老师老吴。吴老师五短身材，光头凸肚，脸上永远挂着笑，远看像尊弥勒佛，但唱歌跳舞玩乐器样样拿手。茅溪这边的民歌，能唱一天不重复。

刘小京吃完饭，体育新闻已经播完。他让老梁将账记在乡政府簿上。乡政府和老梁签了协议，吃饭签单，年底一块儿结。天已染成墨色,乡政府门前唯一的路灯亮了起来,院子的人都还在练舞。干事琪琪看见刘小京,朝他扮了个鬼脸说,你偷懒!刘小京将摩托车放在篮球架下,回说,你莫乱讲,我才逮完饭呢!说着,就站在琪琪边上,依葫芦画瓢,跟着吴老师的口令跳起来。他发现跳得最好的大学生村官彭理不在。琪琪说,彭理又被借调到县里写材料去了,要两个礼拜才回来。刘小京就说,这家伙走了怎么也没和我知会一声。彭理和刘小京住一个套间,刘小京睡外面那间,彭理住里间。两间房相通,进里面必须得从刘小京的房间借道。彭理来茅溪的第一天,就和刘小京住一起。他比刘小京要小三岁,乡政府数他最年轻。

跳到九点多,排练队伍方散。刘小京去冲凉,见彭理房间的门虚掩,里面灯亮着,喊一声没人应,里面没人,彭理电脑却开着的,书桌上翻扣着一本《三字经》,旁边摆着他最近临的帖,写满了一版的"永"字。刘小京下意识又喊了声彭理,将电脑的音量调大,听汪峰的《青春》,抓起毛巾去洗手间冲凉。起身的时候,不小心将《三字经》碰到了地上,发现书里夹着一张纸,似乎是从日记里撕下的,留有日期,写的是去年春天的事。刘小京扫了几眼,里面全是彭理的内心独白,"站在人生的边缘,我不知道当大学生村官是不是正确的选择,来这儿转眼一年,也没有正式转正的希望……人生总是充满着无数的选择,我多么渴望有那么一条路能永远朝着目标走到底……"刘小京看了心里有些堵。夜里的秋蝉依然没有停歇的迹象,嘶嘶叫着。他想起前几日和彭理闲聊时,彭理似乎有些灰心，对考公务员没再报什么希望。去年彭理落了榜，这个意外让他消沉了一阵儿。他说再考一年，要没考取，想去广东闯一闯。

二

几天后，省城下来一批媒体记者，要到县里挂职，待两个月，每个乡镇分派到一两位。有省城日报社的，也有省电视台的，县里宣传部罗部长组织接待，各乡镇党委书记都召集齐了，当天午宴结束，领各自的挂职记者们回乡。茅溪分到一位省城晚报的记者，也姓韩，叫韩光明。是位年轻编辑，三十岁左右，瘦瘦高高的，架着副黑框眼镜，不爱说话。韩书记称他为韩大记者，他忙摆手说，叫小韩就行。问韩记者哪人，回答说是省城的。韩书记脸上装出仰慕的样子说，大城市来的，果然就是不一样。韩记者谦虚地笑笑。

从县城到茅溪，开车得三个小时。山路十八拐，一直沿着澧河转，但见青山隐隐，绿水迢迢，远在天际，又近在眼前，路极其险峻，悬崖峭壁，嶙峋怪石迎面而来。从没晕过车的小韩也有些吃不消。终于到了茅溪，车进乡政府院子里。一个穿着湖人24号队服的微胖高个儿笑脸相迎。书记介绍说，这位是我们副乡长刘小京。这边刘小京早已伸过手，与小韩握了握。待寒暄完，就问小韩哪年的，小韩说了。书记笑笑说，那你俩还是同龄。又出来一位青年女子，韩书记接着介绍说，这是干事琪琪。你们都是同龄人呐,都年轻有为,未来靠你们了,我们这些老家伙已经老啦!琪琪笑笑,和小韩也握了握手。小韩看她左手腕部位文着一朵花。待认真看时,那边已经收回去了。

书记看看表,对刘小京说,韩记者就交给你了,你领他先去住处,看还需要买些什么生活用品,带他去老梁那儿看看。小京应了,忙把小韩的行李取下来,双手提了往房间走。跟在后头的小韩要伸手,小京说我来!边走边说,我们这里条件一般,韩记者将就点儿,别和城里比,房间我已经收拾好了。小韩要言谢,刘小京说,咱都是同龄人,别那么客套。房间不大,靠墙的地方摆着一张单人床,窗前放一张办公桌,墙上挂着一些宣传政策的通告,一根从外面窗户拉进来的铁丝挂着几个衣架。虽有心理准备,房间的简陋还是出乎了小韩的意料,以至于有那么一刻,小京在说些什么,他一句话也没听进去。他心想两个月,他就要在这间房间生活了。白天这是他的办公室,晚上则是他的卧室。刘小京苦笑着说,茅溪就这个条件,韩记者先凑合着吧,早餐八点钟,在二楼最右侧的餐厅,明早我叫你。好在房间连了网线,里面还有一间简陋的洗手间,有水龙头,不用跑去外面上旱厕。

晚饭在茅溪吃,算是给他接风洗尘。为了这顿饭,来发提前一天就开始准备了,晚上有麂子肉、野猪肉、蛇肉、山鸡和野菌。见韩记者眼中露出疑惑,来发赶紧解释说,茅溪别的没有,野味多,还说野猪现在多得都要成为一害了,一群野猪能毁掉庄稼人一年的收成，每到秋天乡里都得组织护秋队赶野猪。韩记者你说野猪该不该吃？小韩点点头。说，这倒长见识了，我还以为野猪也是保护动物呢！韩书记就说，有些地方的确是，但咱茅溪野猪多如牛毛，这货的嘴最了得，一个晚上能拱亩多红薯、苞谷地，山民恨之入骨，再这么下去，野猪倒比人多了。大家都笑起来。当晚喝的蛇酒。酒是苞谷酿的，泡了两条小孩儿手臂粗的五步蛇，看上去让人骨生寒意。见韩记者眼露惧色，来发就说，这酒喝了对身体好，祛风湿，还强身健体。小韩解释说自己从小怕蛇，见了蛇脚都发软。来发和韩书记就齐笑，说今天喝了蛇酒吃了蛇肉，日后就不怕它了。刘小京挨着他坐，说自己也怕蛇。两人年龄相仿，顿时聊到了一块儿。刘小京说，你来这里要受点儿委屈了，这不是省城，条件很简陋，一切都没法儿和省城比的。小韩笑着说，现在记者都快赶不上民工了。如今乡里好多了，不比当年我爸他们的知青下乡了，我爸当年也在这儿待过，那时连饭都吃不饱，还要干苦力。大家齐笑，纷纷敬小韩酒。刘小京说，这边条件虽艰苦，但山好水好，改天带你逛逛，呼吸呼吸清新空气，现在城里空气糟糕得很，你来这里洗洗肺，这两个月也算没白来。大家纷纷称是，说了一通城市的雾霾。小韩连称自己不胜酒力，最后勉强回敬了一圈，已是微醺。

晚饭结束，已是月朗星稀，一轮皎洁的月悬在茅溪对岸的山顶，能看得清星云。附近农家早已熄灯入眠，连白日的虫鸣声也收了。四野一片死寂，只能听见脚步声和自己的心跳。当夜韩光明睡在陌生的房间，辗转反侧，听见鸡鸣方入睡。似乎刚进入酣睡的状态，外面就响起广播声，放着排练时的伴奏曲。他看了看手机，才六点半。声音大得他没法儿再睡。他听见排练的人陆续入了场。穿好衣服，打开房门，他看到乡政府的干事们已在排练舞蹈。刘小京个儿最高，在人群中鹤立鸡群。一个小时后，排练方结束，大家陆陆续续往餐厅走去。他听见刘小京喊他名字，问起床了没有。小韩赶紧出来，看见头顶上正升腾着热气的刘小京。小京笑着问他昨晚睡得怎样？小韩回答说很好。小京就说，适应了就好，刚开始会不习惯。最近在抓紧时间排练节目，月底要去市里参加比赛，影响到你休息了。

小京领他去餐厅，早餐果然和城里吃的午餐一样，有炒菜和米饭。刘小京说，我们这儿每天只吃两顿饭，早饭八点，晚饭得等下午四点半了。小韩盛了一小碗，扒了几小口便再也吃不下。小京就说，刚来这么早吃饭是会不适应。他告诉小韩，要是中午饿了，上老梁那儿签单，报他的名字就可以，和老梁已打过招呼。韩记者说，习惯了就好。

赶集那天，六六顺便来了趟乡政府。刘小京起身给他倒了杯水，六六一口就喝了。小京问，最近逮了蛇没有？六六头摇得像拨浪鼓，说忙得连放屁的工夫都没有，天气预报说又快要下雨了，趁这几天还晴朗，正在抢时间给玉米脱粒呢，好多都发霉了，发了霉，猪都嫌弃哩。

见刘小京对面坐着一个陌生面孔，就向他打听。小京介绍说，这是省城下来挂职锻炼的韩记者。六六伸出手，学电视里的领导人去握小韩的手。六六的手像蛇皮袋一样糙。刘小京在一旁望着笑。对韩记者说，这是黄莲的村主任。六六掏出五元一包的白沙，每人散了一根。六六自己先点上，喷出一道浓烟说，如今记者抽的都是软芙蓉王啊！下了基层都当爷供着。话匣子刚打开。刘小京说，瞧你就这德行。六六歪着头说，我说错了吗？转头对小韩说，韩大记者哪天有空上黄莲坐坐嘛，快要割蜂蜜了，带点儿下来尝尝。刘小京问今年的蜂蜜收成怎样，六六说，今年花期长，蜂比往年都要多、要好。小京说，给我留几斤，要百花蜜的。六六说，都是百花蜜，我让老鼎给你留着，今年老鼎家的最多最好。刘小京说，我就要你家的，别的不要。六六就笑，说那好嘛，要我的就我的，就怕你嫌弃呢！刘小京说，也给韩记者留点儿，我们改天上来一起拿，到时钱一分不少你的。六六说，就怕你不来。

六六的烟瘾很大，一会儿脚下就躺了一地烟蒂。前天傍晚，从黄莲下来撞见了"鬼"，看到一个人跟着他，隔着百十米，戴着斗笠。你说怪不怪嘛，韩记者，又没有落雨，又没有出太阳，他戴个斗笠干吗？怪就怪在，我刚过溪涧，转头他就无影无踪了！吓得我脚都发软，不知是哪个狗娘养的，跑那儿来吓我啊！

六六说话的样子有些夸张，韩记者和刘小京不约而同地笑了起来。刘小京说，兴许那是去溪涧逮娃娃鱼和石蛙的哩！六六不高兴了，茅溪屁大点儿的地方，谁我不认得？就是我不认得，也该认得我六六嘛，见了我连声招呼也不打，不是鬼是啥？说起娃娃鱼，便又扯到了来发。他来发见老八养那货眼红也想养，他也不撒泡尿照照自己，也不想想当时买六合彩败了家是怎么滚出茅溪的！又扬言哪天来发要是惹毛他了，要将他打得两头出屎两头屙尿。

六六又扯了一顿淡才去。刘小京待六六走后，就指着墙上的几张风景照对小韩说，黄莲上面风景最好，也最穷，你要有兴趣，吃得苦，我带你上去看看。小韩认真看了几眼，照片上山高谷深，险峰林立，白云缠绕，一点儿也不比那些国家4A、5A级的风景区逊色。问有没有搞过旅游开发。刘小京摇摇头，说路没法儿修，成本太高，全是山路，偌大的黄莲村，只有八十来户人家，修路上去不现实，但没路又没人愿意来，现在人都懒得很。

未到晌午，集市已渐渐散场。都是周边的村民，且以土家、苗民为主，背着竹篓，戴着斗笠，里面装满置换回来的东西，像粽叶、豆角、药材等山货，在集市卖了再购买些生活必需品回去。小韩在集市上晃悠了一圈，没碰见几个后生。如今年轻点儿的谁还肯窝家，都出去打工了。街短得经不起几步走，不觉间就出了集市。小韩想起还有些生活用品没有置办，想起得买个口杯，在集市上转了半日，竟没有寻着有卖的。又想房间里连面镜子也没有，也得买块，问了一圈，也没卖的。小韩纳闷儿想，这儿的人都不需要镜子吗？回到乡政府，刚好碰见刘小京，就说了这事。小京讪笑说，好像是没有镜子卖，要不等周末我从县城给你带块回来？小韩说大男人的不照也罢。那些天，他果真就没得镜子照，只好把手机屏幕权当镜子使了。

晚饭果然四点半就开吃。那时小韩早已饥肠辘辘了。长这么大，他还从没缺席过午餐。一天两顿，很有些像寺院的过午不食的感觉。晚饭有辣椒炒肉，清炒苦瓜，肉末茄子，所有蔬菜都来自乡政府后面的那块菜地，都是负责食堂伙食的阿姨种的。菜园的瓜藤上果实累累，苦瓜、丝瓜、黄瓜、白瓜，还有已经变红的朝天椒，格外显眼。乡下的菜比城里买的大棚蔬菜要鲜美入味。吃饭的时候，小韩也学着乡政府干事们一样，蹲在树荫下，手里端着大饭钵。蝉声镇压了下午的寂静，苦楝树在微微摇晃，仿佛被吵得发了疯。

晚饭过后，太阳开始西坠，大半个篮球场得以从炙烤中解脱出来，陆陆续续开始有人过来打球。乡政府背后就是一所小学，里面大部分都是留守儿童。暑期没课，附近喜欢打篮球师生也来打上一会儿。刘小京已经换上了湖人的队服，后背老大一个24号，一看就是科比的球迷。小韩的球衣也是24号。他站在二楼的栏杆，俯瞰着24号后仰投篮。投了几个，刘小京仰头看见了他，叫他下来一块儿打。小韩说，我打得很烂。虽这么说，到底还是下来了。天色渐晚，群山环抱的茅溪被潮水般的虫鸣鸟叫包围着。一会儿，又来了几个，篮球也多了起来，分组对抗。篮球在篮圈上哐当哐当地弹着，呐喊声此起彼伏，每一声都像掉进了深不见底的谷底，继而被周边的群山没收。小韩看到干事琪琪支着下巴，伏在二楼的栏杆上抽烟，远眺着对面的群山发呆。

三

会议室是"文革"时期建的，当年墙上刷的毛主席语录依然保留着。几条破长木椅上坐满了各村组的支书和组长。主席台上以韩书记为中心，两旁分别坐着两个副乡长、人大主席和武装部长。主席台背后的党旗已褪色，落了厚厚一层灰。会从早上九点开始，一直开到下午三点方散，中间没有任何停顿。大多数人脚底下落满一地的烟蒂。讲的全是土话，小韩连听带猜，大概是在传达县里面的某个会议精神。冗长的套话、废话让坐在台下的小韩呵欠连天，中午的时候肚子也抗议起来。他瞥了瞥周边，大多嘴里叼着烟，有玩手机的，也有打盹的，显然他们对这种会议已经司空见惯。小韩叫苦不迭，逮了个时机，从后门悄悄溜了出去。他上老梁那里点了碗米粉。今天不是集，街上没有闲人。老梁知道他从城里来，打趣他没午饭吃饿不饿。小韩笑笑。厨房背后就是茅溪，溪水清澈见底，一群鸭子正悠闲地在水面游弋。吃完饭，老梁问要不要记账，小韩坚持掏钱。肚子里有货，脚下也生出力气来，他索性沿着溪边胡走了一气。远远地看见上游的有几个村民在游泳，赤身裸体，见他来了，有些不好意思起来，纷纷钻进玉米地里套上了裤衩儿。他估计差不多到点了，才往回走。甫一进去，果然发现会已经散了，人陆陆续续地从会议室里出来，有人似乎还在争议着什么，两个隔壁的村支书为了什么吵了起来，差点儿动手。他看到韩书记将他们拉扯开来，将两人都训斥了一顿，各打五十大板。他还从没见到过韩书记那么高嗓音，完全将两种不同的声音镇压了下来。那两个村支书没再说什么，各自快快地走了。这时韩书记扭头往这边望来，差点儿与他迎面而视，他假装没有瞧见，有些慌乱地转身朝宿舍走去。

第二日，天下起毛毛细雨，整个茅溪笼罩于烟雨朦胧之中，宛如一幅水墨山水画。下雨便不能排练，空出一个寂静的清晨。小韩打开门，发现一个穿着高筒雨靴的青年正阔步往乡政府走来。很标致的一个青年，看上去二十刚出头。见了小韩，朝他笑笑。问，刚省城来的韩记者？小韩答是。青年指了指走廊上挂着的职务栏说，我叫彭理……小韩马上想起职务栏上的照片，一下子就对号入座了，说大学生村官吧？青年朗声一笑说是，一路哼着小调儿上了楼。

早饭的时候，雨有停的迹象，灰色的云块豁出一个缺口，露出大片纯粹的蓝。饭后，书记问小韩有空没，今天领他去参观来发的娃娃鱼养殖场。小韩点头说好。书记说，来发这几年干得不错，乡里那几盏路灯，是他捐的。他在岸坪的娃娃鱼养殖场做得不错，今年计划在茅溪再弄一个养殖场。今后要作为乡里的致富典型来推广的。坐的书记的智跑，陪行的有刘小京和另外一个姓肖的副乡长。来发早就在那儿迎着了。他还请了县里的电视台记者和摄像,也早就到了。来发亲自拉开车门,迎韩书记一行下了车,然后挨个握手、散烟和递槟榔。饲养员给每人发了安全帽和手电筒,然后领着大家开始参观。来发的养殖场建在山涧的一个巨大的溶洞里,里面黑漆漆的,每一句话都有回响,听着让人心里发怵。这边是典型的石灰岩喀斯特地貌,多暗河,往溶洞里继续挖掘,错综复杂,四处都串通,宛如一个巨大的迷宫。溶洞顶上到处都是犬牙交错的石钟乳,水滴在黑暗的水面上砸出孤独的响声。洞里潮湿不堪,黑黝黝的,散发一阵阵寒意,倒是养殖娃娃鱼的绝佳之处。

娃娃鱼就在岩壁下的水箱里养着,大多是鱼苗,得养两三年才能食用。有两条硕大的娃娃鱼静静蛰伏于水箱里。那是来发早年从黄莲的山涧里捕的,纯野生,一雌一雄,便留来做了种。沿着岩壁一直往深处走,黑暗中仿佛没有个尽头,小韩暗暗有些吃惊,没料到这么僻壤的地方,竟有如此大手笔的养殖基地。从里面出来,天又下起毛毛细雨。来发请大家去二楼的会议室喝茶。会议室很大,却并不讲究,墙上挂着毛主席画像,对面立一尊关帝雕像,敬着香茶。中间摆着张大会议桌,一圈人围着坐了,喝茶、抽烟、嚼槟榔,听来发介绍养殖场的情况。

来发点燃一根烟,开始介绍自己的产业,现在外头的酒店很认这个东西,销路不愁,我接的订单已经排到明年开春了。每个字都底气十足的样子。韩书记转头向小韩说,我们这里得天独厚,山好水好,今后像来发这样致富的领头人会越来越多，养殖娃娃鱼的也会越来越多，韩大记者神通广大，还望你多宣传推广和报道哩。小韩在一旁点头称是。雨没有停的迹象。书记和来发扯起了淡，聊得热乎。小韩起身去找厕所，见旁侧的天台正站着一人，走近一看原来是刘小京。他不知何时也溜出来了，正站在天台上，迎着雨丝，望着远方雾霭中的山峦在沉思什么，小韩走过去他都没有察觉。小韩打了声招呼说，出来了？小京猛地回过神，回了个笑脸，说坐那儿无聊得很，我都来好几回了……中午保管有娃娃鱼吃。小韩问，娃娃鱼好吃吧？小京一脸神秘的样子说，没吃过？吃吃就知道了。

中午果然就吃娃娃鱼。

来发准备了一条五斤重的，弄了个火锅。韩书记见来发抱了一箱啤酒进来，打了个哈哈，说中午不逮酒吧？来发装作不认识他的样子，粗着嗓门儿嚷道，不逮酒？不逮酒来这里干什么哩！大家齐笑。来发变戏法似的，又拿了两只可乐瓶子出来，里面装的却不是可乐。听说大地方已经不允许逮酒了，大家可看清楚了，我们逮的是可乐哩！韩书记吸着烟，笑眯眯地望着来发表演。来发让年轻的女员工蔡蔡将酒匀好，接着说，我这个可不是"外省茅台"，朋友亲自从茅台酒厂拉出来的货！书记打断他话，行了，牛吹天上去了，接下来只怕要说茅台酒厂是你家开的了！大家又是笑，奚落来发的吹牛习性。

来发站起来，端起满杯的白酒，大着嗓门儿说，我来发是个粗人，没进过几天学堂，狗嘴里吐不出象牙，欢迎各位领导、朋友和从省城远道而来的客人韩大记者，来，第一杯，大家一起干了!

一桌人纷纷起身,吆喝一声干,杯子都见了底。

只有小京没喝。小京说,最近心里总是感觉闷得慌,也不知道是什么原因,有些喘。来发强行来劝,说这里就数你最年轻哩,每天不逮斤八两,晚上都没劲儿搂婆娘困觉!书记说,来发你别强人所难了,小京最近工作压力大,身体不适,就不勉强了。来发就说下次补上,又问小京女朋友谈得怎么样了。小京勉强喝了几杯。

小京的女友虽比他小两岁,却是柏溪乡的党委书记。提起他女友,大家都夸他有眼光,比翼齐飞,两人前途都不可限量。小京听了只笑笑。其实他有些不愿意在别人面前提起女友的事。女友的父亲是县委常委,宣传部部长,他怕别人背后说闲话,说他攀附这层关系。

柏溪这些年,靠养殖娃娃鱼,出了几个致富典型,一下子从县里二十多个乡镇中脱颖而出,得到了上面的表彰。女友在柏溪短短几年,就干出了成绩。听说县里有意要将她往上面调。他问过她,女友否决了。她说你别瞎想,你在茅溪踏踏实实干,要走咱也得一起走。他知道其实女友升迁是迟早的事。他也想干点儿名堂出来,这个念头已经在内心涌动好几年了,从他大学毕业到茅溪工作就有了。那个念头当然不是养殖娃娃鱼。

饭吃到一半,六六来了短信,说黄莲村昨晚暴雨,山洪冲垮了一户人家的半边屋,所幸倒的是猪圈和杂物间,人无碍。

压死了两头猪，一家人哭天抢地的。他走到外面拨六六的电话，没通。他就知道六六肯定在黄莲。黄莲信号时断时续，打个电话得跟着信号跑，一个山头跑到另一个山头。他们联络靠发短信。他给六六回了个短信，说明天上午他上去看看，吩咐他登记好受灾情况。

他进去的时候，他们已经喝嗨了。只见来发将手搭在韩书记肩上，命令女助手蔡蔡过来给韩书记和小韩敬酒。来个交杯！大家一起起哄。蔡蔡二十出头，双目含笑，人未到，一股清香已扑鼻而来。蔡蔡朗声说，书记，我敬你，逮满杯！两人在起哄声中来了个交杯。两瓶已经搞掉，接下来改喝啤酒。来发让人提了几斤生鸡蛋摆桌面上，大声吆喝一声，换大碗过来！不一会儿，每人面前都摆了只海碗。来发就将啤酒往海碗里倒满，然后抓起两只鸡蛋，磕破打进酒碗里。每人纷纷往酒碗里打鸡蛋。书记起身，大喊一声，干啦！哗啦一下人都站起来，双手捧起大碗，只听得见喉结发出来的咕咚咕咚声，紧接着一片咂嘴声，以及接二连三的打嗝声。

这是小韩头回见到往啤酒里放鸡蛋，目瞪口呆。小京就笑，说还有往白酒里加红牛的，有一口红酒配口白酒喝的，那叫红白喜事。一箱啤酒很快消灭完，紧接着又要了箱进来。喝到下午三点方散，杯盘狼藉，烟雾缭绕中，一行人东倒西歪，称兄道弟，胡言乱语，然后摇摇晃晃地坐车回了茅溪。

四

　　隔天酒还没散，胃折腾了小韩一宿，到早晨头依旧是晕乎乎的，头重脚轻。小韩埋怨自己昨日何苦要喝下那么多毫无意义的酒。小京在外边叫他起来吃饭。他穿好衣服，依旧半躺在床上不愿起来，懒洋洋地说，你去吃吧，昨天搞多了，现在啥东西也吃不下哩！小京在外头推了推门，门就开了，探出一个脑袋笑着打趣说，今天再逮场还魂酒，保证你活蹦乱跳。又说，今天我要上黄莲走一趟，你跟我去吧？提起黄莲，小韩就提起了精神，一跃而起说，去就去！食堂里没什么人，大多已经吃完了。小韩指望喝点儿粥，依旧只有米饭。小京说，多吃点儿，去黄莲路不好走，体力消耗大哩，不吃点儿，走不动的！小韩说，我大学跑过万米长跑，我耐力好着呢！小京说，我大学也是校队篮球主力前锋呢，可第一次上黄莲，还是把我给累趴了，今天你就知道厉害了。

　　是个大晴天，天空蔚蓝，通透，远方的山巅上沉积着几朵云块，朝阳穿透云块，喷薄而出。怎么看不出是刚结束连日暴雨的天气。山涧的水流出卖了真相，水声轰然，隔着几里路就能听到，走近一看，只见水流湍急，混浊的水面还漂着几条山上冲下来的橡子，不知是谁家遭了殃。小京说，平时这条溪水最清澈，山涧的水潭碧绿绿的。以前茅溪这样的溪水几十条，现在没几条了。问何故，说是县里领导提倡修水电站，这边水力资源丰富，来钱快。很多项目都是私人出资在弄，上边的坝一拦，旱季整条溪都干涸掉，鱼虾也绝了种。两人一番感叹。

两人沿着山涧两边的小径往山上爬，太阳一直悬在峡谷上空。峡谷脆响着百灵、画眉、山鸡、云雀儿的鸣叫。偶尔有几只松鼠和猴子在林间探头探脑，待他们走近，几个晃荡，消失于茂密的丛林深处。林间空气清新，山峰重峦叠嶂，绵延不绝。小韩一路感叹好风光，问为什么不开发旅游资源。小京笑笑说，开发水电站见效快啊。小韩心里一番感叹。

再走上一个多钟头，依旧没看到一户人家，小韩早已汗流浃背，气喘吁吁了。小京没事似的，既没淌汗，也没喘气，只是脸颊略带红潮。小韩说，歇会儿吧，也不待小京说，一屁股坐在竹林的石阶上，一副起不来的样子。小京说，这就累了啊？小韩乜斜着他说，不会走错了吧，怎么越来越偏僻，像深山野林，大半天也没见到人烟？小京说，错不了，用手指了指上面说，黄莲还远着呢。小韩问大概走了多远了，回答说五分之一还没到。小韩叫苦不迭，说都啥年代了，怎么还有人住深山老林，连条路都不通，与世隔绝，真要成仙啊？小京就说，修路？你看这地方适合修路吗？即便是能修，这成本造价不知道多少，何况上面就住着几十户人家……小韩说，那叫他们搬迁下来呗！小京说，靠山吃山，山民住上面还能采粽叶、挖草药、捕蛇卖，下了山，这些人只怕生活更困难了。两人沉默不语，只见秋蝉的鸣叫如暴雨般落在林子里。一会儿汗凉了，小京又催走，说不抓紧时间，恐怕当天打个转身都难。

越往上，地势越陡峭，被草掩盖的悬崖小径不仔细看，连路都辨认不出来，鲜有人活动的迹象。山涧已经给他们抛弃在脚下，往外一探脑，便是十几丈高的深渊，能骇出一身冷汗。小京折了根树杈，走在前头打草好吓走蛇。这带蛇多，横卧在路上，远看像树根，一不小心就踩着了。小韩说，你别骇我，我最怕的就是蛇。小京就笑，蛇最恨的人是六六，他下辈子估计要被蛇吃掉的。

小韩已经上气不接下气，双手叉腰，立在那儿半天都动不了。小京指了指前方最近的一户人家说，再坚持会儿，六六在上面等着咱哩。两人越走，速度越慢。一间摇摇欲坠的木建构房子隐匿于林间，四周都长满了茅草。走近一看，原来是所废弃的小学，窗户的玻璃已经全部被砸烂，木板的缝隙中探出茂盛的青草。学校里拿得动的东西都被人拿走，只剩下一块落了漆的门匾没人要，字迹依稀可见，上面写着：黄莲中日友好希望小学。"日"字被人为抠掉一笔，变成了"口"字。墙上有人用木炭写着，"打倒日本鬼子！"……靠墙的台阶上堆满了木料，日晒雨淋，时间久了，木料已经变黑。

小韩有些吃惊，没想这偏僻之地，竟然有日本援建的小学。问为何荒废了？小京说，生源少，也没老师愿意上来，何况这又不是县教育局统辖的，日本人出的资……小韩就说，那娃娃上学怎么办？小京说，只能去茅溪咯！那么远的路，怎么个上法儿啊？小京就说，那没办法，只能在茅溪上，条件好点儿就在茅溪租房陪读，没条件的在学校寄宿，但娃太小也不是个法子，屎尿都拉身上，老师也嫌弃。

越往上走越险峻，很难见到平整的地。桌面大的地，农民都种上了苞谷、黄豆、红薯等农作物，像一块块补丁，悬在半空一样。他们就吃这些吗？小韩问。苞谷是主粮，要吃米，就得下茅溪买，这儿没田，没法儿种水稻。小京说。

六六在黄莲等他们一晌午了。六六听黑狗的吠叫声，就知道来生人了。两人汗流浃背地走进院子，喊了声，六六拴狗。不怕，不咬人哩！六六出来了，大声呵斥狂吠的狗，踢了它一脚，黑狗呜咽着，垂着尾巴跑鸡窝去了。六六看大汗淋漓的小韩，问从没遭过这种罪吧？小韩坐在凳子上，只一个劲儿地喝水，汗不断从额头滴下，像淋了场雨。

小京要六六带他去看灾情。遭灾的这户倒也不远，住在一个山坳里，翻过一道梁就到了。连日的大暴雨，导致山体滑坡，冲毁了旁侧的猪栏，把两头过年肥猪给活埋了。一位七十多岁的老妪红肿着眼眶，丢了魂似的呆坐在门槛上。六六远远地喊了一声，阿莲婶，乡里的干部来看你来了！那叫阿莲的老妪仰起头，见陌生人来了，慌地站起来，踱着小步去迎。认得是小京，还没说话，倒先哭开了。小京有经验，握住老妪的手，环顾看了四周一眼，见房子主体没有受到影响，心里就有底了，问，大娘，家里伤着人了没有？老妪眼里含着泪花。小京又问，住的地方没事吗？老妪眼泪吧嗒吧嗒往下淌。我的两头猪没啦，喂了一年，就要出栏了，人民政府要为我做主啊……

冲毁了两间猪圈和一个鸡笼，茅厕也毁了。小京都一一登记了，又掏出手机拍了现场，宽慰老妪一番。老妪千恩万谢，要挽留他们吃午饭，小京说已吃过了。临走，老妪提了一大可乐瓶的蜂蜜出来，非得让小京收下。小京推辞了。

上了山梁，小京问六六，还有遭灾的没有？六六说，别的倒没有，只是下这么久的雨，今年粮食只怕要歉收了。很多庄稼东倒西歪在地里，暴雨在坡地上冲刷出一条条触目惊心的沟槽。这儿没有砖房，都是木结构的老屋，有的看上去已有百年之久了，成了危房，摇摇欲坠，只得用杉木顶住。小京问六六那个龙老人还健在不。六六说，还在哩！小京对小韩说，这儿有个老婆子，已经一百零一岁了，她有五十年没有出过黄莲了。六六说，前几年老人家还背得动柴火呢，自打前年摔了一跤后，就只能床上躺着了。问小韩要不要去看看？小韩说好。

那是黄莲最整洁的庭院。虽是老房子，依然坚固，里里外外都收拾得整整齐齐，院子里种着鸡冠花和月季。几只母鸡在树下刨食，旁边卧着一条慵懒的黑狗。

一个四十左右的男子出来迎接。六六说那是老人的孙子。小京向他介绍了小韩，那男子面无表情地望了他一眼，引他们进了偏房。一个满头白发的老妪正躺在床上，昏暗的房间里白天也得开灯，角落里摆着一个尿桶，发出刺鼻的臊味。老人有些激动，想从床上爬起来，苦于无力，只能斜躺着，她孙子将她扶起来，大声地在她耳边说，乡政府的干部过来看你来了。小京的脸顿时燥热了一下。老人不知听明白了没有，嘴里咿咿呀呀发出谁也听不懂的声音。六六说，老人会抽烟。小京掏出一根，给老人点上。大家围着老人一起抽烟，抵挡墙角传来的浓烈臊味。六六说，去年老人满一百岁，摆了酒。乡政府起先说要来人，人家杀猪宰羊，专门做了准备，结果等了半天也没见人来……小京有些尴尬地说，我那天去县里开会去了。老人眼神黯淡，已无光亮，木然地注视着陌生来客。

客厅里摆着彩电、冰箱和洗衣机，家里收拾得一尘不染。那男子也没说要倒水，也没说要敬烟，就一旁垂手呆坐，盯着地面。小京问他成家没？男子有些窘迫地摇了摇头。小京起身，说再走几家吧。出门的时候，黑狗朝他们一顿狂吠。男子朝黑狗踹了一脚，黑狗呜咽了几声，快快地摇了摇尾巴，放他们走了。

小京说，别看这男子有手有脚，家里条件也不差，但就没女人愿意嫁上来。又指了指侧面一户说，那儿一家三兄弟，都快六十了，全单着。这儿将近一半的男人娶不到老婆。前些年有几户从外面带了女人回来，也待不长，即便生了娃，照旧跑了。

正说着，又到了一户人家。只见一个头发剪得像个毛板栗的女人坐在门槛上发呆，旁边一个六七岁的女孩儿正在地上爬着玩。地上全是灰土，母鸡在地面刨出一个个凸凹不平的坑，蹲在坑里下蛋。台阶的一角放着两只蜂箱，却没一只蜜蜂的影子。堂屋四面八方都是空的，连块门板都没有。角落里倒有个土灶，架着两只生了锈的大锅，看得出好久没生过火了。小京对小韩说，这户才是真的可怜，男的腿脚不方便，是个残疾，女的是个智障，偏又是小儿麻痹症患者，是男的从湖北那边带回来的，给他生了个女儿。偏生这女儿也遗传了他们的基因，生下来也是个瘫的……

六六一番感叹说，不晓得他们家上辈子造了什么孽。

那男人看上去五十好几，叫刘高远，实际年龄却才三十多岁，扶着门框，一步步从堂屋这边移过来，却不敢看小韩。六六说，这是省城来的记者，那是刘乡长，你认识的。男人略微抬了抬头，僵笑了下，露出一口烟牙。

六六和男人说话，小京蹲在地上逗小女孩儿玩。小韩也凑了过去，皱了皱眉说，他们每天就任由她在地上爬来爬去吗？小京说，这孩子可怜得很，生下来就站不稳……去县里医院看过，说是要尽早手术，否则今后就永远站不起来了。小女孩儿黑溜溜的眼睛正天真无邪地望着他笑。小韩更难受起来，站起来去外面透了透气。做记者这么多年，遇到这样的事情太多了，他感受到了迎面而来的挫败感。太阳已经西斜，照着对面苍翠的群山，举目远眺，层峦叠嶂，全是一层层的山峦，无边无际，将黄莲牢牢地困在此地。

五

夜里，小韩虽然浑身酸痛，疲惫不堪，但一点儿睡意都没有。他盯着墙上的茅溪行政图，望着西北角的黄莲陷入了沉思。那一张张愁苦无助的脸，在他眼前一一浮现。到底是什么造就了如此恶劣的现实呢？是地理环境、保守的观念，还是当地政府的不作为？黄莲的未来出路又在哪里？他打开电脑，趁热打铁，连夜赶写了一篇通讯稿，配了图，发给了同事小洪。除了客观记录他在黄莲的所见所闻外，还抒发了他个人的一些感想。第二天，小洪在微信回复他说，稿件已经发出来了。他没想到这么快就发了，并且还被省城的一家人气旺盛的网站转载。他去论坛上关注了这个帖子，上面有许多网友的留言，表示了吃惊。很多人都没有想到现在竟然还有如此闭塞落后的地方。有留言要捐助的，也有质疑和谴责当地政府部门的。既然此地如此不适合人类居住，政府就该帮他们另择家园。还有激烈批评当地政府鼓励修建水电站破坏生态环境的短视行为，斥之为断子绝孙的政策。类似的质疑很多。

这个帖子很快就被置顶，一下火了起来。小京也看到了，他以为小京会有顾虑。小京倒说，有些事情政府难办的，媒体反而容易，这个报道虽然揭了茅溪的丑，但对黄莲来说，却未必是一件坏事。

下午无事，两人沿着茅溪有一搭没一搭地聊着。聊茅溪的历史，说这儿曾出过一个开国将领。当年将军就是从茅溪起家的，率领家乡的子弟兵一路向西，浴血奋战，后来到了陕北。当年有很多人都跟随着将军翻身闹革命，大多牺牲了。革命成功后，将军荣归故里，成了万人瞩目的英雄。小京领他攀上茅溪对岸的一处山岭，指着石壁上的坑洼说，这都是当年留下的弹孔。那时将军还不是将军，被四处"围剿"，曾在这儿突围。小韩在那儿驻留良久，层峦叠嶂的山峰一直蜿蜒至天际。当年那些舍命跟随着将军打天下的穷人，他们要是真的有在天之灵，目睹子孙后代们依旧在重复着当年的命运，会有何感想？

晚饭后，照旧排练节目。再过两个礼拜，就将去市里参赛了。韩书记对这事看得很重，要求争取拿个名次回来。茅溪被誉为民歌之乡，韩书记的要求看上去也并不过分。广播一响，整个乡政府难寻一处僻静之地。小韩本想再写一则后续报道，无奈窗外震耳欲聋，嚷得他无法静下心来动笔，索性关了电脑，去乡政府后面的小学散心。暑期尚未结束，暮色中的小学显得格外冷清。操场上晒满了粽叶，几个农民正忙着收集打包。粽叶都是从山上采的。茅溪有两三个村产粽叶，漫山遍野，不生别的，专长粽叶。起先都是砍来当柴烧，但不禁烧，艳羡别村山里长的杂木。直到近几年，有外地人过来收购，才知道这叶子也能卖钱。山民们将采摘好的粽叶晾干水分，然后一沓沓捆好，打好包，计件卖给收购人。有的远销沈阳、长春等地。勤快点儿的，一年也能卖个三四千元钱。

有个瘦小的男孩儿在操场投篮，光着脚丫子，T恤上的图纹已脏得看不清。篮球有一下没一下地砸在篮圈上，声音滑入山谷，更加寂寥。他想和小孩儿闲聊几句，捡起篮球，扔还给他。小孩儿默默抱起球，却转身走了。正好看见李校长从办公室出来。李校长递了根烟，说韩记者过来了。小韩说闲着无聊,上来逛逛。李校长是前几天刚调来,接任之前的杨校长的。小韩见他白衬衫扎在裤腰里,头发梳得整齐,皮鞋锃亮,不像校长,倒像教育局的官员。杨校长小韩也见过,在这里干了十年,皮肤黝黑,和乡下农人无异,采访的时候还有些羞赧,话不多,平时喜欢和孩子们待在一块儿。调任的消息传出的时候,据说有师生掉了泪。

学校离得近,李校长无事也爱来乡政府坐坐。那天旁人不在,李校长就和小韩聊起论坛那则帖子的事。夸小韩文采好。小韩听见他话里有话的意思,装作不知,转移了话题,聊了学校的留守儿童。那边排练正结束,人群散开,穿着篮球衣的小京正和琪琪将音响抬进储物室。每个人都满头大汗。李校长说,韩记者,有句话不知该讲不该讲。小韩说,你讲。李校长望了他一眼说,我是本地人,黄莲的情况,不是看一两眼就能看明白的。说完留下一脸愕然的小韩就走了。

收拾完毕,天彻底黑下来。小京见小韩一个人坐在台阶发呆,就问肌肉还酸痛不,要不要去泡温泉放松放松。小韩说这哪儿来的温泉啊。小京示意他小声点儿,说先收拾下,五分钟后一起出发。

小京负责开车,老款的卡罗拉,小韩坐副驾,琪琪、彭理坐后面。汽车大灯刺破夜空,一直朝山谷深处开进,草丛的虫鸣和蛙声伴随了一路。约莫开了二十分钟,到了一处峡谷前,小京将车停在空旷处,说到了。

两面都是陡峭的悬崖，中间裹挟着一条小溪，一轮皎洁的弯月正缓缓穿过云层，斜挂在山谷上空。周围一片死寂，和小韩想象的温泉度假村相去甚远。他们显然都来过多次，轻车熟路，沿着一条羊肠小径往深处走。温泉是私人承包的，当时花了五万元，承包了三十年。小京介绍说。现在怕是好几个五万都回来了。琪琪说。远处有微弱的灯光透出来，待更近些，出现一座平房的轮廓。黑暗中有狗在朝他们吠叫。小京喊了声老柴，一个五十上下的男人从窗口探出头来，认得是小京，不冷不热地说刘乡长来了。暖池就设在简陋的平房里，大概十来个平方米，正冒着热气，一堵墙将男女分开。

条件是简陋了点儿，但是温泉是真温泉，有皮肤病的来这泡几次保管好。小京说。大家窸窸窣窣脱了衣服，用塑料袋装好放进简陋的抽屉里。澡堂飘溢着一股浓浓的硫黄味。温度起码四十来摄氏度，不耐烫的人得犹豫一番。小京最先下水，惊叫了一声，看小韩还在上面迟疑不决，冷不丁一下将他拉了下来。澡堂飘起笑声。他们和隔壁的琪琪开起玩笑，要给她介绍男朋友。小京说，要不让韩记者"友情赞助"一下？琪琪在那边满口答应道，只怕人家韩记者看不上呢。大伙儿一齐笑。琪琪说话口无遮拦的，放得开，有些出乎小韩的想象。泡了约半个小时，小京倒先受不了，说有些胸闷。

小韩出来，见小京正让老柴记账。只听见老柴埋怨，说乡政府两年前的账都没结清，再这么下去，自己怕是支撑不住了。小京随声说，快了快了，书记签了字，就快结了。泡完温泉，全身筋骨都酥软了，人也精神起来。那边琪琪和彭理还没出来。两人抽烟等候着。弦月如钩，峡谷上空繁星密布，草丛秋虫啁啾，倒有几分诗意。小京无意中就聊起那个帖子，问他在省城那家网站有没有认识的朋友。小韩说有。小京有些不好意思地笑笑说，那个网站有条和我有关的帖子……兄弟要是认识网站的编辑朋友，还请他高抬贵手，替我删掉一下。小韩说好。

第二天小京发那条帖子的链接过来。帖子攻击的目标是韩书记，波及小京。帖子上说了一大堆韩书记在乡里飞扬跋扈独断专行的话，末尾连小京也附带骂了一句，说他是韩书记的走狗云云。

小京说，这帖子他查了，是一个吵着要低保户的人发的。他虽符合低保的条件，但茅溪比他更穷更符合要求的多得数不过来，但指标只有这么多。那后来纳进来没有？小韩问。他这么一闹，书记也没头疼，只好优先评选上了。问题是明明纳入了，这帖子却还在，一搜茅溪就能搜到，很讨嫌。小京有些气恼地说道。

这事小韩很快替他办妥了。下午，省城的那家网站的编辑朋友就给他删了这条帖。小京说，还是你们记者管用啊。从这以后，小韩感觉小京和他走得更近了些。有些烦心的事，也愿和他说些。小京和女朋友的感情困扰，有时也和小韩吐露几句。说起来，小韩还见过小京女朋友一面。那是县委宣传部安排的一次集中采访报道活动。从省城过来的记者在县城集合，第二天早上统一去柏溪乡采访。那次采访就是小京的女朋友罗嘉接待的。短发，小个儿，肤色白净，戴着无框眼镜，笑容可掬，眼睛却流露出一股干练，这是小韩对罗嘉的第一印象。轮到小韩自我介绍时，他说是从茅溪过来的。罗嘉就笑，说我早就听过你了，自从你去了茅溪，刘小京都不要我了。大家都笑。小韩在一旁观察，见她待人接物，落落大方，又细致到位，心里暗自称赞，心想县里要调她，看来还不完全是因为她家里有背景。

那次不光是见到了罗嘉，还见到了县委宣传部罗部长。晚上吃饭的时候，罗部长专门走过来敬小韩的酒。先夸赞了小韩一番，说看过他写的通讯报道，笔力非一般人所及。问他是不是真上了黄莲。小韩说去了。罗部长说，如今像韩记者这样吃苦耐劳肯深入基层的记者可真不多了。随后话锋一转说，黄莲我也去过，条件的确是落后贫困。但现在网上反映强烈，很多不知情的网民以为是我们政府的职能工作没做到位，引来一片埋怨和谩骂之声。

罗部长看小韩没作声，停顿一下继续说道，现在这个帖子让许多不知实情的网友对我们政府和干部加深了误解，给我们造成了很大的压力，解铃还须系铃人，帖子还需劳韩记者删掉吧！说完，罗部长和他碰了杯，满杯的啤酒一口气干完，将杯底朝小韩扬了扬，脸上适时恢复了之初和气的笑容。

六

那个帖子后来还是迫于压力删掉了。不光是删这个帖子，就连报道娃娃鱼养殖的新闻也压了下来。报道是临时撤下来的。据消息灵通的说是中央在加大反腐力度，公款吃喝剧减，导致很多高档酒店难以为继。如今酒店生意惨淡，对娃娃鱼的需求直线下降。这一连锁反应，自然影响到了来发的生意。那阵子，来发接到的电话都是取消订单的。原先的合作伙伴从广东打电话来，说现在公款吃喝抓得很严，一经查出，就要严查，谁也不愿意在吃吃喝喝上掉帽子。需求量下滑，只好在价格上动动脑子。起先千把元钱一斤，还供不应求，现在打五折上门推销，还没人要。也就短短的一两个月时间，竟发生了如此戏剧性的变化。不仅来发没想到，韩书记也没料到。本来想趁热打铁，在茅溪再建一个养殖基地的计划，现在也得泡汤了。

外面卖不动，只好转内销。往县市各大酒店去推销。之前的抢手货一下成了烫手山芋，谁也不肯接。娃娃鱼的价格一个月跌了两三回。五百多一斤卖不动，到后来两三百，也鲜有人问津。

赶集那天，刘小京在乡政府门口碰见了来发。问起近况，来发一肚子的苦水，说茅溪的项目是铁定要黄了。之前的娃娃鱼不管多高的价格，都抢着要；现在主动上门推销都卖不了几个钱了。小京心里一番感叹。不光是来发受到了影响，柏溪那边的日子也不好过。这个周末，小京连女友的影子都没见着，娃娃鱼卖不动了，柏溪首当其冲，她这个书记的担子一下重了许多。

逮烟的时候，小京半开玩笑半认真地和来发说，我倒是有个主意，娃娃鱼现在不好卖，你还不如趁机转行，去搞旅游开发。来发问怎么搞法儿。小京说，黄莲这里的风景不输给那些4A、5A景区。现在很多户外驴友在网上推荐黄莲，在小圈子里口碑很好，我看要是开发好，黄莲就是座金山。来发苦笑说，这笔投资账，十个来发恐怕也不行。小京笑笑，说靠你一个人当然不行，这事回头再研究。

其实开发黄莲的想法在小京心中已经酝酿很久了。黄莲虽穷乡僻壤，风景却最雄奇壮丽，不光自然风光险峻，还有当年的红色旅游文化资源，再加上本地独特的风土人情和民俗习惯，完全可以打造出一条完整的旅游产业链。前期先以驴友的口碑拉拢人气，等黄莲的名气上来后，再逐步细化旅游线路，拓展更多更大的旅游资源。只要旅游的人多了，黄莲现在的问题就都不是问题了，一切都能迎刃而解。村民的蜂蜜、土特产、野味、中草药材都可以卖钱，这些都是无任何污染的好东西，现在很受城里人青睐。前几年，省道还没修好，从县城到茅溪不大方便，现在路修好了，来这边就不是什么问题了。问题在于怎么上黄莲，怎么让驴友们在黄莲能留上一两天，现在黄莲什么都没有，吃的住的基本条件都不具备，而且缺乏向导。

他和小韩分享过这个想法。小韩也很赞同，说那天在网上发了几组黄莲的风光照片，网友们的反响强烈，都问怎么去这儿。

小京说，你这次用手机拍的，如果用专业相机拍，会更好看。琪琪很喜欢摄影，她拍的照片在市里还获过奖呢。我们的宣传片都是琪琪负责拍的，你要拿去宣传的话，可以让她发些给你。

小韩看过琪琪的照片，业余水平根本拍不出来。构图讲究，立意新颖，不光景色美，而且还有人文关怀在里面，每张照片都是一幅上好的摄影作品。他看过她的相机，无敌兔机身加红圈24-70mm，70-200mm，长枪短炮，一应俱全，和他们报社的摄影记者有得一比。

听小京讲，整个乡政府，就琪琪还单着。她在省城念的书，父亲是县政府的公务员，毕业后要她考公务员，于是就来到了这里。原先谈过一个男朋友，谈了两三年，因为长期相隔两地，后来就吹了。

你要是没女朋友，我可以给你们牵牵线搭搭桥。小京拿琪琪和小韩公开开过几次玩笑。私下里，小韩倒留意过琪琪。她的穿着和打扮，与这儿格格不入。一头栗色的长发，文身，匡威鞋配迷彩服，带点儿嬉皮士的味道。她的烟瘾似乎还蛮大。

看清琪琪手腕上的文身，是那次在峡谷里进行的民歌PK赛。

从北京过来的一批大学生，利用暑期来这儿进行民歌采集和调查。有好几所高校的学生，一共二十来位。小京负责接待此事。小京特意让老吴组织一些民歌高手与学生们交流。地点定在一处风景秀丽的峡谷中,两米多深的水潭能看清底下的鹅卵石、沙粒和鱼虾,捧起来可以直接当泉水喝。北京来的学生们很激动和活跃,陶醉在这片风景中,个个欢呼雀跃的。连小韩也有些激动,青山绿水,山歌绕林,恍如隔世。外边阳光灼热,峡谷却沁人心脾。胆子大点儿的小孩儿,索性脱得赤条条的,跳入水潭摸起鱼虾。大家都脱了鞋,卷起裤管,玩起水仗。小京和琪琪互相泼水,都已湿身,一旁观战的小韩也加入了混战的队伍。乡干部、学生、乡亲们都卷进来,像是在过泼水节。有全身湿透了的,索性跃入水潭中玩个痛快。

　　琪琪玩累了,坐在水潭边的石头上晒湿透的衣裳,长发上的水滴漫不经心地往下掉。曲线玲珑的侧影让小韩有些怦然心动。他湿漉漉地爬上岸,掏出快要湿了的烟,问她来不来根。琪琪莞尔一笑,接过他的烟,掏出火机点了。他去借她的火,她伸手的时候,他看清了那个文身。一把左轮手枪。你还蛮有性格的,小韩说。文着玩的,可把我爸给气坏了。她笑了笑,更加妩媚动人。她抬起手来,做出手枪的模样,对着天空。来这儿多久了?小韩问。三年了。都快成老姑娘,没人要了。她自嘲地笑。喜欢这儿吗?小韩问。怎么说呢,这个问题……她想了想说,你看过《麦田里的守望者》吗?里面有句话我倒很喜欢的,"一个不成熟男人的标志是他愿意为某种事业英勇地死去,一个成熟男人的标志是他愿意为某种事业卑贱地活着。"现在我大概就属于后者吧。

　　想过离开吗?他问。

离开？她朝他笑笑，去哪儿？就我这性格，去哪儿我爸妈都不会放心。我爸妈当时就是担心我这脾气，所以死活逼我回来，他们觉得一个姑娘家就该找份安稳的工作。在这儿不像你们在省城，各种机会，基层公务员，一眼能看到头了。说来笑话，我现在唯一的希望是尽快调到县城去。这儿天高皇帝远，再这么待下去，人都要发霉了，真的是嫁不出去了。

正聊着，小韩听见背后有脚步声，只见彭理和小京水淋淋地跑了过来，一把将他俩推入了水潭中。琪琪尖叫着，在水中一顿挣扎，小韩顺势抱住她，琪琪就不动了，任由他搂着，一起上了岸，琪琪的脸一片潮红，两人都没说话。日头西斜，大家方尽兴而归。回的路上，小韩走在小京后面，见他用手捂着胸，脸色苍白。问哪里不舒服，小京摆摆手，说不碍事，只是突然有些胸闷，说完一屁股坐在石头上，大口地喘着粗气。小韩看这情形有些不对劲儿，赶紧向前扶着他，小京一下栽倒在他怀里。

七

挂职两个月很快就期满。那天县城回来，小韩从车窗外看见银杏树叶已经泛黄，心里有些感伤。稻子早已金黄，这年风调雨顺，稻穗壮实而饱满，是个大丰收年。沿路都是在抢收的农民，戴着斗笠，赤脚立在田里，嘭嘭的摔禾声不绝于耳，空气中弥漫着一股稻谷的清香味。这些山民，和他们的祖辈们一样，依然从事着古老的手工劳作，一两千年都未曾改变。来这儿两个月又能改变什么呢？小韩想。他只不过是这儿的匆匆过客，带着外来人的惊诧。而对生活在这片土地的人来说，他们早已适应了这儿的一切。临走的前几天，他本想写一篇质疑当地政府滥开发水电站的通讯报道，想想又放弃了。他有些沮丧，觉得自己并不能改变什么。

那次之后，小韩见到琪琪，心里略有些尴尬。琪琪倒像啥事没有一样，依旧嘻嘻哈哈，看不出有什么异样。他想约个适当的时间，和琪琪好好话别。时值秋收之际，乡里事多，每晚都有开不完的会，这样的机会竟然没有。他感觉有些怅然，又想到，即便琪琪对他有意又能怎样呢，他又无法带她离开这里。

临走的前一天晚上，韩书记代表乡政府宴请小韩，给他送别。六六特意提了一大瓶自家的蜂蜜要送他。说是正宗的百花蜜，外面想买也买不着的，一点儿心意非让小韩收下不可。乡政府的一干人几乎都聚齐了，围着桌子坐了，唯独差小京。那晚小韩已经记不清喝了多少酒。小韩记得，起先是书记开始敬酒，然后大家挨个轮流敬。不胜酒力的小韩，余下的记忆变成一团混乱的影子。他朦胧地记得有一个女性的声音在提醒他，让他少喝点儿酒。醒来已是第二天上午，他头痛欲裂，彭理过来，问他好点儿没有。小韩说，昨晚喝太多了。彭理神情暧昧地笑笑说，是有点儿喝高了，你当着大家的面和琪琪说了好多话呢。小韩红着脸，问说什么了。彭理不肯再说，笑了笑，敷衍过去了。小韩怎么也想不起和琪琪说过的话。中午见到琪琪时，罕见地看见她脸上泛出一抹红晕。她不再嘻嘻哈哈，略有些忧伤地望了他一眼，问酒醒没有。他点了点头，想问她昨夜他是不是和她胡说了些什么醉话。他望着那张像受了伤的脸，话到嘴边，终又吞了回去。临走的时候，琪琪和一众人来送别。他说，来省城了给我电话。琪琪礼节性地笑笑。

小京躺在省城的医院里，检测结果出来，是家族遗传的先天性心脏病。那时茅溪正在市里参加民歌赛，拿了个一等奖回来，并获得了一个月后去省里参加全省民歌大赛的资格。小韩回去后，专门去了趟省人民医院看刘小京。

看气色，小京调养得不错，还白胖了些。两人握了握手，都笑。小京感叹说，两个月真快啊。小韩说，眨眼的工夫。不过现在你在省城，我也回来了，咱见面也很方便。小京说，本想着在茅溪做点儿事情，没想到心比天高，命比纸薄。小韩安慰，说你还年轻，身体要紧，那些事慢慢来。小京说，其实也没什么，即便身体没出什么状况又能怎样，那天高皇帝远的地方，我们是什么事都干不成的。小韩没说书记提拔到县教育局当副局长的事。也许小京早知道了。书记一走，娃娃鱼项目彻底落了马。他听说来发要开发黄莲，后来也不了了之。窗外的阳光照进来，将斑驳的悬铃木树影投射在白墙上，两人望着墙上的影子一时陷入了沉寂。几只画眉在窗外聒噪着，声音传进来，小韩终于听见一声发自肺腑的叹息。